睡眠之书

李汉荣 著

复旦大学出版社

序　感谢睡眠

大部分生命几乎终生都在无常、惊险的命运里挣扎,也许它的唯一感受生命宁静、和平与轻松的时刻,仅仅是在睡眠之中。

睡眠不止如医学所说的是"大脑皮层神经的抑制状态",我宁愿把睡眠视为造物者的赐予,是对劳碌、辛苦的生命的酬报。

睡眠的现象遍布于生命界。不仅人有睡眠,蚂蚁、老虎、豹子、熊、各种鸟都有睡眠。警觉的猫、狗、狐狸也有深沉的睡眠。树木、花草、苔藓以及整个植物界都有睡眠。连那些简单的、有些"下作"的生命,如蛆、虱、跳蚤、蛔虫也都有睡眠。人类和自然界中的所有生命,都处在食物链的严酷链条和生存等级的无情控制中,即所谓"万物生而自由,却无往不在枷锁中"。但大自然在某些方面还是主持了公道,流露出她对万物和生灵的博大悲悯:它们都能享有免费的睡眠。

大部分生命几乎终生都在无常、惊险的命运里作着艰难的挣扎,为了温饱,为了肉体的保存,为了基因的延续,耗尽了它们一生的岁月,几乎没有欢乐可言,也许它们唯一能感受生命宁静、和平与轻松的时刻,仅仅是在睡眠之中。对于它们,在这严酷、危险、资源匮乏的世界上,要得到任何一样东西都极不容易,常常要用辛劳、暴力、诡计去换取,甚至要付出生命的代价。唯有一样东西随时都可以得到:睡眠。

睡得最沉的,该是那些冬眠的动物,如蛇、龟、蛙以及蚯蚓等。在深秋,它们就做好了冬眠的准备:在向阳、偏僻的地方躺下来,晒足够的太阳,让体内贮满热能,它们还不忘要大吃几顿,在入睡之前那最后一次的晚餐,我猜想,它们的吃相一定都不好看。

我曾在古老幽暗的溶洞里,看见冬眠中的蝙蝠。它们在岩壁上、洞顶上倒吊着,像一片片黑色的枯叶。我对它们的本领感到十分惊异:

倒悬着自己，与地球的引力保持了相反的方向，却进入了安宁的梦乡。

我曾在原野上见到一条冬眠的小花蛇，我跺脚、拍手都未能惊醒它，甚至我用树枝挑起它，也未能中断它的梦境。那时我还是少年，我坚信蛇与人一样是有梦境的。我把它捧在手里，它的眼睛依然紧闭着，我怕它在梦境里梦见了我，会吐出它那可怕的火焰，就把它放回枯草后面的土洞里。现在看来，那条蛇还是一个不会自我管理的小小少年，它还没有学会选择睡眠的地方，就在一个突然到来的寒夜，匆匆把自己交给一处很不安全的地方，然后睡着了。

睡眠对于人的重要性就不用多说了。连续两三天失眠，就得去医院请求医生诊治，不觉间你可能已是神经衰弱症患者、抑郁症患者，于是吃安眠药、作按摩、跑步、体力劳动以促使肉体疲惫，这一切都是为了尽快进入睡眠。终于睡着了，你兴奋得忘乎所以，好像一朝由平民变成了皇帝；而若皇帝患了失眠症，烦恼、憔悴、愁眉苦脸，好像他江山失守、财富归零，已变成了一贫如洗、无家可归的乞丐。

睡眠是如此重要，比财富、比江山更重要。如果命运给我出一个难题：给我财富而没收我的睡眠，赐我江山而剥夺我的睡眠，该怎么选择？我将毫不犹豫地选择——睡眠。

劳作一天只要能够沉酣地入眠，粗茶淡饭足矣，万贯家财不美；辛苦一天只要能够无忧地入眠，竹篱瓦舍足矣，帝王将相扯淡。

一旦进入睡眠，无限的空间、永恒的时间尽可随意遨游。作大鹏扶摇九万里横渡迢迢河汉，探望牛郎织女，阅尽天上风浪，却无人乱收渡口钱；亦可化蝶，与另一只蝶经营一个不朽的春天；亦可升仙，云中沉沉一梦，人间已过百代；亦可变成外星人，在火星或室女座星云上，用光、用电，用一些看不见的神秘暗物质，为心爱的人打磨一枚永不锈蚀的戒指；亦可做一回地球"球长"，改变地球的磁场，让它倒转，让时光倒流，转回公元前的某一个清澈的春天，请教孔夫子和其他先贤：太多的垃圾该怎么收拾？太多的灾难该怎么避免？太多的疾病该怎么治疗？太多的失眠症患者该怎样重新进入安宁的睡眠？

的确，睡眠有助于审美，我们在梦中见到的风情和景致都堪称天下第一，睡眠是美学大师，他启示和净化了我们的美感。我们清醒时大都平庸而粗俗，在睡眠中我们都还原成唯美主义者，为事物的形式之美而迷醉，在远离功利主义和市侩哲学的唯美情境里获得了纯粹高尚的美感。

我们一生一世都是睡眠的学生。正是一次次睡眠净化了我们，让我们返回到混沌如太古、天真如婴儿的原始生命体验中，然后我们在过于清醒、庸俗、浮浅的生活里灌注睡眠的深度和梦境的深度。一生一世，我们都企图让平庸浮躁的生存也具备睡眠那如古海磐石般的定力和幻象纷呈的魅力。睡眠是永恒的长夜，是它照亮了小小的、短暂的白昼；睡眠是幽深的古井，是它灌溉了我们浅浅的身体、心灵和眼睛，我们眼睛里的光芒其实是黑夜的光芒，也就是睡眠的光芒。一个深邃的人其实是"嗜睡"的人，深邃的话、睿智的话、温暖的话、触动我们心魂的话、给我们安慰和启示的话，都是他说的梦话：《红楼梦》是曹雪芹说的梦话，《桃花源记》是陶渊明说的梦话，《梦游天姥吟留别》是李白说的梦话，《神曲》是但丁说的梦话……遨游人类精神的深海和星空，在永恒女神的引领下，直奔宇宙之巅和上帝之城，终于抵达"被亿万个太阳和星辰照耀的永恒天堂"……

一个不珍惜睡眠也从来没有启动深湛心智虔诚地与世界对视、叩问和辨认，而老是大睁着或半睁着眼睛算计事物、伤害事物的人，是停留在事物表面的人，是漂浮在人类精神大海浅水区里的人，是不知生命究竟、不明心灵真谛、不懂精神彼岸的人，是与人类的高深心智隔着几条大街的简陋的人，与那种"我在梦里梦见另外一个梦"的高梦人生，简直隔了不止一个银河系！宋人黄庭坚诗曰："似僧有发，似俗脱尘。做梦中梦，见身外身。"你不做梦中梦，必然见不到身外身，那就只能在被世俗锁定的四维时空里，在锁定的生存池塘里，消磨那无常的此时、此身，糊里糊涂了此一生。当代有一位诗人诗云："此生无憾／诗到妙处，我曾莅临仙境／爱到真时，我已获得永生。"这是那些总是大睁着或半睁着眼算计生活、算计世界的人能够体验到的境界吗？不深深地沉浸，何以体会"诗到妙处"？不深深地眷恋，何以认领"爱到真时"？一生里既未体会过诗到妙处，也未体验过爱到真时，那么就注定不会"莅临仙境"了，只能是大睁着眼或半睁着眼迷失于市场、官场、赌场和欢场，经常"莅临陷阱"了。

谁要想从无穷混沌的时光漩涡里，邂逅到事物的唯一性价值和不可思议的魅力，他就必须通过自己的睡眠进入到宇宙的浩瀚睡眠之中，他必须进入深度睡眠，进入梦中之梦，然后他才会"做梦中梦，见身外身"，才会有如梦初醒般的奇异发现——

宇宙是一场永恒的睡眠，万物都是它梦中展开的情境和细节。

是的，睡眠是我们的源头和故乡，睡眠是我们的胎盘和摇篮，睡眠是注定属于我们的、谁也不能剥夺和侵占的永恒资产。

哲人说：生命是两个永恒黑夜之间的一道闪电。此生之前，我属于永恒无涯的沉沉睡眠之长夜；此生之后，我又回到永恒无涯的沉沉睡眠之长夜。生命是什么？就是"嚓"的一道闪电！很快，幕布合拢，黑夜降临，祝君安好，我已长眠。

在我看来，一切伟大的宗教、伟大的哲学、伟大的文学艺术（包括伟大的音乐、伟大的诗篇），都是人类心智和情感的启蒙书、警戒书、祈祷录、备忘录，同时也是充满了人道主义精神和终极关怀的高级催眠术，它通过净化我们、抚慰我们、说服我们、感召我们，通过唤醒我们至深的灵性、至善的良心和至高的爱意，帮助我们卸掉人生的枷锁，卸掉欲望的镣铐，卸掉死亡的恐惧，卸掉生存无意义之烦恼，清空我们心灵的尘埃和不洁。然后，再让我们的灵魂深深地安静下来，让我们以无罪、无垢的赤子之身，以纯洁、纯粹的天使之心，回到我们的父亲面前，回到我们降生之前的清澈宇宙里，回到我们的上游和起源，回到那"被亿万个星辰照耀和抚慰着的澄明、宁静的宇宙之巅和时间之源"。我们的生命和心灵，就像一首纯粹的音乐，随着低回的、渐渐飘散的旋律的尾音，我们重新回到无边的寂静中，回到永恒的安宁中，回到深沉的睡眠中。

是的。完全是的。我们从睡眠里出走，到睡眠的外面去问路，去旅行，去找旅馆，我们迷路了，我们慌慌张张找路，我们匆匆忙忙赶路，最后才想起，在睡眠的外面，其实哪有可以长久逗留的地方？哪有可以长久拥有的资产？只有睡眠，才是我们永恒的原乡和资产啊！

若要问我们这一生究竟在忙个什么？

废话我们已经说得够多了。现在，就让我如实回答你吧：

我们一生的忙碌和折腾，其实都是在打点行李，急切切地准备还

乡，回到那永恒的睡眠中去。

每日的睡眠，正是必不可少的模拟和演练。

感谢睡眠。

目　录

温暖的睡眠
　　3　　在母亲怀抱里睡眠
　　5　　在摇篮里的朦胧睡眠
　　7　　与黑猫同眠
　　9　　在河流里睡眠
　　11　在旷野月光里睡眠
　　14　在山顶睡眠
　　17　在一缕檀香里睡眠

美好的睡眠
　　23　清纯少女的睡眠
　　25　在一颗露珠里睡眠
　　27　钟乳石的睡眠
　　29　一只蝴蝶的睡眠
　　31　在雷电之夜里睡眠

纯洁的睡眠
　　37　婴儿的睡眠
　　48　在山泉边睡眠
　　52　青春期的睡眠
　　54　在竹林里睡眠
　　55　在松林里睡眠
　　57　在稻草垛里睡眠
　　58　在树上睡眠
　　60　在河边睡眠

孤独的睡眠　　65　　大个子杨自民爷爷的睡眠
　　　　　　　　　66　　木匠李叔叔的睡眠
　　　　　　　　　68　　画家的睡眠
　　　　　　　　　70　　拾垃圾者的睡眠
　　　　　　　　　73　　在墓地陪先人睡眠
　　　　　　　　　77　　我看见内心的灰烬早已长眠

动物的睡眠　　87　　蝉还在公元前睡眠
　　　　　　　　　89　　三国时的虫子在睡眠
　　　　　　　　　91　　蜻蜓的睡眠
　　　　　　　　　93　　猪的睡眠
　　　　　　　　　97　　牛的睡眠
　　　　　　　　　100　　狗的睡眠
　　　　　　　　　102　　马的睡眠
　　　　　　　　　106　　虫儿片刻的睡眠
　　　　　　　　　109　　书虫的睡眠
　　　　　　　　　112　　乌鸦的睡眠
　　　　　　　　　115　　鸟儿的睡眠

植物的睡眠　　121　　大地穿着睡衣在睡眠
　　　　　　　　　127　　丝瓜藤的睡眠美学
　　　　　　　　　130　　葫芦蔓的浪漫睡眠
　　　　　　　　　132　　白菜的慈悲睡眠
　　　　　　　　　134　　一粒葵花籽的非常睡眠
　　　　　　　　　136　　门前蕨草的睡眠
　　　　　　　　　140　　银杏树在假装睡眠
　　　　　　　　　144　　不再吹奏的喇叭花的睡眠
　　　　　　　　　147　　植物们在埋没中睡眠

奇妙的睡眠　　　　151　　千年乌龟的睡眠
　　　　　　　　　　　155　　鱼的睡眠
　　　　　　　　　　　161　　河流的睡眠
　　　　　　　　　　　166　　书房的睡眠
　　　　　　　　　　　169　　在古代睡眠
　　　　　　　　　　　171　　山顶的睡眠

伟大的睡眠　　　　175　　孔子的睡眠
　　　　　　　　　　　181　　老子的睡眠
　　　　　　　　　　　194　　庄子的睡眠
　　　　　　　　　　　200　　李白的睡眠（之一）
　　　　　　　　　　　206　　李白的睡眠（之二）
　　　　　　　　　　　220　　唐朝的睡眠
　　　　　　　　　　　224　　爱因斯坦的睡眠

哲学的睡眠　　　　233　　做完减法再进入睡眠
　　　　　　　　　　　235　　古老宇宙的深度睡眠
　　　　　　　　　　　238　　拒绝必然的长眠
　　　　　　　　　　　241　　蓝色的睡眠
　　　　　　　　　　　247　　扇子的睡眠
　　　　　　　　　　　250　　慵懒的睡眠
　　　　　　　　　　　253　　懒人坪的睡眠
　　　　　　　　　　　258　　道路的睡眠
　　　　　　　　　　　261　　旧衣服的睡眠
　　　　　　　　　　　269　　裤子的睡眠
　　　　　　　　　　　278　　海边的睡眠

终极的睡眠   285　蚂蚁们在父亲土坟上的睡眠
　　　　　　　291　死亡转移了我们的睡眠
　　　　　　　296　多年以后我已长眠
　　　　　　　298　十万年之后我的睡眠

跋　　　　309　跋一　愿人们都有安宁的睡眠
　　　　　　　313　跋二　被窝的颂歌和睡眠的礼赞

温暖的睡眠

在我最无知的日子，享用着母爱那整整一条河流对我的灌溉。

在母亲怀抱里睡眠

你是缥缈天堂向人间偶然显露的真实的一隅。
你是永恒苦涩的命运之海,在一些幸运的时刻,向我分泌的甘露。
因了这甘露,抵消着后来命运向我席卷而来的万吨苦涩。
使我能渡过苦难的劫波,依然对生命怀着感激。

那时,我的母亲一贫如洗,但她的怀抱里蓄满慈爱和暖意。
因为满溢的慈爱和善良,我贫穷的母亲就像圣母一样高贵。
甚至比圣母还要高贵,因为圣母总是收获着圣徒们的膜拜和赞美。
而我的母亲,她是在不为人知的世间的一个偏僻角落——
全心全意地为爱服役。
她那并不丰沛的乳汁,全都交给我了。
在我最无知的日子,享用着母爱那整整一条河流对我的灌溉。
就像一棵憔悴的树,却把她惨淡的露水全都交给花朵。
那时,我,一个无知小儿。
怎知道宇宙的暴烈,尘世的颠簸,人生的艰辛!
母亲温暖的怀抱,给了我天堂的印象:温馨、和平、安全、宁静。
这美好的错觉,构成了我们每一个人与生俱来的理想主义情怀和向往。
我在母亲怀里度过了那些无梦的睡眠。
那时,也许是有梦的吧?我在母亲的怀抱里梦见母亲的怀抱——
婴儿的梦简单得就像他那没有经历可以填写的档案。
除了对爱的享用,他没有别的生活,也没有别的梦。

母亲早已不在了,母亲已化作了泥土和草木。

但是只要我还活着,心还在跳,我对母亲的思念就不会停顿。

我对母亲怀抱的思念也不会停顿。

活着是什么?活着就是心跳。

心跳着什么?跳着情感和思念。

心每时每刻跳,每时每刻表达着我们对生命和万物的情感。

表达着我们对过往岁月的缅怀和思念。

回想半生为人,我究竟在追寻什么?

放眼世间无数人,他们究竟在追寻什么?

我想,我们都在追寻失落在母亲怀抱里的东西——

寻找失落的慈爱、温暖、和平、安全与宁静。

母亲啊,在失去你的世界里,

我一直在寻找你的怀抱,

我一直在寻找母亲的怀抱……

在摇篮里的朦胧睡眠

隐约记得那摇篮是竹子编的。

里面垫着稻草、棉絮和碎布。

它摇大了哥哥,哥哥到大人的地面开始学步、走路。

现在轮到我了,我在摇篮的晃动中,睡去又醒来,醒来又睡去。记得摇篮常常是在院子里和屋檐下放着,摇不到几下,我就睡着了。

不知睡了几万年,一声鸟叫将我惊醒,我一睁眼,就看见一个大得没有边的东西,蓝莹莹的,悬在摇篮上方,悬在葫芦藤的上方。

我定定地、惊讶地盯着这个没来由的蓝色的大东西,那蓝色大东西也定定地盯着我,我和它就这样定定地相互打量着。

过了一会儿,我又睡着了。不知睡了几万年,我醒来后,一个圆圆的东西已挂在离我不远的地方,它离我那样近,我奇怪大人们竟不知道将它摘下来让我摸摸,我就举起小手想摘下它,想把它放在摇篮里与我睡在一起,手却怎么也伸不到它跟前去,就又哭又叫起来。妈妈却急忙跑过来摸我的额头,看我是否因感冒发烧而胡闹。

这时,我又看见了一双双密密麻麻的眼睛,都在看我,那么多那么多眼睛,无数的眼睛,无限的眼睛,都在目不转睛地看我。它们,是哪来的眼睛,是谁的眼睛?它们为什么都来看我?我是值得它们惊讶和打量的秘密吗?或者,它们是值得我惊讶和打量的秘密?

这天大的疑问,降临在一个只会吃奶、只会咬手指头的懵懂婴孩的摇篮里。他被这突然降临的奇迹震惊得目瞪口呆,如醉如痴。

后来才知道,那蓝莹莹的大东西,是天;那圆圆的东西,是太阳和月亮;那密密麻麻的眼睛,是星星。

大人们不知道,他们摇动的摇篮里,不只摇着一个婴儿,也摇着他最初的梦想和天问。

　　大人们不知道，当我一次次被他们摇晃着睡去，其实已睡去几千年几万年，当我突然醒来，向四周大睁着惊讶的眼睛时，他们不知道，那时，这个小小的摇篮里，这个懵懂小儿的身体和心里，笼罩着怎样巨大的震惊？

　　外婆摇过我，妈妈摇过我，爹爹摇过我，邻居谢婶婶摇过我，大姑姑、二姑姑摇过我。外婆、爹爹、谢婶婶、大姑姑、二姑姑都早已不在人世了，是他们摇大了我的天空，摇高了我的太阳，摇圆了我的月亮，摇亮了我的星星。那一双双温暖的手，再也见不到的手，我是多么想念你们啊！

　　风声摇过我，雨丝摇过我，屋后稻田里的蛙歌摇过我，村外小河的哗哗流水摇过我；小白狗蹲在一旁陪我做梦，大公鸡扯着嗓子为一个根本不会走路的小家伙频吹进军号，房顶上的斑鸠为我唱过摇篮歌，屋梁上的燕子给我念过绕口令；微风吹落的槐树花瓣儿，落在我的脸上，我第一次感到一种奇异的凉和香；过路的蝴蝶，许是受了奶腥味的诱惑和四月风的暗中指点，它寻找花朵，却邂逅了一个睡梦中盛开的无邪笑窝……

　　我那小小的摇篮被好东西盛满了……

与黑猫同眠

大约四五岁的时候，我家养了一只黑猫，它是漆黑的，浑身发着黑光，我感到黑是比白更明亮的颜色，白容易被涂抹和污染，黑却是固执的，不容易改变，就像夜晚，那么多星星也无法把它刷白。

在明晃晃的白昼，黑猫或蹲在我们家的门墩上，或溜达在院子里，或埋伏在树丛中，像黑夜忘记收走的一小部分夜色，混淆着我们家的时光。我喜欢这种白中有黑的斑驳白昼，黑猫，是白昼的题跋，是黑夜的序言，黑夜，就是从黑猫的眼睛、鼻子、隆起的脊背上一点点开始弥漫起来的，一直漫到村外的田野和远山，漫向远空，最后，天彻底黑下来了，宇宙黑成一只大黑猫。

冬天，黑猫睡在我的枕边，有时睡在床头，被子外面，我怕它冷，也想让它为我暖被窝，就将它抱进被窝，紧挨我冻得冰凉的脚，它的体温很快温暖了我，它睡着了，我听见它在打鼾；很快我也睡着了，但不知道床上已是鼾声一片。第二天，妈妈说你和猫睡得好香，你打一声鼾，猫接一声鼾，你鼾声细，猫鼾声绵，好像谁在给你俩打拍子，配合得那么熨帖。

有一天深夜，我起来撒尿，被窝里却没有黑猫，我问妈妈，她说猫都是半夜出门，到野地里巡夜、捉老鼠、会朋友。妈妈说，世世代代的猫都是这样生活的。它在外面还有朋友？我不是它唯一的朋友？我有点伤心。妈妈劝我不要伤心，她说，你除了猫这个朋友，不是还有云娃、喜娃这些好朋友吗？猫也一样，除了你这个朋友，它也有几个猫朋友。听妈妈这样一说，我想开了，我原谅了黑猫。

到了后半夜，猫回来了，钻进被窝，乖乖睡在我的脚边，我俩纯真香甜的鼾声，感染着乡村的夜晚。

就这样，连续两个冬天，在每个夜晚，黑猫都坚持和我同时钻进被窝，用它的体温烘烤我的被窝，温暖我的双脚，守护我的睡眠。然后，被窝暖热了，趁我睡熟了，它就悄悄地溜出房间，回到它那地老天荒的原始之夜，做一只猫该做的事。

也许不是这样，但我情愿把猫的出没时间视为它的有意安排：它总是先暖热一个孩子冬天的被窝和他经不起冻的脚，才轻轻跳下床，走出门，恢复一只猫的古老兽性。

后来，这只猫失踪了，再也没有回来。我那么想念它，多希望在某个夜晚或白天，突然听见一声猫叫，一看，是它，归来的黑猫。

然而，它终究失踪了，黑夜的一部分，终又返回黑夜。

但是，我忘不了它，童年，有一只黑猫，我与它同床而眠，相互取暖。两个似乎不同的生命，却有几乎相同的鼾声，相同的体温，相同的睡姿，也许都怀着相似的简单心事。在那单纯的冬夜，单薄的床上，我和它睡在同一个被窝里，亲如兄弟。

在河流里睡眠

我喜欢在河里游泳。

我喜欢仰躺在河流微微起伏的波浪上漂流。

河流起伏着,我起伏着,天空也起伏着。

仿佛整个宇宙与我一同起伏着。

我半醒半睡,此刻,卸掉岸上的枷锁,饱经沧桑的我,纯洁如婴儿,我没有任何心事。

宇宙也半醒半睡,此刻,宇宙深处的上帝也纯洁如婴儿,没有心事。

此刻,我不思考,据说"人类一思考,上帝就发笑"。那么,惯于嘲笑的上帝就没有了嘲笑我的必要,在宇宙的长河里巡游的上帝,他此刻的表情一定十分安然、平静。

此刻,我体会到了鱼的感觉:若是没有更大的鱼的欺负,没有岸上人类的伤害,在流水的学校里上学的鱼儿们,它们其实是水里幸福的小学生。

你看,在流水的操场上日夜散步和跑步,鱼儿们都锻炼出了苗条健美的身体。

流水的肌肤如此细腻柔软,我想象不出哪里还有比流水更温润的肌肤。

即使是圣母的肌肤,也有地狱的灼伤,即使是天使的肌肤,也有流星的擦痕。

即使是我们善良的母亲,身上也布满命运的伤疤。

流水的肌肤如此温润圣洁,在它的映照下,人世精心养护的肌肤显出了粗糙和庸俗。

我躺在河流柔软的胸膛上,心变得异常柔软。我看见了年深月久的水底,那些曾经粗暴的刀子、顽石、锁链,全都在泥沙深处接受流水的教育和感化,正在变成它们之外的东西,变成与它们完全异质的、另外的东西,曾经僵硬、凶险的事物,正在变成哺育的泉源,变成两岸的泥土和风景。

天国的睡眠,也许是要等到我们被重新分解成分子、原子和量子,在宇宙里开始永无止境的漫游之后,才能享有的睡眠,也许好梦连连,却早已与我们无关。

那么,我且全神贯注地感受此刻吧!

此刻,我仰躺在河流上,与起伏的流水一同起伏,一同漂流,我体会到了什么叫飘飘欲仙。

不,我已飘飘成仙。

但是,切记:风急浪大时,不可仰躺于河流之上。

更要切记:上游下暴雨,有可能涨水时,不可仰躺于河流之上。

在险象环生的宇宙里,并没有一个绝对安全的星球和星河特供我们去浪漫漂游。

在险象环生的命运里,我们都是匆匆路过的探险者,路上,要谨防各种伤害,包括防止溺水。

尽管危险,但是,毕竟,曾经有那么一刻,我体会到比圣母的胸膛还要温润的胸膛,我被她托举、抚慰,被她放飞、漂游。

我已经领受了神恩。

那一刻,我仰躺在故乡的河流上,我与时光一起漂流,我与白云一起漂流,我诚挚地感激河流和上苍……

在旷野月光里睡眠

我自小迷恋皎洁的月亮,几十年过去了,我至今依然迷恋月亮。

若有人问我,你的初恋是谁?

我会脱口而出:我的初恋是月亮。

在我很小的时候,第一次看见月亮,我就被她的纯洁、柔和、神秘所震惊,那种惊艳、惊奇、惊喜的感觉一直持续到现在。

现在,每当我看见月亮和月光,依然还保有小时候那种惊艳、惊奇、惊喜的感觉。

什么叫一见钟情?我对月亮就是一见钟情。

什么叫一生钟情?我对月亮就是一生钟情。

我的所爱在天上,就是那离尘脱俗的月亮。

我的所爱也在地上,就是这冰清玉洁、伸手可触的月光。

我的所爱就是这么可爱,就是这么善解人意,她知道我爱她,却不能到天上去接她,她就披着轻纱走下来,在我能够到达的一切地方,等着我,与我相会、倾诉。

她带着纯银的嫁妆来了,她举着新婚的烛光来了,她把大地布置成了圣洁的洞房,只有干净的人儿才能与她同床共眠,才能与她肌肤相亲。

她带着天上的初雪来了,她走过的地方,白雪倾洒,山岳如玉,旷野莹洁,河流如白丝绸款款轻飏。

她看起来高冷,其实却十分温润,她那母性的怀抱里,揣着无穷无尽的白玉光芒,她一次次洗净被我们弄脏了的大地,她一夜夜刷新被我们住旧了的房子,她一遍遍清洁被我们染上尘垢的心灵。

她总是以公元前那个年轻女神的形象,突然从天上走下来,突然出现在我面前，带给我意外的惊喜：啊，我的初恋，她还是这么年轻，还是这么深情，还是这么纯洁。

世上的花儿会凋落，世上的美人会老去，世上最慈祥的母亲，也会离我们远去。

我爱她们，但她们会衰朽，会消失，我对她们的爱会变成悲伤和叹息。

所幸，除了人间之爱，我还有天上之爱，我的初恋在天上。

我的初恋，是天上皎洁的月亮，是地上温润的月光。

我那天上的初恋永不会老去，她永远是我一见钟情的月亮，永远是我青梅竹马的女王。

所以我一再告诫自己：记住，你的初恋在天上，她那么皎洁和纯真，你必须保持水晶一样纯洁的心，才配得上你那天上的初恋。

多少年过去了，我正在老去，我的衣服上有灰尘，身体上也有灰尘，但是，我的那颗心是干净的，我时时勤拂拭，我小心翼翼地做着自己心灵的保洁员。

因此，我的心里就有了一点小自信：我的心是干净的，我配得上我那天上的初恋，配得上我那青梅竹马的女王，配得上我那冰清玉洁的月光。

多少年来，我都保持着一个独属于我自己的秘密仪式：一年四季，总有那么几个夜晚，我要独自去到旷野，在月光里静静躺下，静静睡一个或半个晚上。

静静地，我和月光睡在一起，静静地，我望着天上的月亮，我那青梅竹马的初恋，我那一生钟情的月亮。

静静地，我和月光交换内心的水晶，我和月亮交换记忆的白雪。

静静地，月亮缓步走下来，湿润的夜空就是她无边的情怀，她怀抱着小小的我，她轻轻拂去我身上的尘埃、伤痕和疲倦，她把她珍藏在天上的乳汁注入我饥渴的灵魂。

我向天空举起手，我一生钟情的月亮——我那青梅竹马的初恋，我那天上的恋人，就再一次把初恋的戒指，戴在我曾经受过伤的寂寞的手指上。

在旷野月光里，我静静地睡去，我和月光同床共眠。

今夜，我单纯如赤子，我皎洁如月光，只有和月光一样干净的人，才配和月光同眠。

今夜，我在月光里睡眠，今夜，我睡在天上。

今夜，我的身上和心上，全是皎洁的月光，全是初恋的月光。

月亮，是我永不会老去的天上的初恋和新娘……

在山顶睡眠

　　那年夏天，我在故乡以东的木竹崖山顶，睡了一晚上。

　　白天下过雨，黄昏转晴。此时，夜空明澈，星星繁密，银河安静地在头顶奔腾着，那滚滚滔滔、重重叠叠蜂窝似的星团、星瀑、星河，堆积着，燃烧着，汹涌着，我似乎听见了哗啦啦流泻的水声，身上也骤然有了凉意，想起天文学里讲的"太阳系是银河里的一点泡沫，地球是银河里的一滴水珠"，就感觉自己正在银河里随波漂流，我正在做银河浴。

　　面对宇宙呈现的如此没有来头也无法令人理解的无边浩瀚，我竟然有一种莫名的惊恐之感。

　　真的，面对如此远远超出我们心智与理解力的超级规模的宇宙景象，仅仅用所谓审美的眼光和语言去关照和表达，是绝对不行的。这恰如用一根竹竿丈量银河，用一枚发卡测试深海，未免过于小儿科了。

　　宇宙仅仅是供你审美和把玩的"美学现象"吗？

　　我觉得，当你和银河面对面，和宇宙面对面，和不可思议的伟大存在面对面时，这种严重不对称的关系，带来的感觉是震惊、战栗，是全身心被挟裹的莫名悸动，甚至会有一种被巨大熔炉溶解而自己已然消失、被不可思议的浩大对象收走、蒸发的感觉。

　　你感觉自己已经失踪了，而这个震惊不已、战栗不已的你，只是那个失踪者留下的一缕缥缈思绪，真实的你已不复存在——其实，这样的感觉才是真实的，在浩瀚的、无边无际的宇宙汪洋里，我们这些刹生刹灭的粒子状的小生灵，真的存在吗？

　　你面对的对象过于浩瀚，那无限和永恒，它远远超过了我们心智的认知力、判断力和有限语言的表达力，面对如此激荡人心、颠覆认知的巨大超验现象，根本就不是所谓"审美"这种过于文艺范的方式能够处理的了。

对象的规模浩大、崇高到完全把你淹没了，把你裹走了，这种不对称关系，早已超越了审美的范畴，它让人震惊得无法凝视、无法判断、无以言说，它带给你的不是所谓审美的愉悦或怡情，而是持久的震惊、震撼、震颤，你却找不到语言表达，因为人类发明的有限语言，根本不具备表达无限的能力。

我想，这就进入到信仰甚至宗教的领域了。

信仰，是因仰望一个不可企及、不可思议的崇高领域而生发的精神膜拜和心灵激情。宗教就是表达这种信仰的一套话语系统、价值系统和精神仪式。

信仰是引领我们超越自身的有限性、必亡性，而向永恒和无限的神性境界升华和靠近的一种心灵路径。

信仰引领我们超越肉身的牢笼，超越生存的监狱，让心灵不断地接近神圣的天空，不断接近一个澄明、辽阔、宁静的精神宇宙。

世俗生活让我们匍匐在地上，有时甚至不得不像甲壳虫那样蜷缩、扭曲，挣扎在你争我夺的、虫子窝般混乱的生存战场上。

虫子窝，那是一个利爪横行、奸诈肆虐、弱者辛酸的冷酷无情的生物世界。

信仰要带领我们逃离虫子窝的争斗、狭窄和昏暗。

信仰要把我们引领到天上。

我们的肉身去不了天上，但是心灵怎能放弃无限的天空？

无限的天空，是心灵的净土和彼岸。

我们要在地上竞争、吃饭、匍匐、奔波，然后死亡。这方面，我们和虫子、和动物们没有什么两样。

除了匍匐和禁锢于生存的牢笼，我们还有精神的广袤天空，还有来自无限和永恒对心灵的启示、映照、塑造和召唤。

这就是我们比虫子、比动物"高级"的地方。

这所谓的"高级",不是高在别的方面,如高犯罪、高消费、高污染、高度自私、高度贪婪和高度虚伪,等等,真正的"高级",绝对是指某一生物的智慧、觉悟和精神境界已达到较高层次。具体到人,高就高在我们能够意识到在我们匍匐的物质尘埃之上、在我们挣扎着的、不自由的生存的牢笼之上,还有一个无限崇高、澄明的精神存在,呼唤着我们去仰望,去倾听,去接近那崇高的道德的天空、自由的天空、神性的天空。

生存让我们不得不匍匐在尘埃里。

信仰让我们的心灵不断地接近天空,接近彼岸。

而心灵天空、生命彼岸的光芒,也会照亮和温暖我们置身的充满幽暗尘埃和不自由的生存现场,使我们看到生死之上还有一个笼罩万物的无限和彼岸,从而得到抚慰和引领,让悲伤和烦恼得以化解和平息。

今夜,在山顶小庙里,我看着满天星斗,听着无声奔流的银河,我真切地感到地球这粒小星星也在银河的滔滔激流里漂流着,我其实也在银河里漂流着。

此时,向银河深处任何一颗星星,任何一个方向看过去,你都看不见别的,只能看见银河乃至整个星空,都是无边无际的煮沸的牛奶的河流,白花花,亮灿灿,满荡荡。啊,那是千万亿条星光的巨流河,时光的巨流河,悬念的巨流河。

我作为一粒原子,就漂流在那滚滚滔滔的无边巨流里。

漂着漂着,我好像漂到时光尽头了。

我睡着了。

我们每一次的熟睡,或许就是到达了时光尽头?

就是停靠在永恒之神的臂弯中?

在一缕檀香里睡眠

一

没有把自己当神、当佛拜的意思。

燃一炷香,插进小瓶子里,放在墙角或某个不显眼的地方,屋里就幽香暗生了。

我只觉得气息很好闻,有一种缥缈出世的感觉。

二

渐渐就有了庙的感觉。想起自己一次次进庙拜佛,佛是泥塑金身的那种,僧则是半为修行、半为谋生的百姓,听其讲道,要么太虚,虚得可疑;要么太实,实得可怜,把生命觉悟的大道讲成发财升官的实用手段、投机小道甚至歪道。

但我还是一次次进庙。似乎不是为拜佛和寻僧,而仅仅是闻一闻庙里那种香火的味道。

那种在尘世里又高出尘世的感觉。

三

幽香盈室,轻烟缭绕。我的小屋真变成了庙。

烟雾轻笼中,书架上的书更安静了,圣贤智者们寂坐于时间深处,把无穷的语言化为沉默。

桌子上展开的纸,长时间不落一字。

寂静延伸着空白。我的心一片空阔。

四

此时,开门见山,皆是灵山,那远近错列的翠峰青峦,哪一座不是经亿万年苦苦修炼而入定的高僧大佛?

那条大河,用上古的涛声与沿途的事物说话,听久了,我会觉得河是代表许多生命发出的一声叹息。

透过轻烟看门外掠过的鸟的影子,都像是在自己心海里飞翔的精卫。

五

在香火、轻烟里,在我的"庙"里,我似乎渐渐有了"出家人"的感觉。

我把门前的几株槐树、杉树都看作"菩提树"。

在菩提树下坐着或站着,我要求自己的每一念都是善的,都是清洁的,都与我想要接近的真理有关。

其实我这个"出家人",只是离了小家,真正的出家人是为了找到众生的家门、真理的家门、慈悲的家门、觉悟的家门、智慧的家门、宁静的家门。

六

入而后出,出而又入——然后以出世的精神做入世的事业,以智慧、慈悲的光芒照亮世间的事物。以正念、善念所做的一切事,大事、小事、琐碎事,都是佛事;一个善良的人在旷野里,用牛粪、羊粪、马粪、驴粪点燃的火光,都是佛光,都为迷途的夜行人照亮了回家的路。

七

香燃着,我却伏案睡着了。

那个上午,一觉醒来,我自己点燃的那根香还在燃着,它的旁边,一根新燃的香吐着檀香味的轻雾。

是谁,在我睡着了的时候,为我燃香?他是把我当做"睡佛"来拜了?

一个人睡着了不做噩梦,醒来时不动恶念——思无邪,行有德,他就接近于佛了么?

这也许仅仅是对一个好人最基本的要求。要在各个方面都好,在情感、品格、行为、言语,甚至在潜意识深处,都进入至善的境界,才是佛境啊。

是谁,在我睡着了的时候,为我悄悄燃香?

八

感谢那位为我燃香的人。

他是在为我的灵魂添香祈祷。

这也许是他的幽默:让我一觉醒来,恍然不知自己是仙、是凡、是人、是佛?

这也许是他对我的启示:其实佛界与凡界只在一念之间,此岸与彼岸只有一梦之隔。

这也许是他对我的叮咛:心魂里时时有清香萦绕,你就是凡尘中的仙,众生里的佛,淤泥里的莲花,秽土中的幽草。

九

幽香盈室。但我不能自囚于"禅房"。禅房是我整理人生经验的地方,但人生的大经验当在广袤的天地间获得。

我不能满足于自我燃香,自己把自己供养起来,那获得的顶多只是一个安静的"小我";能烛照世间的无明,同情众生的悲苦,锻造晶莹的灵魂,忘我,才是佛。

十

那个为我悄悄燃香的人,其实是在为我上课。佛啊,醒来吧,去修行、去关怀、去倾听、去证悟、去汇入无数的香客：孤独的香客、迷途的香客、受苦的香客、贫穷的香客、流浪的香客、叩问的香客……

十一

轻烟飘出门，融进原野，融进苍茫。

一缕出世的烟，融入世界的雾中。

一炷香燃完了。我的心，在寂静空明的意境里，也行走得很远，很远。

我慢慢把心收回来，心携带着更多的光回到心上，心海里一片月光。

我随着轻烟走出门，走向生活，走向众生，走向沧海，走向更辽阔的生命……

美 好 的 睡 眠

我想藏进一颗透明露珠里，我想在一颗露珠里睡眠。

清纯少女的睡眠

内心纯洁是一切美德的基础。
少女清纯的内心是天地提炼的露珠,
也是饱受雾霾和浊流折磨的人世中的稀缺甘露。
她让世故圆滑的成人心生惭愧。
她让失去赤子之心的人感到自己对自己美好情操的辜负,
令他突然意识到自己被时光这个老贼盗窃了。
盗走了不可再生的心灵的珍珠。
不纯洁的心灵是蒙上污秽之物的昏暗镜子,
无法映照来自心灵和自然的纯真之美。
不纯洁的心灵犹如被污染的河流,
时不时泛起可疑的泡沫和恶臭。
很难荡漾起令自己欢悦也滋养两岸的沧浪碧波。

一首被少女诵读的李商隐的《无题》诗会再现古诗的感伤情境,
其情思之美和意境之美会因少女的内心共鸣而大幅增值。
一首被少女咏唱的纯真之歌会改变空气的质量,
那美好的旋律正在擦拭四周的山色和头顶的云层。
被少女凝视的早春花蕾会提前开放却延迟凋谢,
因为花心里储存了少女怜惜的眼神。
被少女阅读的托尔斯泰的小说会自动合上书页,
深情的书懂得珍藏来自心灵的泪痕和批注。
被少女眺望过的大海变得特别蔚蓝,
令人相信苦涩的海水正在一滴滴渐渐变甜。

被少女仰望的星空将不会出现黑洞和彗星，
宇宙将保持至少一百亿年的灿烂和雍容，
使世世代代的生命和万物沐浴星光向永恒靠近。

当少女熟睡了，路过她窗口的月亮也放慢脚步。
路过她窗口的夜风也悄悄停靠在树枝上荡了三分钟秋千。
此刻，全世界有多少青春少女在梦的原野上轻轻奔跑。
她们那么纯洁，那么善良，那么柔弱，她们容易受到伤害。
我想化作一颗颗明亮而勇敢的星星，运行在她们的上空。
在天上为她们的梦境照明。
在天上夜夜不眠，为真善美站岗。
在天上以银河之波，涤荡尘世，斥退险恶。
天神一遍遍劝我入睡，我谢绝了天神。
我在天上为真善美执勤。
我在夜晚为保护少女的梦境站岗。

在一颗露珠里睡眠

我想藏进一颗透明露珠里。
我想在一颗露珠里睡眠。
那才是真正纯洁、安宁的赤子睡眠。
我想进入一种灵肉俱清澈、表里皆透明的纯真境界。
这是一场有难度的修行。
这是一种虔诚的朝圣之旅。
我必须洗尽浑浊,我必须放下很多东西。
我必须用减法,减去与美德不相容的种种已经普及了的污秽。
我还要用除法,除去人们习以为常的有意之恶和无意之恶。
我必须来一次洗涤心灵和重建心灵的系统工程。
我必须让自己变轻、变软、变小,变得清洁。
我必须让自己变得透明。
只有透明才配得上透明。
只有透明才懂得珍惜透明。
只有透明才能进入透明。

我必须放下手机、银行卡、存折、股票。
我必须清空物欲、权欲、占有欲。
我必须清空野心、嫉妒心、虚荣心。
我必须摘下虚假的面具,扔掉手中的刀具。
我必须脱去一切社会学领带和经济学外衣。
我必须放下妄念、贪心、小聪明、自以为是和名缰利锁。
我必须放下沾着灰尘的鞋子和长着毒菌的帽子。

我必须放下一切不干净的意识和晦暗的潜意识。

直到完全放下自己并且彻底忘记自己。
直到自己变成透明的元素。
变成不占据空间也不占据时间的量子。
变成没有任何侵略性和占有欲的纯真赤子。
我已无我。我从红尘旅店里已经彻底失踪。
我是可以被纯情诗人写进情诗的最干净的字。
我是佛经也乐意引用的一个慈悲的比喻。
我是鸟儿都不忍踩踏的一片草叶上的雨滴。
我是透明,我不占有任何事物,只映照事物的幻影。
我是意境,我不阐释任何情节,只暗示情节的含蕴。
我是圣洁,我洗净了任何污秽,只呈现天使的面容。
我是天真,我清空了任何世故,只记得圣母的叮咛。
我是永恒,我在瞬间的走神中翱翔,却定格了瞬间。
我是瞬间,我从永恒的锁链里挣脱,却获得了永恒。
我终于住进了露珠,露珠愉快地接纳了我。
我在露珠里睡着了。
我灵肉俱清澈,表里皆透明。
可是,你竟然看不见我。
那一刻,我已经在人世彻底失踪。
我就藏在那颗露珠里。
那颗露珠安静地躺在草叶上。
我安静地睡在那颗露珠里。
你在早晨的原野上路过。
你轻轻地捧起一颗露珠。
你轻轻地把我捧在手心。
你凝视着露珠,你与我交换着透明的眼神。
你却不知道露珠里居住着我透明的灵魂。

钟乳石的睡眠

水滴千年，钟乳石才能长高一厘米。孩子，你知道吗？

在谁也不知道的深山更深处，在古老的溶洞，在幽暗的白昼，在孤寂、潮湿的夜晚，在星子们无言话别的黎明，有一双泪眼，诉说着，依旧诉说着，来自地层深处的渴望。

别打碎了它，孩子，这不是石头，这是一双看不见的眼睛，用亘古的泪水，塑造的一尊浑身是伤的神。

为浇灌这小小的神，那双看不见的眼睛，至少已经流了一万三千年泪水了。

小心捧起它，孩子，最好放回原处，让它在泪光里继续生长。

孩子，你问这熬过万古寂寞才长成的石头究竟有什么用呢？是的，有什么用呢？我真无法回答你的疑问。

孩子，你也许不大可能懂得，世间有某些东西，必须熬过等待的长夜，甚至这长夜长到没有尽头。在没有尽头的长夜里，让内心的激情化作信仰，不为什么，只为那信仰活着，最后，它把自己活成了信仰。

当然，我仍然没有说清什么。

你依旧在问：究竟有什么用呢？

我只能这样说：它至少让我们懂得了，纯真的挚爱能创造奇迹，连眼泪都变成一种珍贵的营养，浇灌出人世间稀有的形象。

你依旧在问：究竟有什么用呢？

我感到我已无法回答这个问题。

但是，孩子，当你这样发问的时候，内心是否已经被它深深触动？

对了，那触动我们的是什么呢？是那深邃的眼神，虽然我们看不见那眼睛，但那眼睛分明在很深的地方注视着，在漫长的时间长夜里，它注视着它所挚爱的，它注视着它的注视，它用目光和泪水浇灌它的神。直到此刻，我们终于看见了，看见一种信仰可以改变石头，可以让流逝的时间停下来，长成一尊神的雕像。

你似乎懂得一点什么了。我看见你目光里开始有了沉思和宁静。

你又问，当所有的溶洞都被打开，所有的钟乳石都被搬进广场去展览、出售和暴晒，当所有的眼睛都只注视当下的财富、眼前的桂冠、快速的成功，只注视市场占有率、股票升值率、微信公众号阅读率，而不再有天长地久的挚爱和忧伤，并且永远不再为心灵和信仰而凝视或流泪：什么千年万年的泪？什么天长地久的等待？三秒钟的哭泣都会影响生存效率，三秒钟的泪水都是浪费和奢侈。

那么，钟乳石，这种珍贵的石头还会生长吗？

孩子，这可真是一个问题。很可能再不会生长这样的石头了。

所以，孩子，千万别失手，一失手，千万年的泪水，浇铸的这颗小小的素心，这尊可敬的神，就会碎裂。

小心捧起它，孩子，最好将它放回原处，让它在泪光里继续生长。

……

一只蝴蝶的睡眠

一只蝴蝶倒悬在狗尾巴草的第三片叶子上。
第一片叶子挂着露珠,第二片叶子住着一只青虫。
上苍留下第三片叶子停靠一只蝴蝶小小的疲倦。
她倒悬着自己,与人类对幸福的仰望保持相反方向。
她向下、向低处寻找投宿的旅店。
一片叶子乐意接待她小小的心跳。
整个夜晚的大地都乐意庇护她无梦的睡眠。
她在人类不屑于注目的卑微草叶上露宿。
她体会着人类无法拥有的安稳、宁静和甘甜。
午夜黢黑,多少人在噩梦里遭遇破产、失业、抢劫和强暴。
多少穷人在转不过身的窄逼房子里辗转失眠、焦虑煎熬。
多少流浪汉在冰冷的大街上与皮包骨头的流浪狗相拥取暖。
多少富人在豪华别墅里用安眠药为有罪的财富催眠。
多少官人在金丝被窝里梦见骤然坍塌的权力天花板。
多少人被命运驱赶,在梦的悬崖上攀缘、跌落和冒险。
——人欲横流的尘世,没有安宁、没有安稳、没有安全、没有安眠。
而在尘世之外,一只单纯的蝴蝶享用着天赐的恩典。
她睡在千万年前的眠床上,她睡在一片草叶上。
她做着公元前没有做完的那场春梦。
她梦见庄子在梦里梦见了她。
她梦见几万年前的春天又转过身来找她玩。
时光一转过身,春天就与她面对面。
——于是,人世的孩子又看见了春天和蝴蝶。

一只蝴蝶不懂诗,她就是诗本身。

而一首诗不需要自己解释自己。

一首像她这样的纯诗,需要诗人去阐释和讲解,去补偿人类的乏味。

一只蝴蝶不懂哲学,她就是一缕哲学的玄思。

一缕对称折叠的哲思,打开来,就化作哲人对存在之谜的沉思。

一只蝴蝶不需要做梦,她就是梦本身。

她是宇宙梦见的一个精致的梦。

可是,蝴蝶竟然只是昆虫学家眼里的一只虫。

对此我表示不解。我认为这是人对自己不理解的神奇现象的污蔑。

一种轻盈到失去重量的天使竟然被污蔑为昆虫。

一种单纯到失去指涉的纯诗竟然被污蔑为世俗应用文。

一种绝对思无邪的美好思想竟然被污蔑为无知和愚蠢。

但是,蝴蝶根本不理睬人类的昆虫学。

蝴蝶在昆虫学之外继续着她千万年前的飞翔和睡眠。

此刻,一只蝴蝶倒悬在狗尾巴草的第三片叶子上。

她享用着人类从来没有今后也不会享用的甘甜睡眠。

在雷电之夜里睡眠

雷电在轰炸天堂和尘世,雷电在巡视群山与河流。

雷电在奔跑着作业。

这样高风险的带电作业,只有雷电能够胜任。

它一边作业一边庄严宣告,强调自己作业的正当性。

雷电是宇宙之光,有着神圣的正义性,没有哪个星球能够屏蔽它。

雷电是超现实之光,代表自然界普遍的正义,没有哪个恶魔能够拒绝,也没有那个天使可以避让。

雷电是崇拜上帝的信徒们唯一能看到的、上帝比画给人类的崇高手语。

雷电是修行佛学的信徒们唯一能看到的照彻天地、照亮人心的佛光。

雷电庄严不可侵犯,雷电神圣不可直视,雷电雄辩不可置疑,雷电崇高不可亵玩。

雷电拒绝悬挂在富翁别墅里充当财富的装饰。

雷电拒绝被攥在奴隶主的手里去吓唬奴隶。

雷电也不能被穷人捧在手里证明自己发了。

在虎狼当道的尘世,穷人不可能掌握财富的白银和荣耀的光环。

雷电在天上和尘世快速奔跑,究竟是什么引发了它奔跑的激情?

雷电四面巡游,高效率作业,它究竟在做一个什么样的作业?

天意从来高难问。雷电的隐衷我一无所知。

气象学家只研究雷电发生的科学原理,他们的解释以偏概全。

宇宙是一个超大规模的物理现象,宇宙也是一个浩瀚无边的精神现象。

没有人能够理解雷电的精神现象学的真正意涵。

没有人理解雷电。

没有人知道上苍赋予雷电的崇高使命。

雷电身上携带着宇宙的正义和机密。

雷电是孤独寂寞的超人。

此时已是午夜,雷电仍在奔跑着作业。

雷电把群山按倒在黑夜的手术台上,一次次切割,一次次解剖。

雷电把宝剑插进河流的心脏,一次次折弯,一次次拔出。

我感到了群山的疼痛。

我听见了河流的尖叫。

雷电的剑光,在山野里的一朵野菊花的小小花心上,"嚓嚓嚓",挥动了三下,我看见菊花惨白的脸。

雷电的剑戟,插进五泉山上的第三眼泉水里了,我看见泉的眸子里的惶恐。

雷电的手雷,投进凤凰山下的那条小溪里了,我看见溪水受惊吓的眼神。

雷电的导弹,精准落进故乡李家营那眼古井里了,我看见井水的晕眩和战栗。

其实,没那么危险,是我想多了。

苍天做事,从来就是场面宏大,态度庄严,目的崇高,而手法却周到、细腻、精致,从不敷衍潦草,更不随便伤害。

你看,闪电从一根狗尾巴草的手心划过,却没有一丝伤痕,还特意留下两颗露珠放在叶片上作纪念,表示祝福。

雷电从一只七星瓢虫的脊背上碾过,没有碰碎一颗星,却小心地把"七星将军"的徽章,擦拭得闪闪发光。

这就是为什么雷电过后,天地特别清新,山水特别明澈,草木特别青翠,那是雷电奉了宇宙的密令,来为我们定期或不定期地刷新这个被我们用旧了、弄脏了的世界。

雷电奔跑着作业的时候,小偷、骗子、流氓、撬门扭锁之徒和贪污受贿之徒,几乎都停止了作案,城市和乡村的犯罪率都降到了最低。

这是为什么呢?

平时，他们也没有少听过媒体的信息、政府的文告、法律的宣传、官员的要求、牧师的布道、和尚的弘法，但是你说你的，他做他的。

他不信你说的，因为他知道你自己也不信你自己说的。

这就是说，人对人说的话，多数已经不可信，已经失效了。

在这个人欲横流、拥挤狭小的人世，若没有一种高于人的——来自无限和永恒、来自绝对领域的终极性力量和启示，是无法触动、唤醒及复活人麻木内心里深埋的高贵意识和纯真情怀的。

多数人，已习惯并满足于内心的混沌和黑暗，并且一再纵容和原谅自己的贪婪之恶和平庸之恶。

今夜，终于有了改变。

今夜，他们听见了雷霆的震怒，听见了天庭对邪恶的严厉斥责和审判，听见了自然界普遍的正义和公正的宣言，听见了笼罩于小小尘世之上的无边的宇宙力量，听见了神对人的心灵提醒。

雷电代表上苍传达着怎样的天命或天意呢？

人哪，你当行天地之正道，为众生作慈航！

重要的道理，上苍不知重复了几千遍几万遍——

> 行天地之正道，为众生作慈航。
> 行天地之正道，为众生作慈航。
> 行天地之正道，为众生作慈航。

上苍虽然为人类配置了用于倾听的耳朵，但对于天意和真理，人经常是听不懂或不愿听。

他们听不懂也拒绝听天地的教诲，他们听不懂也拒绝听上苍耳提面命式的心灵的启示，在真理和宇宙大道面前，他们常常是聋子；他们只喜欢听升官发财的动静，只喜欢听互相恭维的声音，他们只喜欢听自己匍匐在生存的尘埃里制造的蝇营狗苟的噪声。

今夜，他们听见了从远古流传至今的、来自上苍苦口婆心的教诲。

岂止是苦口婆心，上苍简直是捶胸顿足、耳提面命地劝说和开导——

  行天地之正道，为众生作慈航。
  行天地之正道，为众生作慈航。
  行天地之正道，为众生作慈航。

  许多人，在这个雷电之夜，心，苏醒了。一度昏暗的心，被天上的光，照亮了。于是，良心发现了。

  也有人，在这个雷电之夜，心，变软了。一度冷硬的心，被天上的话语，说哭了。于是，赤子之心复活了。

  此刻，已是后半夜了。

  雷电仍在熬夜加班，仍在奔跑着带电作业。

  上苍仍在为天上和尘世，传道授业解惑，仍在为昏睡的尘世，传递光，布置光。

  今夜，我在雷霆为我开启的思路里，浮想联翩了好长时间，虽然，我的思想未必合乎天意人心，但终归来自我的本心，若我的思想不妥，也请上苍谅解。

  我们的先贤曾说过：人心即天意。

  那么，我的思想和心意，也未必完全不合天意。至少有那么一小部分心意，或许是与天意吻合的吧——

  行天地之正道，为众生作慈航。
  行天地之正道，为众生作慈航。
  行天地之正道，为众生作慈航。

  我的思绪断断续续地游荡着。

  后来，雷霆渐渐温和、低缓、轻柔。

  震怒之后的上苍，似乎重新恢复了对尘世的信心。

  那柔和的雷霆，俯在我枕边对我轻声耳语了几句，我就很快睡着了。

  今夜，我难得地进入了深度睡眠……

纯 洁 的 睡 眠

他空空的篮子里，盛满露珠、鸟声、梦境，

盛着一生里最纯洁的记忆。

婴儿的睡眠

婴儿的笑容是神的面容

婴儿脸上的笑容,单纯到没有任何含义,却十分神秘,具有一种奇特的、莫名其妙的感染力。婴儿的笑,是笑本身在笑,是生命本身在笑,而不是欲望或别的什么在笑。从古至今,成人世界变化很大,越变越俗,越变越贪,而婴儿却没有变化,婴儿一直保持着远古的纯真心灵和赤子笑容。

婴儿的笑,没有成人世界的任何含义。婴儿还没有入世,婴儿与这个世界还没有多大关系。婴儿的笑是露珠、彩虹、白云、花朵的表情。婴儿的笑是雨后晴空的表情。婴儿的笑是宇宙星云的神秘表情。婴儿的笑是另一个世界的表情。婴儿的笑容是神的面容。

从婴儿的笑中,我们发现并相信,我们这些成年人确实把一些好东西给弄丢了。因为我们也曾经与他一样纯真,我们也曾经有着神的面容。而现在,我们脸上却堆积着世故圆滑的表情,即使偶尔笑一下,也显得假而俗,有时那笑倒也是真的,却是媚笑、谄笑、窃笑、狞笑、奸笑或苦笑。

婴儿的笑,是向成人世界出示的招领启事:你们,很不幸地把许多天赐的好东西丢失了,我替你们保管着,你们快来认领吧。可惜,我们丢失那好东西已经很久很久了,错过了保质、保鲜期,我们已无法认领回来了。我们只能羡慕婴儿,甚至崇拜婴儿。

婴儿是我们贞洁的上古之神

婴儿是我们清澈的上游之泉,婴儿是我们贞洁的上古之神。婴儿，在唤醒和教诲我们的心灵。

你以为婴儿无所事事，除了睡眠，除了傻笑，什么都不会做吗？

其实，婴儿做着很重要的工作。婴儿从事的工作是我们绝没有能力承担的，婴儿担任着神职：婴儿负责打扫我们的灵魂，婴儿负责重新修订我们的精神世界，婴儿要引领我们返回生命的清澈源头。

我们这些成熟的男人，都曾经或正在担任着婴儿的父亲，其实呢，从心灵和精神意义上，婴儿才是我们这些成人的父亲，是我们的精神父亲，你看，婴儿正在用纯真无邪、晴朗宽阔的笑容看着我们，感染着我们，召唤着我们。

婴儿——我们的父亲，他怜悯我们，他关怀我们，他很想培养我们，他知道我们这些成年人，只是一群丢失了纯真心灵的可怜人，他想认领我们，他要重新培养我们，把我们这些庸俗的成人重新培养成纯真无邪的可爱孩子。

婴儿，我们贞洁的上古之神；婴儿，我们的父亲，他在笑，他在深情地、若有所思地注视着我们，他思考着怎样重新培养我们。

你看着我，就是在治疗我

婴儿，你看着我，就是在治疗我。

婴儿，刚刚从时间的远方走来，婴儿来自的时间，在时间之外，在世界之外，婴儿给我们带来时间之外和世界之外的纯洁和神秘。

其实婴儿并不想加入这个世界，婴儿与我们不处在同一个时间和空间，我们的日历和档案与婴儿毫无关系。天上的白云不需要日历，清晨的露珠不需要档案。婴儿没有日历。婴儿没有档案。婴儿也没有世界。婴儿是永恒之国的使者，婴儿看着我们，就是永恒在看着我们，就是无限在看着我们。我们在琐碎的时间碎片里迷茫和徘徊，在艰辛的生存沼泽里劳碌和挣扎，婴儿却在永恒和无限里翱翔和神游。婴儿看着我们，就是代表永恒和无限向我们表示同情和慰问。

婴儿想拯救我们，想把我们从时间的囚笼里释放出来，想把我们从生存的沼泽里打捞出来，与他一起向无限和永恒飞翔。婴儿本来想拯救我们，然而现实却是我们在养活婴儿，婴儿感到惭愧、为难和力不从心，于是婴儿不好意思地笑了，婴儿在向我们致歉。

造物者没安排好这件事，但也没办法另作安排，时间有点来不及了，因为这样的安排已好久好久了。培养者要由被培养者伺候，培养的方案就难以落实；拯救者要由被拯救者养活，拯救的使命就难以完成，被拯救者反而以为是他拯救了拯救者。婴儿左右为难，婴儿哭笑不得，这就是为什么我们看见婴儿总是又哭又笑、时哭时笑。他实在是很为难啊。

但是，不管怎么说，我们多数时候看到的总是微笑着的婴儿。婴儿笑了，那是无限在笑，是永恒在笑。微笑的婴儿看着我，就是在治疗我。这一刻，我被永恒和无限注视，我被纯真注视，我被神注视。这一刻，我从时间的锁链和生存的奴役里暂时解脱出来，我复归于婴儿，我与永恒面对面，我找回了羞涩的情感和纯真的心灵。

婴儿，你看着我，就是在治疗我。

柔弱无力的婴儿

是谁让我们想起自己也曾经那样纯真？是谁让我们发现了自己的无知、贫乏和庸俗？是谁唤醒了我们内心的无限慈爱和柔情？是谁让我们忽然有了返璞归真的渴望？

是婴儿。柔弱无力的婴儿，却有着绝大的神力。

婴儿让英雄谦卑地匍匐在春天的摇篮面前，乖乖地放下宝剑，捧起奶瓶，婴儿让英雄明白：比起耀武扬威的宝剑，摇篮和奶瓶，才是这个世界的起源。

婴儿让国王彻底放下身段，恭敬地跪拜在他稚嫩的裸体面前，为他撩起浸着奶腥味和尿骚味的尿布，婴儿让国王顿悟：比起高高在上的皇宫和王座，尿布，才是我们每一个人真正的坐垫——我们最初是坐在尿布上吃奶咂手指，我们最后也将躺在尿布上走向瑶池。

婴儿让富翁忽然发现自己惊人的贫穷，因为除了对着利润和财富微笑，富翁已经不会笑了，他有了很多钱，却丧失了纯真的情感和柔软的心肠，丧失了比金子珍贵无数倍的赤子之心。而眼前这位一无所有的婴儿，他对着白云微笑，对着月亮微笑，对着雨点微笑，对着雨后的彩虹微笑，对着青草微笑，对着露珠微笑，对着蚂蚁微笑，对着鸟儿微笑，对着远山微笑，对着永恒微笑，对着万物微笑，他属于万物，他拥有万物，他是万物的朋友，他是宇宙的精灵，他是无限的使者。比起这位一无所有的婴儿富翁，物质世界的很多富翁们，只是一些表面腰缠万贯而灵魂一贫如洗的可怜乞丐。

婴儿让博学者发现了自己的浅薄和无知，博学者以为自己博学而知万物，在婴儿面前，他才知道自己原来对婴儿的内心竟一无所知，对婴儿天使般笑容的含义一无所知。是的，我们所知道的，仅仅是有关这个世界极少、极肤浅的一点点所谓知识，而婴儿却知道另一个世界的真理，他刚刚从另一个世界远道而来，他掌握着那个我们已经遗忘了的世界的神秘知识，我们只知道这个世界表象的、相对的道理，婴儿却知道另一个世界的绝对真理。婴儿掌握的知识领域，是我们的未知领域。但是婴儿不愿意告诉我们太多，他怕他说出的真理会吓我们一跳，让我们掌握的那些浅薄庸俗的所谓的知识体系瞬间全部崩溃。婴儿的语言是另一个世界的语言，与我们的语法和逻辑决然不同，即使婴儿说出来，我们也听不懂。所以，婴儿索性就不说，只是似笑非笑地看着我们，有时急了，婴儿就哭，他为我们的无知而哭，为我们的傲慢和自以为是而哭，为我们的堕落而哭，为我们的贪婪而哭，为我们的庸俗而哭。他哭我们为什么就不懂他呢？为什么除了知道那一点点有关物质、有关占有、有关掠夺、有关消费、有关虚荣、有关名利的世俗知识，我们对心灵世界的真理却懂得那样少呢？对天真高尚的事物知道得那样少呢？他急哭了。他经常嚎啕大哭。

哭完，婴儿忽然想起，眼泪并不能让这些愚蠢的成人们完全明白他们遗忘了的东西有多么珍贵，于是婴儿笑了，婴儿宽厚地笑了，婴儿知道，正是这些不理解他的成人在养活他，他们也很不容易。毕竟，婴儿已经从另一个世界迁移到这个世界，他的使命是提醒这个世界和这些成人：这个世界的高处和深处，还有一个他们不慎遗忘和丢弃了的纯真世界，婴儿只是提醒这些成人不要忘了自己生命的上游和心灵的源头，并时时自净自洁，返璞归真，婴儿并不是非要把这些成人转移到另一个世界，比起这个世界自以为是的愚蠢和强大惯性，婴儿根本不具备让时光倒流、让世界回心转意的能力，更不具备让这些顽固、庸俗的成人重新返回纯真世界的能力。于是，婴儿宽厚地、无可奈何地笑了，自嘲地、惭愧地、遗憾地、若有所思地笑了。

我们渴望婴儿带着纯真的甘泉降临我们中间

在现代世界，神灵已被废除，一切神权也随之被废除，关于神灵的神秘知识，也被废除、被遗忘。当然，为了使人的生存变得明晰、实在、有序，这样做也是有必要的，免得那些装神弄鬼的人把世界搅浑，使人无所适从。但另一方面，由于失去了精神信仰和神性的引领，我们的"心源"也就越来越浮浅了，甚至枯竭了。我们对高尚的心灵生活和宇宙的终极奥秘也就失去了念想和叩问的激情，人面对的似乎也就只剩下眼前的这个世俗和消费的世界，我们的心智也完全搁浅于此，终结于此，懒得再追问和沉思宇宙的本源与生命的奥义。我们生活在一个没有绝对之光照耀的相对世界，我们生活在一个没有神性笼罩的、完全物质化的平庸世界。我们所拥有的知识只是关于物质世界之成分、结构及其如何被人利用和消费的，完全物质化、世俗化的实用知识，即所谓的"科技知识"。我们的所谓美学，也成了商业的廉价装饰和对消费的精致修辞，而全然丧失了"外师造化，中得心源"的内在底蕴和浑然诗意。我们把属于心灵和情感领域的知识交给了心理学，而心理学描述的是心灵的物质（生理）成因和状态，说到底，心理学描述的也是关于人的身心层面的、属于物质（生理）功能的延伸部分——内在部分的启动和生成机制，而非精神现象之绝对本源的描述和呈现。这就是说，除了关于物质世界的科技知识、消费知识、娱乐知识、升官和发财的知识，现代人类实际上已经没有了关乎心灵奥秘和生命意义的精神领域的知识，其实已经没有了那个所谓的精神领域，我们全部的，也是仅存的领域，只剩下了一个，即物质领域与关于物质领域的科技知识和消费知识。而我们貌似热闹的心灵，其实已经撂荒了，早已荒漠化了。我们折腾来折腾去，似乎很缤纷、很丰盛、很多元，其实不过是在物质世界里变着法子消费别人或消费自己，娱乐别人或娱乐自己，恭维别人或恭维自己，推销别人或推销自己。我们像一只彩色橡皮船，轻浅地来回滑行在消费的池塘，而在消费之外，池塘之外，我们已没有了别的海洋，没有了别的地平线，没有了别的宇宙——没有了精神彼岸。

可是，人的心灵是指向彼岸、指向绝对、指向永恒的，人的身体虽然生活在相对和有限的世界，但人的心灵则有着对绝对和永恒的渴望，因为人的心灵正是起源于冥冥中的绝对和永恒，人的心灵渴望一个绝对的彼岸，只有绝对的彼岸才能对应心灵对绝对的渴望，只有绝对的彼岸才能与心灵达成密契，才能让心灵获得归宿感、圆融感、意义感、崇高感、永恒感和深刻的安慰，从而摆脱和超越对死亡的恐惧和生存无意义的烦恼。

然而，完全物质化的此岸世界根本难以安顿高度精神化的心灵，难以为心灵提供一个可以眺望、泅渡、皈依和与之相融合一的彼岸。心灵的去向，被全然物质化的此岸堵截了、遮蔽了，心灵搁浅在此岸，无法远行和飞翔。心灵放弃了永恒和绝对，永恒和绝对也抛弃了心灵。心灵只好被羁押在物质的囚笼里，承受迷茫、焦虑、无聊、荒凉和饥渴，承受生存无意义之烦恼，还要忍受死亡的逼视、压迫和最终的寂灭，有的人只能靠饮鸩止渴，麻醉心灵，或者充当权力拜物教、金钱拜物教的奴隶，让自己完全沦为没有灵魂的"欲望之躯"和消费机器，顶多用一些快餐文化的油彩，来涂抹和装饰消费的过程，使之看上去似乎很有情调和小资趣味，然而，抹去那层稀薄的文化油彩，我们会发现，那个消费的过程，除了物质还是物质，除了欲望还是欲望，除了空虚还是空虚，除了无聊还是无聊，它并没有一丝一毫的迹象指向有意味的精神旨趣和深远的生命意境。

在一个剔除了神性和诗性的完全物质化的世界，人不再是低于神的谦卑物种，而成了高于万物的疯狂物种，成了生物链的最高一环，成了食物链的贪婪顶端，人终于由宇宙之子变成了宇宙的孤儿，由万物之友变成了万物的天敌。人的浅薄媚俗之上，再没有更高、更本源、更神圣的语言对人进行纠偏、教诲并提供心灵启示。人的实用知识、消费知识体系之外，再没有更高、更深邃的精神涌泉为心灵注入灵性乳汁和智慧甘泉。

在心灵的荒漠，我们渴望心灵的救赎，我们渴望心灵的甘泉，我们渴望来自绝对和永恒之神谕的启示和救援，我们渴望纯真的婴儿随着旭日一起降临，降临到我们中间。

唯一拥有神权的人

不幸之中有大幸。好在，我们还有数不胜数的婴儿。谢天谢地，我们的婴儿，今天终于来了。满天星星列队迎迓，遍野露珠齐声鼓掌，我们的婴儿，终于来到我们中间。

婴儿为焦渴的心灵带来了荒漠甘泉，婴儿带来了我们失去已久的纯洁和神秘，婴儿为一览无余的生活带来了充满暗示的生命寓言，婴儿重现了神的面容，婴儿为这个被成人用旧了、用腻了、用锈了的沉闷老世界，带来了上古的清新、清澈和清欢，带来了创世之初的鲜活、鲜美和鲜艳。

婴儿让我们返回世界的第一个早晨，在婴儿到来的这一天，我们看日出的眼神都变了。以往觉得寻常而不怎么留意的日出，今天，我们却忽然意识到自己是多么愚蠢麻木，对伟大的日出竟然也熟视无睹、浑然不觉了，而自己戴一顶什么样的帽子、系一根什么颜色的领带反倒成了天底下的极大之事，这是何等的本末倒置？这是何等的荒诞？日出，怎么会是寻常的日出呢？那是奇迹的喷涌，那是灵性的飞升，那是一颗孤独伟大的心灵，在宇宙的长夜里，呕心沥血地写着一首注定无人读懂，却注定要一直写下去的孤独、悲壮的宇宙史诗。

在婴儿到来的这一天，我们同时看到了被女娲刚刚换洗过的比白更白、比纯洁更纯洁的白云，我们看到了盘古时代的一座座青山，那是世世代代环绕我们笃诚站立，深情注视我们的祖先。我们看到了露珠，每一颗都保持着公元前的透明。我们看到了《诗经》里的露珠，看到了打湿过祖母眼眸、打湿过母亲手指的露珠，上苍把最好的宝石挂在我们经过的路旁，放在每一片与我们曾经相握或准备相握的叶子的手心上。这一天，我们还听到了最密集的鸡鸣和鸟唱，我们听到了来自时间深处的激荡灵魂的钟声。

是的，婴儿为这个深陷于劳碌、抑郁、愁苦、混乱的世界带来了新生的节日，婴儿让这个迷失于浅薄消费狂欢却不懂得沉思生命奥义的貌似极度繁华、实则极度空虚的商业世界，猛醒过来，意识到自己的致命贫乏和极端浑浊，我们在惭愧和自省之后，终于有了心灵的澄明和觉悟：我们不应该是临时镶嵌在一个老去的机械世界里供命运把玩的时髦的、一次性的玩具，我们更不应该是寄生在一沓钞票上的、消费的虫子，我们的每一天都应该在精神宇宙里开天辟地、潜海追日！婴儿提醒我们：只有当我们纯洁地热爱、谦卑地皈依的时候，我们才真正拥有生命，反之，当我们揣着一颗市侩心、睁着一双势利眼的时候，我们就是没有灵魂的欲望之躯和竞争机器，我们就是制造废墟的废墟、排泄垃圾的垃圾。是的，只有当我们纯洁地热爱着的时候，这苍凉的世界，才每分每秒都在我们的心跳里重新诞生；当我们谦卑地向无限敞开自己的心灵，这浩瀚的大宇宙，每一颗星辰都会向我们举起启示的灯盏，每一条星河都会用神的语言向我们传递奥秘和神谕。

婴儿的到来，使我们每一个家庭都有了自己的圣诞节。上苍为我们降下了婴儿，我们做父母的，只是被上苍雇佣的仆人和保姆。天降婴儿在今晨，天降婴儿在今夕，休去说什么"天意从来高难问"，其实，天意从来何须问，天降婴儿有大用，婴儿有其天命和神职。

婴儿，是丧失神性的现代世界的最后的神灵，也是这个被过度技术化、商业化、功利化、世俗化，变得越来越浅薄庸俗的物质世界的唯一神灵，婴儿是现代世界里唯一享有"神权"的人，婴儿不可侵犯，婴儿的"神权"不可侵犯。婴儿貌似什么都不会做，其实婴儿担负着神职：婴儿负责对我们进行心灵洗礼和精神救援。

被婴儿注视的世界，渐渐恢复了童年的清澈、纯真、羞涩、广阔、神秘和宁静；被婴儿注视的人们，渐渐有了母性的慈爱和父性的宽厚，渐渐有了一点神性、诗意和童心。

他刚刚从永恒那里赶到尘世

我常常看到这样的情景：在街巷，在路边，在村头，在农家院落，在小区草坪，在住家门前，几个或十几个人，其中有妇人也有壮汉，他们围着一个少妇或大娘抱着的婴儿又说又笑，有时不说也不笑，只是安静、专注地簇拥着这个婴儿，看着婴儿的表情和手势，猜测着那表情的深奥含义，和那手势所指示的方向，他们多半是猜测不出来的，但那婴儿并不生气，只是微笑地看着这些簇拥在他四周的人。有时，婴儿一边笑着，一边沉吟着自言自语了那么几句，好像在默念经文，又好像在布道或祈祷，围着他的人们突然若有所悟，大笑着，开始了热烈的议论；但那婴儿却微笑着举起手来，做起了含蓄的手势，似乎暗示这些成人们的议论都是错误的，这些成人们遂收起了笑声，又开始琢磨婴儿微笑的含义和他的手势所提示的奥秘，场景一时有几分肃穆庄重。过了一会儿，婴儿的表情忽然由微笑转为喜悦的欢笑，突然，他那小手果断指向一个慈祥的妇人，妇人就受宠若惊地抱起他来，婴儿也不拒绝，就离开了他母亲或外婆的怀抱，进入了那妇人怀里，而别的妇人意犹未尽，也想抱抱他，他就依序进入她们的怀抱，将这个混合着奶腥气和神秘气息的初夏的记忆，均匀地留给她们，留给这些已经过了生育期的妇人们。

我当时看到这个情景，心里涌动的情感已经不是一般的所谓感动，我的心里产生了类似于古典宗教时代的宗教信徒经过虔诚的静修，内心无比澄明时才会涌动的那种沐浴了神恩、与神灵交换了灵魂的圣洁的喜悦与感恩之情。我当时想，我眼前的这个婴儿，他仅仅是一个不懂事的、流着口水傻笑的婴儿吗？是的，他也许真的一点也不懂是非之事，不懂商业之事，不懂虚荣之事，不懂成人们纠缠的那些世俗之事。他对世俗世界的事情，什么都不懂，他的心灵是透明的、天真的，他唯一懂得的是爱，他唯一的工作是爱，除了爱，还是爱，你看，此刻，他正在做着一件多么美好的事情：他慷慨地把他的纯真之爱和赤子之爱，均匀地分给他遇到的每一个爱他的人。

心灵透明，只懂得爱——这不是只有神才能达到的境界吗？那么，此时，我们簇拥的这个婴儿，他不正是我们的小神灵吗？或者，他至少是传递神恩和神谕的牧师吧？不，他其实是刚刚接受了神的委派、刚刚从另一个世界走来的爱的使者，他担负的神职比牧师更纯粹，也更称职。牧师是从俗人中产生的一种职业，有时也被一些人当作饭碗，而婴儿担任神职，它是直接从天国里被派到人间，婴儿没有任何世俗世界的习染、杂念和偏见，婴儿刚刚从神那里走来，刚刚从天国降临人世，他要原原本本地向我们传递神的面容，神的心意，神的叮咛，神的礼物。你看，此刻，这些簇拥在婴儿周围的成人们，不正在围绕一个神的使者，虔诚地沐浴神光，聆听神谕，领取神恩？

婴儿引领我们看见了不朽的深蓝

有一次，我在一个小区的门口，看见几个大人围着一个少妇怀抱中的婴儿，正在高兴地说笑。那婴儿微笑地看着大人们，继而，婴儿的目光快速地越过这些好奇的大人们，忽然就仰起头来，不看任何人，惊讶地仰望着天空，于是，簇拥在婴儿周围的大人们也齐刷刷地把目光望向天空，他们想看见婴儿到底看见了天上的什么，然而看来看去，却并没有发现天上有什么动静。但是，婴儿就是不把目光从天上收回来,他久久地看着天空,久久地看着那接近于无限的深蓝,那永恒无语的深蓝。他刚才一直微笑的表情,此时变得似笑非笑,痴迷得好像在沉思和做梦。他究竟看见了什么呢?簇拥在他四周的人们一时都不明白,他们不具备婴儿超凡入圣的眼神,他们看不懂婴儿的看。

  过了许久,成人中的一位忽然如梦初醒,他悟得了婴儿眼神的深意,他激动地说:婴儿,他在我们的头顶之上,在我们生存的小小屋顶之上,看见了不朽的深蓝,他是看见了永恒!他是从天上来的,是从永恒那里来的,他此时引导着我们,也让我们的目光高出了尘土,高出了鸡毛蒜皮,他让我们看见了我们早已遗忘的苍穹和永恒。

  那一刻,一个婴儿引领着一群大人,齐刷刷望着深蓝的天空,那一刻,他们追随着婴儿的目光,他们看见了无限,他们看见了永恒,他们被永恒震惊了,如醉如痴……

在山泉边睡眠

上中学时，我课外读了《中国文学史》《唐诗三百首》等，在语文老师那里借阅了多期《中华活页文选》，还读了些现代文学作品和新诗，艾青的一些诗就是那时读的。我本来就喜好语文，这些有意思的课外阅读，竟撩拨起我写诗的冲动。加之正值青春全盛期，对人生、理想、自然等，充满着朦胧而浩荡的情思。我在此时，与诗相遇，诗竟如火苗般点燃我生命里茂密的柴薪，"噼噼啪啪"地燃烧起来了，若是谁能看见青春的内部情景，那是有点像火海的。

诗便也一首首写起来了，我一天不写，就很憋闷，两三天不写，就像害了一场病似的。于是我天天写诗，有时熬夜到黎明时分，非得把诗写出来，不然觉是睡不着的。

于今看来，那些诗多是情绪宣泄，是青春期的精神代偿品。其特征是情绪的泡沫远多于诗性元素，诗的意境、蕴含和诗艺难免是稀薄的。那时写诗，可以看作是在以分行的文字为生命泄洪、为青春救火。虽是虔诚地以审美的方式进行，但又是应用价值大于审美价值的——当然，它是精神的活动而非世俗的物质活动，因为它很纯粹，没有精神之外的别的杂念。它的价值在于给了青春一次淋漓的诗的洗礼，并提供了一艘精神的渡船，帮助年轻的心灵在生命激流里做美好的飞渡，避免沉沦和迷失，而且给人生敞开了一个诗意的方向，从而使我们有可能在告别青春走向社会以后，在接受庸常的同时，也拒绝和超越着庸常——因为青春曾告诉我们：人活着不仅仅只是为了生存，生存之上还有一个诗意世界。

那时的一段日子，我几乎每天都暗暗地、秘密地、疯了一样地进行着史前造山运动——诗的运动。痴迷地在内心里打捞诗，在自然里捕捉诗，在激情里烹调诗，觉得诗才是世界的主题，诗之外的世界反而有些虚幻。

我的课余时间、劳动间隙，都用于发现、冥想诗了，常常于夜晚久久地徘徊在星光下的学校操场、乡间路上、小河之畔，也早早地知道了失眠的滋味。

记得一个星期天，我在家乡的五泉山帮助父亲挖完了那片待种的坡地，就拿着专门写诗的笔记本来到一眼山泉边，折一片水葫芦叶，卷成漏斗状，舀了泉水喝下，那清冽、甘甜与爽快，直达肺腑，满溢身心（写至此，忽想起我和大家几十年再没喝过那样好的泉水了，身体里不知淤积了多少吨化学漂白粉、商业添加剂、权力致癌物、金钱致幻剂、文化地沟油等现代物质的和精神的垃圾与病毒，这些东西充斥着的身体和灵魂，怎么还有可能酝酿和分泌出诗的灵物？仅凭此就可解释现代何以无诗，何以少有真的诗人）。

喝了泉水，我满心荡漾着透明的、莫可名状的欣悦。坐在四周摇曳着水仙、野葫芦、灯芯草、野薄荷、菊花、车前草的泉边，天光、云影、水影、和花影交叠于泉中，真是梦境映着梦境，幻象叠着幻象，我就坐在这重叠的梦和幻象之间，成为梦中之梦，幻象中之幻象。涌流的泉声已提前为一种心境押了韵，泉的上方是倾斜着而渐在高处陡起来的高坡，上面长满蕨草、葛藤、松树，还有各种野花，有几株野百合正在盛开着，于蓬勃草木里捧出四月的白雪，那似乎是给我的礼物，那洁白，是如此吻合我那纯洁的心。仙境也不过如此吧？但这分明是我熟悉的故乡的山、故乡的泉，它们是这般映照着我那唯美、空灵的心魂。心中的潮水荡漾起来了。赶紧写诗吧，否则对不起这泉，对不起这春的盛情，对不起这满山吹拂着草木清气和五谷香气的清风，对不起这颗透明、欣悦的心。

于是我在泉边青石上躺下来，聆听着泉声，构思着诗句。

听着，想着，心里幽幽的、静静的，诗句，竟然久久不出现，出现的，却是被泉水和泉韵洗漱得越来越清澈、越来越空远的心境。

纯洁的睡眠

我觉得这是比平日写诗写疯了的时候更好的心境。

此时心里没有情绪的激荡，没有心事的拥堵，没有激烈的喷涌，被泉水洗过的、无限敞开着的心，如寂静空灵的幽谷，如此时头顶那一碧万顷的天空。

我静静地让自己停靠在这无边的空明心境里。

朦胧中，我感到脸上有什么在降临，接着有微微的酥痒，但没有别的不祥动静，我微睁了眼睛，看见一只蝴蝶停靠在我的鼻子上，轻轻扇着的翅膀鼓起一丝小风，我感到这是自然界所能有的最细微、最美好，也是风力最小的风。

它把我当作春天的一部分，当作山泉的一部分，把我的身体当作春天里刚刚修好的一座安静的寺庙，把我的鼻子当作一个温柔的小亭子，一个通向花海的驿站。

它就这么停下来，坐在我的鼻子上。我的身体，我的心灵，似梦非梦地，以前所未有的极度安静和单纯，轻轻地、均匀地呼吸着，似乎静止在一种空濛里。

我的脸的正中，停靠着春天的呼吸，停靠着一只蝴蝶的小小的疲倦。

直到它的翅膀带起一阵小风，这春天的女王，起身走了，到别处巡视和观光去了。

我坐起来，目送它的身影，一点点淡去。

这个下午，诗终于没写出来。

停止了写诗，心，却静静地、完全地变成了一颗诗心。

我体验到了从未有过的心灵的澄澈、透明、空远和宁静。

我体验到了文字不能企及的、无以言状的诗的意境。

那是人的心能够进入的最好、最接近神性的时刻，是真正属于诗的时刻。

在那样的心境中，一字不写，也是个真的诗人。

那时刻的人，就是一首高度诗化了的纯诗。

（我联想到如今，多少写诗的所谓写手，也许从未体验过诗真正降临时的意境，竟从暧昧杂乱的心里掏出一些语言的碎屑和泡沫，拼凑着似是而非的诗的形体，这种丑陋的非诗，无非是在告知：诗已经死了，这是它风干、变形了的遗体。）

我坐在四月的山泉边。

一只蝴蝶停靠在我的身上。

我停靠在内心的澄澈、空明里。

内心，其实正停靠在一种诗境里。

那个下午我没有写出一句诗。

但是，在那个没有写出诗的下午，我正是在一首诗里度过的。

青春期的睡眠

羞怯地、焦灼地,去了一个地方。

是追着一个微笑去的。那微笑者的身影不太清晰,脸也模糊,好像熟悉的一个女子,又像是从一本书里走出来的,她很妩媚地笑着,只对我笑着。

我想辨认她。但我不愿离开她的笑,于是也望着她笑。她的整个身影都化作了一团笑影。我快要接近她了,她又开始移动,不,是飘动。我想这就可以看清她的背影了。她的背影也是笑着的,是飘动着的一个微笑。她又转过来,望着我笑,似乎在暗示什么,她的笑不仅更妩媚,而且有些神秘,有一种深不可测的感觉。"深不可测",是我刚学会不久的新词。海,深不可测;天,深不可测;地,深不可测。她的笑影后面是海,上面是天,下面是地,对面是我。她的笑好像是这一切背景上的一个出口。她的笑好像是一个漩涡,从漩涡里走进去就可以看见海的后面是什么,地的深处是什么,天的高处是什么。

她仍然笑着,她好像招了一下手,又很快把手收进笑里。她笑得更迷人了。那漩涡转动起来,旋出一些五颜六色,粉的花,黄的羽毛,白的飘带,红的鸟。我更胆怯了,却又更焦灼地想接近这漩涡。我的周围什么也没有了。只有漩涡。一团妩媚的、深不可测的漩涡。我怕我卷进去,又渴望卷进去。我的身体晕眩着,晕眩着向这漩涡倾斜。我异常清晰地看见了那妩媚的笑,从笑里涌出那么多温暖、柔软,和诱惑的声音。全宇宙的好东西都从这笑,从这漩涡,从这出口里涌出来了。我顺从这笑的吸引,这漩涡的吸引,我感到我的身体像一块滚烫的陨石,急促地向这美丽的漩涡坠落,向宇宙的深处坠落……

一场空前的灾难就要降临。

我就这么恐惧着，等待着——那天塌地陷的时刻。

"轰隆隆"——

万古洪荒中，终于响彻开天辟地的声音……

在竹林里睡眠

20世纪70年代的漾河岸边,有绵延数十里的柳林、槐树林、杂木林,在孙家湾一带的岸上,有大片竹林。我小时候吹过的几支竹笛,就是用在这里采的竹子做成的。我回家模仿民办老师宝元哥的标准笛子去制作,比对着用铅笔画了笛孔位置,用烧红的细铁棍钻了笛孔,用竹子里的薄膜做笛膜,一吹,不错,还有几分悦耳。放学了,一有空,就拿上书本,带上笛子,到原野,到河边,做一阵子作业,读一会儿书,吹一会儿笛子。故乡的原野山水间,缭绕着少年的笛声。

有一天,妈妈提着一篮衣服到河边洗,我就想,何不让妈妈听听我的笛声呢?就悄悄过了小桥藏到河对岸孙家湾的竹林里,为妈妈吹了起来,边吹边留意我妈的动静。我看见我妈搓衣的手停下来了,她在向这里眺望,她在寻找吹笛的人;然而,笛声停了,她略微失望地把注意力返回手中的衣服,继续搓洗。我怎能让妈失望呢?于是我又吹起来,一曲又一曲,我妈沉浸在笛声里,洗洗停停,停停洗洗,笛声里的河水泛着喜悦的波纹,笛声里的我妈揉搓着天光和白云的倒影。但是,我妈不知道,给她吹奏的是谁家的孩子,他藏在青翠茂密的竹林里,把少年胸腔里饱满的气流和纯真感情,都化作了一曲又一曲笛声。

现在,他看见太阳偏西,对岸,妈身旁的衣服还没有洗完。让妈专心洗吧,改天再为妈吹奏。他也累了,就躺下来,怀里抱着心爱的竹笛。

轻风里,竹叶飒飒;林子外,河水淙淙。此时,喜欢发声的笛子静静无声,它躺在他的胸前,静静地,倾听少年均匀的鼾声……

在松林里睡眠

少年时,在野地里睡眠是经常的事。我最难忘的一次睡眠,是在凤凰山的松树林里。

凤凰山离我家有十几里路,同村的孩子经常结伴到那里采野菜,拾地软,捡蘑菇。有时,我也单独一人上山。

那年秋天,我就独自上凤凰山捡蘑菇。到了山上,走进松林,雨后的松树散发着浓厚的松香气息,我在林子里转了一会儿,竟没有看见想象中的遍地蘑菇,只发现松软的地上,有一些小脑袋探头探脑,藏在泥土里不肯露面,我也不忍心向人家下狠手,人家是孩子,我也是孩子,孩子都是怕受惊,怕疼的。

因为已经赶了十几里路,我累了,就躺在厚厚的松针上,听着鸟声和林中的风声,一会儿就睡着了。

睡了大约有几百年之久(年少的时光总是地久天长,酣睡一觉,就有一梦千年的恍惚之感),一阵奇痒将我惊醒,一只不知姓名的小鸟竟歇在我头发上,正为我捉痒痒,修理发型,我手一伸,一睁眼,小鸟忽地飞了。我在哪里?不像是在家里的床上,不像是在河边的青草地上,也不像是在宋朝《水浒传》的阴森林子里(那时我已读过《水浒传》的连环画)。终于完全醒过来,哦,我是在凤凰山,在松树林里,我是来捡蘑菇的那个孩子。

这时,阳光透过林梢洒在地上,我站起来,一看,呀,我的面前,一片片、一簇簇彩色蘑菇,白色的、灰色的、粉红的。妈妈告诉我,白的是槐树变的,灰的是杨树变的,粉红的是松树的魂变的,它们没毒,不是毒蘑菇,它们是林子里的精灵,是树的香魂儿。

我蹲下来,无比惊喜又无比心疼地,面对着它们,我不忍心采下它们。受了一缕阳光的邀请，在我熟睡的时候，它们从各自的梦境里醒来，经过漫长的跋涉，它们走出笼罩了它们数千个世纪的夜雾，终于，它们睁开眼睛，它们看见了一个孩子，与它们相似的孩子，也在做梦的孩子，多么可爱善良的孩子。除了梦，他身上竟没有任何别的东西；它们也是这样的：除了梦，它们身上没有任何别的东西。于是，它们，提着盛满露珠和清香的花篮，提着一生的心愿和梦，它们围过来，围绕着一个孩子的梦，它们静静地绽开各自的梦。

此时，没有一个人知道，没有一个人看见，松林深处，只有那个孩子亲自参与了这个天堂里的故事⋯⋯

你当然能想到事情的结局：那个孩子没有采蘑菇，他柔软的手，几次伸出，最终又返回，返回到柔软的位置。他怎么会去拔掉和撕碎那些纯真柔软的梦呢？

他提着篮子轻轻地走出林子，他的篮子是空的，然而，他的篮子真的是空的吗？他空空的篮子里，盛满露珠、鸟声、梦境，盛着一生里最纯洁的记忆。

在稻草垛里睡眠

天黑了,大人们回到屋子,回到小小的生活中,把夜晚和大地,完整地交给孩子们。从古到今,孩子们都是夜晚和大地的真正主人。

天黑了,也就是说,孩子们的天亮了,孩子们开始工作了。到村子外面生产队的稻草垛里捉迷藏,就是孩子们的重要工作之一。

孩子们奔来跑去,你喊我叫,乡村的秋夜,到处是孩子们披着满身月光奔跑的影子。

那夜,月亮也在天上玩捉迷藏,在云里时出时进,时隐时现,一排排稻草垛就显得时明时暗,碉堡一样,充满了敌情,却不易捕捉。我捉住了小明,喜娃则捉住了我;现在轮到云娃来捉我们了。我大汗淋漓,藏进大槐树下的那个罩在阴影里的稻草垛里,希望被捉住,又生怕被捉住,心,突突跳,怕着,等着,却听不见"敌人"的动静,索性就躺下来,柔软芳香的稻草里,竟是如此适宜睡眠,很快,我睡着了。

一觉醒来,我记起了"捕捉"的事情,遂轻手轻脚钻出稻草,整个碉堡群里竟鸦雀无声,只见萤火虫打着灯笼与火把举办焰火晚会。噫,云娃、喜娃、明娃、犟娃哪去了,捕捉我的英雄好汉们哪去了?

我在碉堡群里挨个搜寻,终于全部活捉了他们:和我一样,他们在稻草垛里钻出钻进,几个来回,准备被人捉的,准备捉人的,却全被稻草的芳香和柔软给迷住了、捉住了,最后,都在故乡的温暖怀抱里睡着了。我不费吹灰之力,一举活捉了他们:云娃、喜娃、明娃、犟娃。

当然,我捉住的,还有月光、稻草的芳香,以及他们的惊叫和笑声。

押着一群快活的俘虏,我们回家。

纯洁的睡眠

在树上睡眠

在树上睡觉是什么感觉？

我们人类走下树、走出森林已经有些时间了，挤在水泥楼、金银床、真皮沙发、安乐椅上，害着抑郁症、狂躁症、贪得无厌症、精神分裂症、失眠症，也已经有些年份了。

在树上睡觉是什么感觉？这个问题，应该向猴子、鸟儿去请教。

但是，猴子不会告诉你，怕你去占了它们仅存的几片林子，在人类疯狂的围追堵截下，属于它们的山头已没有几座了。鸟儿们也不会告诉你，不仅语言不通，它们也怕你手中带电的利斧，怕你一竹竿捣了它们的巢，"覆巢之下岂有完卵"，这道理鸟儿们明白。

在树上睡觉是什么感觉？还是让我告诉你吧。

少年时，我经常在树上睡觉。睡的最多的是老家门前菜园边的那棵柿子树，那年秋天，父亲把收割后的稻草摞在柿子树下，准备时不时取一些给猪牛垫圈。稻草垛像个金字塔，我爬上塔，伸手抓住树杈，一抬脚就爬上树，一看，树杈另一端还有着一个树杈，这不是一张床吗？正等着一个人去睡呢。树枝有爹爹胳膊那么粗，就当是枕着爹爹的胳膊吧，万一从爹爹的胳膊上掉下去，也不怕，正好掉在稻草垛里，那不正是个金丝窝么？于是我四仰八叉地躺上去，竟睡着了。当妈妈做好午饭喊我吃饭时，我在树上一应声，跳下来，吓了我妈一跳，说：我当是天上掉下个孙猴子，原来是我的傻儿子。

一回生，二回熟，三回上瘾，四回成癖。柿子树就成了我悬在天上的一张床，我把它称作"天床"。一年中不少时候，树上都有我的鼾声，我的梦。

春天的午后，我睡在天床上，看满树的叶芽儿也在一边伸懒腰，一边揉着眼睛忙着起床,小鸟在邻近的枝头朗诵祖传的谚语,整理新换的衣衫;夏天的夜晚,透过绿叶的帐篷,我看见那么多星星也睡在我的四周。我忽然有了惊奇的发现:人和家畜是睡在土地的床上,鱼儿们是睡在流水的床上,蜜蜂是睡在花朵的床上,而那热烈的太阳、孤独的月亮,那无数的星辰,那传说中的宇宙天神,那伟大的事物和思想,都漫游在苍穹高处,都睡在辽阔的天床上。难怪人们把有着奇特才华的人称为天才,把有着高深境界的人称为天人,原来,他们是根在地上、魂在天上的人啊!

秋天在树上睡眠,现在想来过分奢侈了些,成熟的柿子,灯笼一样挂满树枝,我睡在灯笼中间,随时摘下一盏灯,对不起,我吃下了这盏灯,满腹的香甜,满心的光亮;最让人痴迷的时刻是在秋夜,天宇明澈,星斗繁密,涨潮的银河"哗啦啦"地流过来,我小小的天床溅满天国的水声,这时候,一抬眼,我就看见了外婆告诉我的那位织女姐姐,她还在天上纺织,我看见她眼角含着泪滴,离她不远,我看见牛郎哥哥正在牵牛渡河,你饿了吗,我天上的好哥哥,我想递给你些柿子,作为远行的干粮,然而,距离毕竟远了些,我把关切的目光投给身边的星星,请他们代我问候天上那些流泪的心灵。这时候我就想起人间的好了,这里虽不是天堂,但这里毕竟有柿子树,有妈妈在灯下缝衣,有爸爸在月下剥包谷,有小朋友在原野疯跑、唱歌、捉迷藏。

是的,这里毕竟有一张略略高出地面、稍稍接近星辰的"天床",我随时爬上去,或睡上一觉,或吃上几口,或既不睡也不吃,就静静地,与树上的绿叶、清风、小鸟躺在一起,与满天的星星躺在一起,然后,从"天床"走下来,携一身天光、天露,回到母亲的地面,回到小朋友中间,回到五谷、炊烟、劳动和歌谣中间……

在河边睡眠

漾河，是我故乡的一条小河，发源于巴山深处，一路穿山破云，跳涧越石，绕树摇花，逶迤数百里而来，路过吾乡时，已是荡荡然、澹澹然，很有点气象了。然而，它知道它是山里的娃娃，山里娃，脾性厚道、淳朴，它从不哗众取宠，从不轻狂嚣张，它总是谦和地流淌，低调地叙说，沿途漾着些笑纹，漾着些低语，漾着些押韵合辙的古歌。它乐意人们叫它漾河儿，小河儿，是的，高天大野里，俺们都是小孩儿。

说来，我还算是个有点福气的人，投生在李家营，李家营旁边就是绕村而过的漾河。我的漾河，注定要灌溉和荡漾我的一生。

漾河于我恩泽多多，故事也多多，能写几部书。最值得说的是，漾河的岸边是我的眠床。

河床是水的床，河岸呢，该是人的床吧？我父亲和爷爷那辈分的人，劳动间隙，常常在河岸树荫里枕着农具睡觉纳凉，受了他们的感染，我也自小养成了在河岸睡觉的习惯。

下午放学了，我和小伙伴背着书包到河边柳林、芦苇荡里疯跑一阵，捉一会迷藏，然后靠在树上读书、做作业，河水哗啦啦地在旁边陪读，河水出口成章，我也出口成章，我在河边很快就能写好一篇作文。做完作业，我们就仰躺在草地上熟睡过去，一阵鸟声叫醒我们，妈妈们喊吃饭的声音从村头传来：喜娃，吃饭了；荣儿，快回家了……我们一股脑儿爬起，揉着眼睛呼喊着跑回家。

还记得那年中学放假，正是酷暑季节，我拿了一本《唐诗三百首》跑到漾河边，先下水游了一阵，上了岸，就在一棵大柳树下放倒自己，仰躺着，上身留在岸上，两条腿伸进河水，鱼儿一群群围过来，啄我的脚丫子，吻我的腿杆子，按摩我脚底的涌泉穴（我外爷是中医大夫，生前告诉过我穴位的知识），还时不时用力碰触我的某些部位，那是在揉搓关节、打通血脉吗？这些水上的按摩师们，在集体为我会诊，免费为我保健哩。

  凉意和清爽迅速漫过我的身体，也漫进书里的诗句，我的手上仿佛捧着似懂未懂、朦朦胧胧的唐朝，脚下浸着从远古一路荡漾而来的流水。我想，此刻打湿我身体的这些水，也该打湿过张若虚、李白、杜甫、王维、李商隐们，打湿过他们的衣襟、手足和灵感。啊，不朽的诗卷里回旋着古老的波涛！流水照料着千年万载的人世人心，浇灌了一代代的诗魂诗情，现在好不容易赶来滋养我，流水将把我的心魂和情感带向远方，汇入记忆之海。这么想着，我就渐渐睡着了，梦里竟然真的溯流而上，"梦回唐朝"，我见到了那春江花月，幽涧野渡，岭上白雪，天际帆影……

孤 独 的 睡 眠

他在与木头打交道的一生里，似乎获得了木质的品格：敲开，就散发出内在的芳香；入定，就潜入了浑厚的睡眠。

大个子杨自民爷爷的睡眠

记忆中的杨自民爷爷不仅个子高,有一米九以上,力气也大,挑粮,挑土,挑水泥,挑着二百多斤的担子一口气能跑十几里路。他还有一绝,困了,就随时放下肩上的扁担,躺在上面睡觉,睡得再沉,也不会从扁担上滚下来。扁担,也就他手掌那么宽,他那么高大的身子,在如此窄的"床"上居然能酣然入睡,且鼾声如雷,他是怎么平衡的?有人认为这不算什么,扁担就那么厚,又离地面近,他的身子并未完全离地,所以才睡得安然。于是,有人就把扁担放在两个石墩上,扁担孤悬在空中,在这悬空的窄床上,自民爷爷照样很快熟睡过去,鼾打得雷鸣电闪,热火朝天,还自如地翻身,无论侧着睡、仰着睡,他均睡相泰然,酷似卧佛睡仙。

我后来想,自民爷爷一生没离过扁担,扁担也许熟悉了他的身体,熟悉了他的疲倦、心跳和呼吸,扁担也许对压在这个肩上太多的重量感到过意不去吧?作为回报,扁担愿意随时托起他的心跳和呼吸,托起他的劳累和老茧。当他熟睡过去,木讷的、平时沉睡着的扁担就清醒过来,小心地分担着他一生的疲倦。

木匠李叔叔的睡眠

我中学同学李长安的爹爹是方圆数十里有名的木匠，而且业余喜读小说和历史，也读哲学书，为人豪放、博学健谈，说出话来有趣、有道，人们尊称他是民间哲人。

我几次到他家，见过木匠兼哲人李叔叔睡觉的情景。满屋都是木头、木板、锯开一半的圆木，地上铺满柔软的刨花、细碎的锯末，在扑鼻的浓郁木香里，木匠叔叔沉睡着，隆隆的鼾声缭绕着细密的木纹，使我怀疑这木香就是从木匠叔叔的梦境和鼾声里释放出来的。

在木匠的睡眠之外，斧、凿、刨、锯们似乎还清醒着，保持了哲人的睿智：斧不再砍向别的物质，而是冷静地反观自己；凿停止向别处开凿，静静地，它从这时光的空寂里，窥望时光深邃的缝隙；刨终于安静下来，它平日总是忙着在别处刨根问底，此时却要追问自己是谁；锯，即使闲着，也依然在与自己拉锯：那些等待锯开的，都是问题，那些已经锯开的，难道就不是问题？最为沉静安详的，是端坐中间的墨盒，它守着怀中的绳墨，准备着随时出手，这里量量、那里画画，定要为复杂的生活和各样器具，量出个长短曲直，画出个规矩方圆……

那位匠人兼哲人——我可敬的李叔叔，就睡在这一切的中间，就睡在等待成器的木材们中间，就睡在与他一样也养成了沉思习性的器具们中间。他深沉的倦意里，混合着劳力和劳心的双重疲倦，因此他的睡眠里，也混合着身体和心智的双重深渊。鼾声如雷的时候，哲人的游魂已抵达缥缈的云端，与神灵同游；鼾声如浪的时候，匠人的意识已沉入幽暗的海底，如礁石般笃定。劳力使他身体康健，劳心使他神思深湛，匠人与哲人、劳力与劳心集于一身，使他知晓并同情世间诸般劳苦，他把朴素的美学引入劳作的过程，把手中的木头变成有意味的形式，因此，他制作的木器都显得沉静而有内涵。

我是由衷尊敬并羡慕李叔叔的，他在与木头打交道的一生里，似乎获得了木质的品格：敲开，就散发出内在的芳香；入定，就潜入了浑厚的睡眠。

画家的睡眠

我很少见到这么混乱的屋子。东一堆西一堆,张着嘴被挤掉了一半或已经挤瘪了的颜料管;画了一半、或刚刚画了几笔的画布;乱七八糟的纸张,仿佛被一阵狂风吹得满地;展开着的、折叠得不成样子的书籍和画册;墙角堆放着东倒西歪的人体素描——东倒西歪的臀部、大腿、胸乳,东倒西歪的女性。哦,这东倒西歪的生活、东倒西歪的艺术。

画室旁边有一侧房,是画家吃饭、睡觉的地方,或许会整齐一些吧。我走进去,同样的混乱使我感到惊讶。摇摇欲坠的,依墙斜放着一摞蜂窝煤;几根葱、数苗白菜、一堆白萝卜颓丧地守在灶台附近;米袋敞开着,白米保持着安详的晶莹,我不由得在白米上面多瞧了一会儿,镇静一下有点疲累的目光。我忽然看见屋角一个导弹形状的东西,多亏我的常识提醒:这是煤气罐,有爆炸的可能,但一般不会轻易爆炸。菜板上斜放着菜刀,很像凶器,植物和动物必须受它的伤害才会变成可口的食物。我看见了醋瓶、酱油瓶、泡菜坛子——一个画西洋画的艺术家,他也必须过东方酱缸式的生活,那个坛子里似乎藏着一些不动声色却永不失效的古旧的真理。我看见了盐罐,我忽然想起了海,想起了在海啸中挣扎的螃蟹。我看见了味精袋,生活总是需要一点味道的,需要一点小佐料和小幽默,以帮助我们改善舌头的感觉,帮助我们忍受和享受生活。画家啊,你又怎么能够例外。

依墙放着一架单人钢丝床,床上的被子没有折叠,保持着被窝的状态,我仿佛看见夜深人静的时候,我们的画家钻进被窝,然后,进入有梦或无梦的睡眠。被子上乱扔着帽子、衣服、裤子,它们都不太干净,它们向被子诉说着自己的委屈,被子一言不发,它委屈地接待着它们的委屈。这孤单的床,画家在夜晚或许会发现,天空也是一架单人床,月亮、太阳、天狼星,那些伟大的星辰,都是孤独的,孤单地睡在宇宙深黑的床上。

走出侧房,回到画室,我浏览着画家尚未完成和已经完成的画作,它们大多流露出死亡的气息,流露出对生活否定的情绪,流露出找不到生活意义的绝望和颓废。有一些画面显得怪诞,令人费解。人丑化了生活,生活丑化了画家,画家激怒了,他用艺术丑化和质疑生活。

但是,艺术仅止于此吗?仅止于此的艺术是绝望的。生活从来就是在绝望中寻找希望。仅止于绝望的艺术是对生活的诅咒。而诅咒生活,绝对不会成为真正的艺术。我从那些貌似颓废和怪诞的画里,看见了画家的纯真——一颗真挚纯洁的心才能发现生活的怪诞、荒谬,并产生对生活本能般的对抗和冲突,而对方是那么强大,足以否定和淹没一切——于是这颗真挚纯洁的心有了失败感和破灭感,于是他颓废了。而他的内心深处,渴望的正是那种"梦境或神灵启示过的生活"。

我终于在画室的一角看见了他正在画的一幅画:废墟上,一些东倒西歪的断柱残壁上,牵牛花的藤蔓缠绕过来,一只只淡紫、淡蓝、粉红、雪白的喇叭花,在露水和晨风里,吹奏着似乎是欣慰又似乎是忧伤的乐曲,仍是公元前的那种低回的调子。

这幅画出奇地整洁、平静、单纯,我的目光和情感,被那一只只喇叭花吹得泪盈盈了。

我又打量了一遍这也许是世上最混乱的屋子。这一次我的心里升起了对这间屋子的同情和尊敬。

他一直在混乱的岁月里,在混乱的生活里,寻找一种心灵认同的秩序,在秩序中寻找一种美——一种感伤的美,感伤的美学。

真正的美是很少的,真正的艺术也是很少的。

就像那几朵喇叭花,她们小小的、脆弱的身影后面,是一座庞大的废墟。

拾垃圾者的睡眠

庞大的垃圾堆上，挤满了拾垃圾的人，如同体面的生存舞台上，充满着或明或暗的激烈争夺，这垃圾堆上也似乎有竞争，沾满污物和病毒的手们，这些卑微的、沉默的手们，也在为着比别的手多捡到一点可变成钱的物件，而飞快地忙碌着、扒拉着。

见到此种情景，我的心里泛起很复杂的情绪。我首先为他们难过，这个世界太拥挤，生存的空间过于窄逼，生存的机会太少，可供普通百姓选择的机会更少，他们的生存是如此不容易，如此艰辛。像样的生存位置和机会，都被那些有力的、敏捷的手们占据了，他们的手，只好伸向生存的边缘和荒郊，在别人生活的残剩物里寻找生活，捡拾零星而微末的希望。同时，我也为自己惭愧，面对他们，就想起白居易自责的诗句："今我何功德，曾不事农桑，吏禄三百石，岁晏有余粮。念此私自愧，尽日不能忘。"诗里所述对象不同，情景则大致一样。我有何功德，他们有何过错，而我却过着相对于他们堪称体面舒适的生活，说不定，这垃圾堆里就有着我过剩下的一部分生活，有着我抛弃的日子的碎片，他们的手上，也许就沾着我制造的秽物和病菌。念及此，我觉得对不起他们。我还想到，与这些拾垃圾者相比，貌似体面的我，真的就比他们有价值吗？未必。也许，我不仅不比他们有价值，而是更没有价值，他们比我有价值得多。

不妨做个简单的"比较研究"：从专业上讲，我做文字工作，他们做垃圾工作，今天，我写的那篇或多篇文字，即使发出来，印出来，顶多也就占据点版面，浪费些纸张，对世道人心的改良和提升并无大用，更无传世的可能，转眼之间就被遗忘了，这么说来，我写的那些文字，不是垃圾又是什么呢？那么，我之写字，只是将纯洁的白纸变成废纸，只是用伟大的汉字堆积了些渺小的废话。我难道不是个制造垃圾的人？如果我是个贪婪官人或无良富人，我很有可能要过那种巧取豪夺、酒池肉林、豪宅名车、纸醉金迷、穷奢极欲的腐烂生活，那么，我将吞掉多少资源，制造多少垃圾，我的所作所为，不仅暴殄天物，加速着自然枯竭，加剧着生态困境，而且也败坏着人性，沉沦了道德。相反，这些普通百姓，这些拾垃圾者，他们过的是低碳、低消耗的清贫生活，他们很少制造垃圾，却将别人制造的垃圾捡拾起来，并细心分类，卖给废品部门以化废为宝，使有限的资源循环利用，他们是在替那些伤害自然的人将功补过。他们的工作，不仅净化着生活环境，而且保护了天地自然，直接或间接地缓解着饱受伤害、千疮百孔、一日千里向末日狂奔的地球的危局。他们，这些拾垃圾者，不仅创造着经济学的价值，而且创造着生态价值，他们是在为天地万物积德行善啊。假若，让地球他老人家对所谓的体面人和非体面人重新做个评估，他老人家会脱口而出：那些自以为是、巧取豪夺、多吃多占的所谓体面人，于社会无补，于自然有害，他们并不是什么体面人，他们不过是社会的寄生虫和自然界的体面蝗虫；那些身在底层、清贫劳苦、节用惜物的非体面人，那些拾垃圾者，他们于社会有功，于自然有益，他们被社会亏待而仍然爱护着社会，他们是被埋没了的君子，他们是大自然里的另一种高贵生物，他们是替有罪的人们承担罪孽的受难圣人，他们是慈航普度、自度度人的慈悲菩萨。

  那天，我在城郊散步，路过一个垃圾堆时，看见一位拾垃圾的中年男人，在路边靠着装满杂物的三轮车睡着了，他的衣服都被汗水湿透了，有的地方渗出了白的盐渍。我本想与他交谈一会，但不忍打扰了他的睡眠，他定然是困极了。我看了一下他的面相，长得轮廓分明，大眼浓眉，脸色是黑一些，有点憔悴。善良清苦的人睡着了，是有点像佛的。我又仔细看了他几眼，不错，他确实像佛。

我急忙跑到不远处一家小卖部买了两瓶饮料和一些水果，轻轻放在他的旁边，作为我对这位"劳动佛"的小小供品。

佛啊，当你小睡醒来，看见这"供品"，但愿你能感到一点清凉，一点慰藉，一点欢喜。

在墓地陪先人睡眠

那年,父亲带我到后山的大地湾,为去世多年的祖父上坟。我没有见过祖父,我出世之前,他已经去世,这很像捉迷藏,命运执意不让我们见面。我想,祖父生前定然也曾想象过他孙子的模样,就像我反复想象他的模样。现在,我能看到的祖父,就是这隆起的一堆土,这隆起的岁月的遗迹。

添土、垒石、栽上几株柏树,坟头插上一丛迎春花,我帮父亲忙了一阵,累了,父亲也停下来歇息,我就躺在父亲身边,头枕在祖父的坟头,听父亲断续地说着祖父生前的往事。父亲的声音渐渐模糊,恍惚间,一转身,我就离开父亲,跟着前面一个背影去了。我想看清那背影究竟是谁,就放开腿往他前面跑,那背影也跑起来,我就更快地拼命跑起来,我终于远远地超越了他,在他的前面我停下来,转过身,定定地看着他渐渐走过来的面影,那迎面走来的面影开始是苍老的,渐渐就变得年轻,接着竟变成少年,变成小孩,就要走近我了。呀,他还是个孩子,比我还小的孩子,正是捉迷藏的年纪,他是我的弟弟吗?又不像。他与我隔着一层雾,我伸手就要拉住他了,然而,雾陡然散了,那孩子倏忽失踪,我大声喊:爷爷,弟弟!

睁开眼睛,身旁的父亲摸着我的脸,说:娃,你见你爷爷了,还是见了你弟弟?

我问父亲,我看见的爷爷怎么是个比我还小的孩子?

父亲说:从世上走过去的人,都曾经是孩子。如果我们遇上他们,他们都可能是我们的朋友和兄弟。错过了呢,就是隔代的祖宗和先辈。

这么说来,祖父,以及一茬茬远去的先人,不只是我们的祖宗,还很可能是我们错过的朋友和兄弟。

父亲的目光又深又远，像在注视从前，又像凝望以后。

我微闭了眼睛，时间的折扇"哗啦啦"打开，相隔千秋万代的人们，同时出现在时光展开的扇面上。

在祖父坟头，我窥见时光的背后，鲜活着那么多那么多生命的面孔。

从那以后，我有了一个隐秘的私人爱好，过一段时间（几个月或一半年），就要找一个坟头睡上一觉，在死者的居所，我体会着生命的辽阔意境和深邃根源。

我曾在故乡以西十五里之外的定军山下的诸葛亮墓，睡过几次觉。躺在将近两千岁的古柏浓荫里，诸葛先生没有来我梦中传授什么神机妙算，倒是有一种安静浑厚的力量笼罩了我，这种力量无以命名，强以名之，应该是厚德载物的力量。恍惚中，深扎在地底的漫长老根纷纷向我走来，将我紧紧抱住，向我传导着地层深处的强大磁场，那一刻，我单薄的生命和历史的深长呼吸连通在一起了。

我曾在陶渊明躬耕垄亩、悠然采菊的南山下，在他醉卧过的田园阡陌里睡过一觉。当我醒来，我沉睡多年的疑问也随之醒来：我们为什么离诗越来越远，以至于几乎彻底背过身，在与诗背道而驰、南辕北辙的荒原上狂奔？原来，我们荒芜了心灵田园，枯萎了德行之菊，捣毁了梦里南山，外无造化可师，中无心源可得，我们在语言的垃圾里搬运垃圾的语言，一层层把自己堆积到垃圾山的高处，还以为自己已经抵达了诗意之巅。

我曾在万山丛中的抗日烈士墓地睡过一觉。那是秋天，枫叶红透，如血浸染，我睡不着，我老是想象着昔年的惨烈。在天空失血的时候，是谁剖开自己的血管为天空输血？在大地流血的时候，是谁撕开自己的命运为大地止血？当我在那温热的胸膛上睡过去，一觉醒来，我感到血脉里回荡着深沉悲壮的潮音。

前年清明，我又在故乡五泉山上父亲的墓地睡了一觉。父亲旁边，是邻居李三叔的墓地，李三叔的旁边，是同村卢明忠叔叔的墓地，父亲、李三叔，李正文堂哥，卢叔叔，兰自发大哥……这里安息的都是人世间最善良最勤苦的人，也是人世间最好的人。他们一辈子都在泥土里劳作，在草木里出没，他们忠厚如土，勤劳如牛。父亲去世前半月，还强忍肺气肿，扛着锄头为秧田放水，李三叔也是在无法下床时才停下田间的劳动，卢叔叔闭眼时还念叨着要把来年的小麦种子留够……他们是泥土的孝子，又何尝不是天地的孝子？他们以对土地和劳动的绝对忠诚，竭尽了自己的情感和良心。泥土接纳了它的孝子，现在，泥土的孝子正在变成泥土，我想，这里该是天下最好的泥土吧，这里生长的草木庄稼，应该最能告慰天地，芬芳山川，感染岁月，营养心魂。我睡在他们上面，睡在我父亲、李三叔、卢叔叔……们的上面，睡在劳动的臂膀和厚道的胸膛上面，睡在古老淳朴的德行上面，睡在收藏了世世代代人民的骨殖的历史上面。多少时光、多少生命托举着我此刻的睡眠啊！即使我熟睡过去，我也比最清醒的时候更深刻地体会着生命的艰辛和土地的仁厚，体会着善良的劳动者才是这个世界真正值得尊敬的君子和"神灵"。现在，我就与敬爱的神灵们睡在一起，我默默地接受土地的教诲和神灵的叮咛。

……

祖先的墓地，草木茂盛，野花明艳，地气充盈。喜鹊筑巢于高大老树上，生儿育女，其亲族遍布四周山梁，呱呱鸣叫，喜气盈野。噫，死者真的死了吗？我感到，死者仍有其死后的生活，比起某些卑鄙地活着的人，死者甚至过着更有价值的崇高生活。他们在暗中照料着这方土地的草木生灵，经营着一片古木森森、花草繁茂、雀鸟唱和、意境幽深、气象高古的生命共同体和生态保护区。

祖先真的死了吗？我们那死去的祖先，却以另一种方式更深刻地活着。死去的祖先，已变成了神灵、先知和圣哲，在时间深处永恒地启示和教育我们。

人经常到墓地走一趟，人就悟得了天道，知晓了天命，人就真正觉悟了，心地变得干净，变得宽阔，变得慈悲了，人就变成了诗人或哲人。

每当我在祖先身旁静静地坐一会儿，或沉沉地睡上一觉，醒来，就会感到心智高洁，心胸豁然，心肠慈悲，连走路的姿势也谦卑、平和、沉静、安详了许多。

我看见内心的灰烬早已长眠

一

一支烟，一页纸，一根树枝，一片落叶，遇火而燃，都会留下一小堆灰烬，或融入泥土，或被风吹散，化入苍茫，你再不会知道它们会影响什么，会变成什么，你再不会知道它们以后的命运了。

什么是未知？不必在地底和天外追寻，未知就是与你擦身而过的一切，是你曾经一度以为知晓，甚至一度被你掌握的事物，它们转身离你而去，一别永恒，再难相逢，从此你对它们一无所知。

此刻我望着手中燃烧的烟，吸了一口，然后又望着徐徐散开的烟雾。这供人随意消遣的物质，这烟，它一次次进入人的身体，引发神经的兴奋和思考的兴趣，但它从来不被人思考，它是思考者的奴仆，却从来不是思考的对象。

烟，很快完成了它的死亡。烟灰缸，一个小小的祭坛，一个公墓，烟的公墓。我们吸烟，这看似轻松甚至无聊的生存细节，却与死亡有关，而死亡绝不是轻松和无聊的事情。我们吸烟，是在举行一个秘密仪式，在缭绕的烟雾里，我们修改了一个方案，终止了一个念头，掐断了一个思绪，产生了一个灵感，放飞了一缕思绪。我们掩埋了一小段时间。烟，主持了这场秘密仪式，也主持了自己的葬礼，它目送自己渐渐变成灰烬。

灰烬旋即变冷。烟的另一部分，即它的灵魂部分，细微的量子部分，已化作烟雾，升入空中，与远方的云、远方的大气层连成一片。许多时候，当我吸完一支烟，总是惆怅地眺望远空，那从我手中启程，经由我的口腔、肺叶和鼻孔，陆续出走的带着苦香味的烟，它们将到达哪一片天空，汇入哪一片云雾？它们也许很快就返回地面，伴着几滴雨、一阵风，划过山岗，落进草丛。也许会飘上高高的云层，漫过大漠平原，漫过深海汪洋，漫入欧洲或美洲大陆，然后随一串雷声降落在教堂的尖顶，或耐心地酝酿一场大雪，纷纷扬扬，覆盖另一片我永远不能到达的土地，它肯定早已忘记了它的身世，忘记了它与我在火光里短暂的相遇，短暂的肌肤相亲。此刻，它是另一片大陆气候的一部分，是那里寒冷或炎热的一部分原因。没有谁知道它的来历，永远不会有谁知道，即使想知道也根本无法知道。但是，它曾经在我手中，并且深入我的身体，改变了我的呼吸和心跳，最后它携带着我最深刻的气息，走了，这最陌生而且终成永不可知的它，曾经却是我最熟悉的气息，并且深入了我的体内，与我交换过呼吸。

留下来的是它的灰烬。安静地、认命地躺在那里。它仿佛很满足这个归宿。仿佛生来就为了投奔这个归宿。我忽然惊讶，惊讶于它彻底的焚烧，惊讶于它如此纯粹的灰烬，惊讶于它堪称圆满的死亡。它轻盈地飘走的那部分，很可能是属于它灵魂的那部分，它在火焰里涅槃、升华，融入辽阔的天空，成为想象中的另一种命运的元素，成为雾的一部分，虹的一部分，成为装饰黄昏、夕阳那最生动的霞的一部分，或者雪的一部分，成为涂黑乌鸦羽毛的黑夜的一部分，成为屡屡给人美丽错觉的海市蜃楼的一部分……而它沉重的那一小部分，它辛苦的无法改变的肉身，它无法化作轻烟自由出走和飞行的那部分，它苦涩的肉身部分，无法离开自己，它安静地，躺在自己的火焰里，躺在烟灰缸里，静止在自己主持的葬礼里。

它自己焚烧了自己。多么纯真的死亡。该走的都远走了，留下的，是再也不能提炼出什么的——是纯粹的灰烬。

我惊讶于这仪式，这纯真、安静的死亡。我同时惊讶，我们一次次的，甚至一生都在主持着这一仪式，我们一生都在目睹这死亡，甚至一生都在经历与之相同的死亡，我们却对此浑然不觉。我们对死亡浑然不觉。

二

　　我们曾经有过的那些纯洁的眷恋，那些魂牵梦绕的苦恋，那些刻骨铭心而终归茫然的单恋，它们如地火岩浆般奔突于内心深处，没人知道那一次次灵魂的地震，那一次次身体的燃烧，那一次次情感的海啸，没人知道那颗心被燃成什么模样。火山爆发了又平息了，火焰烧红了心的天空，生命的岩层一部分塌陷成深邃的峡谷，另一部分轰轰然隆起，记忆的海拔上升到不可思议的高度，没有谁能考证梦的峰峦，它的地质结构和地质成因。这一切都发生在那看不见的我们生命的内部。多少火海蒸腾，多少火海里死去活来的精灵，和那一只只你无法捧于手中的火鸟。岩浆崩裂的地方，地质改变了，元素改变了，植被改变了，石头的纹路和石头内部的金属含量改变了，山脉的走向和走势改变了。由此，天空的角度和地平线的弧度都改变了，日出的位置和日出的时间改变了，可能提前一会儿到来，也可能推迟一会儿落下，甚至，星座的位置也多多少少改变了，因为先前眺望的山顶挪移了，连银河似乎都加快了流速，也扩大了流量，因为在那个被地震挪移了的山顶上，你看见整个夜晚的结构乃至整个星空的秩序都改变了，在更幽暗的背景里，你看见更亮的星斗，在更亮的天空，你发现有许多熟悉的星斗不见了，你看见了更黑的夜……而这一切都发生在我们生命的内部，发生在我们内心深处。我们的心一次次变成庞贝古城。

　　一个怀着激情、真诚生活的人，一个总是服从心灵的原则，按照心灵意愿的方式生活的人，有一颗充满热爱的心，这样的心，甚至在爱的时候连带也爱着了那根本不可爱的，这样的心，燃烧是必然的，疼痛是必然的，受伤是必然的，甚至绝望也是必然的，在深深的绝望之后，又在更深处复活，于是又开始了那对爱与激情的追随，这颗心无法听从颓败的真理，拒绝接受物质世界对心灵的招安和劝降，这颗心，无法用纯棉、用灵魂最珍贵的底色去制作哗变的白旗，于是，它再一次投入痛苦的火焰……，我们的心中深埋着多少座庞贝古城？我们甚至无力挖掘它们，许多废墟重叠在一起，连接在一起，挖掘和辨认它们，无疑将再一次经历那天倾海立的过程，难道要让自己的心里，再增加一座庞贝？

这一切都发生在内心深处。火焰之后，岩浆平息，灰烬之中，又留下一层灰烬。

三

沿着一根烟想起这些，想起心的历史，似乎有些小题大做了，似乎一根烟不配连接起心。

但是，又一根烟在我手中燃烧，一些烟雾飘出去，一些灰烬落下来。

我想起过往的战争。决战双方指挥部里的那些将军，他们在地图和战争沙盘前踱步，背着手，皱着眉，很快放下手，点起一支烟，烟雾掠过他们战云密布的面孔，一只手的某根手指移向地图，停在一个位置，这时候那只手的主人猛吸了一口烟，他收紧的眉宇放松了，接着又收得更紧了，他似乎在空中，在沙盘的某个位置——一片海域？一个平原？一座高地？一条街道？一个城镇？——他的手在空中，在那个位置的上方顿了顿，然后又吸了一口烟，他把握成拳头的手插入了裤兜——他把拳头狠狠地砸向黑暗中的某个方向。于是，一场恶战开始了——他手里的那支烟还没有吸完，而命令已经传出去，炮声响了，炮声更密集地响了。接着，他痛快地吸了最后一口，他将烟头丢进烟灰缸里。最后一缕烟雾从他的鼻孔里飘出，在低处回旋着，绕过他的肩章，起伏着擦过他胸前的第六枚勋章，在拉开窗帘的大窗子前渐渐淡去。

烟灰缸里的灰烬旋即熄灭，与以前的烟头和灰烬汇合，它们好像许多世纪前留下的灰烬。

谁知道，被这支烟兴奋了的那根神经，改变了多少人的命运？

这个小小烟灰缸里，每熄灭一根烟头，就会熄灭多少生命？制造多少白骨?

而他就那么轻松地像喷吐烟雾一样喷吐了多少人的命运?

烟,熄灭了。我相信他的内心,已落满了冰冷的灰烬和灼热的灰烬。

四

有时候我远远地看别人吸烟。

看一个穷人吸烟,他那么投入地吸着,烟火使他愁苦的脸明朗了许多,使我对烟竟有了几分敬意和感谢:他,这位贫苦的人,很少看见节日的烟火,这根烟,却点燃了只属于他的小小篝火,在片刻的火焰和明亮里,他看见自己破败的屋顶上,仁慈的上苍为他空投了很多月光。

看一个富人吸烟,他有点漫不经心地吸着,各种名贵烟他都吸过了,他似乎分辨不出烟与烟的味道,他也懒得吐一个精致的烟圈,他总是随时掐灭吸了一半的烟,然后扔掉,仿佛地球已经变成他的私人烟灰缸。令我惊讶的是,他幸福的口里竟吐出那么大的浓得化不开的烟雾。

看一个小孩吸烟,是怎么也无法让人愉快的事,他竟然吸烟,竟然吸得那么老练,那么郑重其事,但是他们没有自己的烟灰缸,他们随时随地扔掉手中的烟头,使生活的地面增加了许多来历不明的灰烬,他们已经开始大量制造灰烬了,然而他们还没有真正燃烧过,也许他们的人生永远也不会有像样的、庄严的燃烧,他们只向颓废、懒散、抑郁、无聊的时光,提供层出不穷的烟雾和灰烬。

看一个小姐吸烟,这多少有点尴尬,窥探别人隐私是不应该的,何况她们的生活充满隐私,她们的隐私里又套着许多男人的隐私,或者,她们就是男人的隐私,也是夜晚最暧昧的隐私,是这个文明世界最幽暗的隐私。我看见她一根接一根地吸着,她仔细吹着一个个漂亮的烟圈,在烟圈旋转的上空,在床的上空,是否存在着别样的生活?是否还有另一种月亮?一种没见过太多世面的纯真月亮?我惊讶,她的身体里竟藏着那样多的烟雾,她一口接一口、一天接一天地吐着吐着,仍然吐不完,而且越吐越多。我忽然有点明白了:这个世界、这些夜晚、这些男人,把多少烟雾堆进了她单薄的身体,她一生一世也吹不尽身体里的烟雾。

我远远地看别人吸烟,我自己也经常吸烟。烟雾淡了散了,融入未知的远方,而剩下的灰烬呢?我总是相信,有相当多的灰烬深埋进了我们的生命。

五

有一天我拜访了烟农,我随他来到种满烟叶的田里,他告诉我怎样种苗、上肥、锄草,还要防治虫害,有些昆虫是天生的烟客。他说,从种烟到收烟、晒烟,最后把合格的烟叶出售给烟厂,费心费力,成本很高。务烟就像务粮、务菜一样辛苦,他明知道烟叶不像蔬菜和粮食那么可爱,但他必须像经管可爱的蔬菜和粮食那样经管这烟叶,培育这烟叶。时间久了,这烟叶也可爱了,不仅因为能用它卖钱,也因为烟农长时间贴身、贴心地接触和抚弄烟叶,烟叶上留下他多少手纹、多少眼神呀。渐渐地,烟农再看这烟叶,就像看庄稼一样地有了情分。"何况,它们碧绿的叶子,是那么泾渭分明,就像是谁的一双手,这都是我看着长大,被我一次次握过的手哦。"

烟农的话让我颇为感慨。很快我就陷入了怅然。他那么贴身、贴心养育的绿叶,他看着长大,一次次反复握过的手,最后怎么样了呢?

几缕烟雾,一点灰烬,顺手一扔,烟叶的一生,就完了?

六

形形色色的烟灰缸,层出不穷的烟灰缸,它们摆在生活的各种场合,甚至摆在很重要的场合。祭坛上,烟,主持了自己的葬礼,也主持了我们的葬礼,我们秘密地将一小段时间、一小段生活、一小段心情、一小段宇宙,点燃,吞吐片刻,掐灭,然后扔掉。

在简单的烟雾后面,简单的灰烬后面,只有我们知道,或者我们根本不知道,那沉重、丰富、复杂、疼痛、深邃、晦涩的一切。

然而,在打扫垃圾的时候,扫帚和拖把只看见一些烟头、一些灰烬,它们很快便汇入别的垃圾,很快被时间处理,无影无踪,不知所终。我们在吸烟的时候,并不总是想起烟的经历,不总是想起烟的并不单纯的一生,甚至是很不容易的一生。更多的吸烟者,很可能从来就没有想过烟和土地的关系,和雨水的关系,和老农的关系,根本不知道手中的烟叶经过了多少劳作、程序和工艺,经过了多少手,握过多少手,然后才以烟的形象到达手,到达火,到达各种心境和命运,并多多少少影响无数人的心境和命运,最后以烟雾缭绕的方式到达它未曾去过的高处和远方。

是的,在吸烟者的眼里,它只是一根烟,的的确确,一点没错。在吸烟者的口里衔着的,也是一支再简单不过的烟。

那么我们自己呢?

假如上帝,或者说,假如时间,就是一位嗜烟的烟客,他将我们点燃,衔在口里,大口地吸着,并吐出好看的烟圈,一边欣赏,一边继续喷吐,很快就吸完了,他弹掉手中的灰烬,我们——供他解闷的烟,转眼就不知去向。

但是,上帝,或者时间,他觉得这没有什么,他只是在吸一根根烟。

是的,他只是在吸烟。

如同我们也在吸烟。

谁知道灰烬后面深埋着什么?

动 物 的 睡 眠

地下的一两千天，对于小小的蝉来说，是在万古长夜里等待一次日出。它们响遏行云的歌唱，把夏天一次次推向高潮。

蝉还在公元前睡眠

蝉的生长是非常艰辛的：蝉的前辈将其受孕之卵深藏于地下，达三年之久，据说有的长达七年。三年，或七年，漫长的黑暗，漫长的睡眠，漫长的沉闷，漫长的等待。地下的一两千天，对于小小的蝉来说，很可能是上千个世纪，上万个世纪，是在万古长夜里等待一次日出。

终于，它们出来了，它们看见了刚刚创生的宇宙，看见了专为它们布置的天空，看见了一直在等待的树木，这空空的绿色布景和舞台，是它们的专用舞台。

于是，它们抓紧每一个日子，唱啊，唱啊。低音，中音，滑音，颤音，哽咽音，高音，超高音；变调，复调，咏叹调，宣叙调；独唱，合唱，对唱，二重唱，多重唱……它们声嘶力竭，它们激情燃烧，它们把自己变成大自然的发声器官，它们为唱而唱。它们把自己的整个生命化作了一曲高亢的咏叹调。

我无从得知，它们小小胸腔里储藏了多少吨海潮；它们响遏行云的歌唱，把夏天一次次推向高潮。

它们在官府上空歌唱，但它们不恭维官吏；它们在商人头顶歌唱，但它们不赞美金钱；它们在报社门口歌唱，但它们不传播新闻；它们在网吧附近歌唱，但它们不上网发帖；它们在诗人身边歌唱，但它们不理解诗歌；它们在恋人窗前歌唱，但它们不关心婚姻；它们在富翁面前歌唱，但它们不欣赏财富；它们在乞丐身边歌唱，但它们不嘲笑贫困；它们在妓院门前歌唱，但它们不嘲讽风尘。它们还在坟墓之上歌唱，但它们不恐惧死亡。

一切都变了，越来越快地变了，地球，已经由一个缓慢安静的绿色庄园，变成一个滚烫的、疯狂转动的火的轮子。

但是，在蝉那里，一切如旧，太阳如旧，月亮如旧，午夜的星河如旧，树木的枝条如旧，山上的坟墓如旧，天上的乌云如旧，鸟站在树上的姿势如旧，人投在地上的阴影如旧。

是的，它还是公元前的那只蝉，或者更早一点，它还是公元前六千年、六十万年前的那只蝉。

是的，不管人类的日历翻到了哪一页，蝉，仍是公元前的蝉，它们生活在公元前的夏天，生活在比人类历史更早更早的上古时代的夏天。

黑暗中长久的睡眠，阳光下短暂的逗留。它抓紧每一个日子歌唱，直到声嘶力竭，气绝而死。

次年初夏，在寂静的树下，我拾到一枚蝉蜕。

新生的歌者已隐身于某片树林，继续着公元前的歌唱。

我拾起它遗落的胎衣。

中医认为：蝉蜕入药，可降火，祛湿，解毒。

点起文火，用蝉蜕熬药，我把夏天的苦涩，盛了一大碗，仰起头，张开燥热的口，喝了下去……

三国时的虫子在睡眠

一棵千年古柏倒下了,在雷雨之夜。

倒地的声音宏大、苍凉,附近的人们被惊醒,他们如闻创世巨响,好似神从天降。

是古树倒下了。

我在古树的遗址,看见了它那硕大的老根,有考古者正在丈量、审视它,从树的年轮考证此树的确切年龄,与此前说法相当:这棵古树是三国后期栽植的,已经一千七百多岁。

一千七百多年的站立,瞬间倒下。时间之神站累了,坐下来休息。

坐下来,神走了,留下时间的影子。

它站着,看见多少朝代走远,多少人群走远,它把一切都看成了背影。

一千七百多年,它的见闻该是惊人的丰富。

年轮一圈圈转动,如螺纹丝丝缠绕,将历史一层层加密,然后封存。

它一直在暗中为岁月录音,灌制成这储存量无限的唱片,可惜无法播放。

如果能够播放,历史教授都将失业,它才真正有资格讲授历史。

然而它不说话,大音稀声,大雷如默,它的寂静里藏着千年蛮音。

不知道考古者除了考证出树的年龄,还考证出别的什么?

我在"唱片"靠近中心的部位,也就是最初几圈的细密年轮里,看见了一个细小颗粒,灰黑色的,是一只虫子的化石。

我猜想,它就是一只三国时的虫子,在某个夜晚,当诸葛亮正

动物的睡眠 89

摇着羽扇钻研兵书，曹孟德骑马走在历史的险径中，张飞蘸着月光把宝刀磨了又磨，就在此时，一只虫子，它路过三国，路过这棵月下的树，它被一股好闻的香气诱惑了，它拐了个弯，贴近树身，香气更浓了，于是它爬上树的一个节点，柏树的汁液正在这里渗出、凝结，它走过去，它崇拜那让它着迷的芳香。

结果，它陷进了黏稠的汁液里。

慌忙地，它出走，它挣扎，它要摆脱这危险的诱惑。

然而晚了，它被挽留在这致命芳香里。

时间在不停逼近，不停地在它四周奔跑、集结，时间携带着无数秘密，又把无数秘密提炼成凝重的线，围着它缠过来，绕过去。

时间在对它层层加密。

然而这闯入者，这后悔者，它一直都保持着挣扎、出走的姿势。

直到我看见它的此时此刻。

我想象着，如果它在陷落之后的一个瞬间，找到了出走的方法，但是没有捷径，也无法加速，它只能随了年轮一圈圈、一年年、一分分、一秒秒地行走，它永远跟在历史的后面追赶历史，它永远比历史晚了几步，它看见的总是历史的背影。

如果它真的爬出了历史的封口，它睁开眼睛，将一无所见，因为，历史先它几步已经走远，连背影都消失了。

它看见的只是虚无。

所幸它没有成功走出，它永恒地停在时间旋涡的深处，停在三国的一个夜晚。

它与时间早已达成和解，它安睡在时间最深的睡眠里。

此刻，我看见了，在无穷时间的某个瞬间里，在幽暗的中心，它保持着千年前熟睡的姿态。

时间和历史是一个大秘密，此时，我看见无穷秘密的深处，藏着一个小小的、精致的秘密。

在时间的长夜，它厮守着最黑暗、最芳香的一瞬……

蜻蜓的睡眠

蜻蜓飞过池塘，水波不兴的一塘死水，便有了活气。蜻蜓连续点水之后，池塘活了过来，涟漪轻颤，思想起，它想起自己曾经是雨，去过天庭和云端，见过树叶和花蕾，清点过鸟的羽毛，反复磨洗过闪电的古剑，它想起它曾从空中跳下，一次次打湿过小孩子仰起的脸，在他们鼻梁上，倒立，在脸上打滚，与他们开玩笑，在他们掌心里冒充珍珠，逗他们乐，然后从指缝溜走，后来，就到了这里。

蜻蜓点水，其实，是蜻蜓在用点穴法，点击春天，点醒池塘。池塘记起了往事，彻底醒了过来，遂做出一个决定：若是今天下雨，就趁机跟随雨水漫出去奔跑，重访故友，重游旧地；若无雨，大旱，就蒸发，揪着太阳的胡须返回天空，在云端睡一觉，然后，跳下来，一边跳一边眯眼辨认方向，辨认低处的村庄和孩子们的动静。尤其要找到，那个站在家门前院子里，仰着脸等雨的孩子，一定要落在他的脸上。去年，在他的左脸上多落了一些雨点，今年要在右脸上多落一些，就落十点或十三点雨吧。雨点在去年落下时看见他右脸有个酒窝，能多存放一点天上的东西，却不巧把很多雨落到他的左脸上了，还没站稳就掉下去了；今年呢，就只在他左脸落几点，要瞅准右脸，连续落许多雨点，盛满他的酒窝，带回去让他爹爹放进酒窖里酿酒。给他的鼻梁上，空投四粒就行了，"崩崩崩崩"连续在他鼻尖敲四下，他感到有点凉，有点疼，他伸手还没摸到我们，我们已经走了。于是，我们在地上，看见孩子低下头也在地上找我们，但是，他已经找不到我们了，我们顺着溪流走远了……

路过池塘，蜻蜓低飞。

蜻蜓低飞，一定有雨。雨就要来了。

蜻蜓是做什么工作的?

在古时,蜻蜓是祈雨的司仪,是雨神雇请的先知,蜻蜓担任这个神职,达一百万年之久。

在现代,蜻蜓是天气预报员,是草地生态和河流环境的专业研究员;它还兼职飞行表演员,为儿童上演飞行特技;为齐白石等画家义务做模特,让他们画荷塘蜻蜓,下笔如有神。

差一点,忘了蜻蜓最重要的工作。

蜻蜓是普及自然美学的草根美学家,是推广诗歌的浪漫诗人。

虽然,蜻蜓不读美学,但它天生熟谙美学,它一直驭着美感飞行,喜爱在草地盘旋,在花园访问,在水边漫游,凡它到达的地方,都能引起一阵惊喜的顾盼或静默的凝视,使深陷于实用、功利和焦虑中的人们,有了片刻的走神。在这什么都不想、什么都不图的走神的时刻,人们体会到生命本身的虚幻性以及悠远、空茫的意境。它也不读人类的诗,但是,蜻蜓,它是大自然最经典的诗句,诗人的许多诗,不过是把蜻蜓飞过的幻影,顺手拈来,敷衍成句,直至成为佳句。诗人,抄袭着自然,也抄袭蜻蜓的意象。仅举一例:"泉眼无声惜细流,树阴照水爱晴柔。小荷才露尖尖角,早有蜻蜓立上头"。

但是,蜻蜓从不指责诗人抄袭。

蜻蜓,从诗人头顶飞过,蜻蜓说:我也在抄袭并扮演大自然的一个梦,我只抄来那个长梦的短短片段和细节,你们又抄袭我,同时抄袭你们自己的内心,而你们的内心,也是大自然存梦的地方——说到底,你们也是在抄袭大自然。

我们,一边在宇宙的梦境里飞行,一边做梦,甚至,我们在梦中梦见自己的另一场梦。

我们是什么呢?

蜻蜓说:我们都是梦中之梦。

猪的睡眠

猪见的世面极少，只见过猪圈和猪圈门外的农家小院，见过与自己相貌一样的猪，再就是见过给自己添食的养猪人。

人们说猪贪吃贪睡，其实不能怪猪，这所谓的"贪"，是人所希望的，吃饱了就睡，也就是希望猪吃饱了就安静地长肉。这样，人就有肉吃了，这才是人喜爱的好猪。

这么贪睡的猪，一生里多半时间都在睡觉，它睡着了做梦吗？它会梦见什么呢？

我小时候养过猪，那时候农村家家都养猪。走进任何一户农家，你就既看望了人，也看望了猪，你就知道人家猪养得怎样，与自家的猪比较，若是自家猪长势有欠缺，就会检讨自己，赶紧为猪改善伙食。善待猪，也就是善待自己。猪虽是家畜，却是天物。它在民间地位不低，虽然居于十二生肖最后，但最后并非品位最低，居后者，有时就是压阵的，是余音绕梁的经典部分，相当于领导在会上最后作总结讲话，布置工作并强调工作的极端重要性。《西游记》里，猪八戒曾是天蓬元帅，可见在天国里，猪的地位很高。过去，我老家的乡亲们，都把猪称为"猪宝宝"。猪，虽不是国宝，绝对是家宝。

那么，猪宝宝睡着了，做梦吗？做什么梦呢？

那时我很小，七八岁吧，对一切都好奇，对自己睡着了还做梦，更是格外地好奇。人睡得人事不省了，被人抱走卖了都不知道，却能做逼真得比白天的生活还要真实、生动得多的梦，是怎么回事呢？

我自然是想不明白的，越想不明白越乱想，自己想不明白就去想别的，这大约是人的天性吧。想着想着就想到猪：猪睡着了做什么梦呢？

我就开始注意观察和研究猪的睡眠。

记得最深的是我上二年级时的一次观察。那天中午,我放学为猪添了猪食,就蹲在猪槽边,欣赏它那奔放也难免显得不太文雅的吃相,它起伏着、抖擞着幸福的脑袋,"通通通"一鼓作气吃完,打几个响亮的嗝,就开始了卷尾巴的文体活动——我发现,猪吃饱后,特别温柔深情,也有一种文艺范,它惭愧地望了我一会儿,好像在为自己只顾吃独食,而没有邀请我共进午餐感到不好意思。接着,就轻轻地做起卷尾巴的艺术,一会儿卷成半圆,一会儿卷成一个整圆,一会儿将尾巴垂直地翘起,显然是在用肢体语言,向我竖大拇指点赞,它在向我传递表示最高谢意和敬意的表情包。你想想,猪那四条腿,一年四季都踩在潮湿黏糊的粪堆里,它时刻在为我们的农业和庄稼积肥作贡献,它纵有手脚,却无法举起来为我们起舞欢唱、鼓掌点赞……那么,它唯一能够表情达意的,唯一能够展示它艺术才情的,也唯一能够满足一下自己对艺术爱好的,就是这宝贵的猪尾巴了。现在,猪把它的尾巴垂直地高高举着,足足举了大约一分钟,它向我点了一个钻石级的赞!

点完赞,它走到粪堆旁边干爽一些的草堆上,眯眼望了我一下,口里嘟哝两声,似乎在说:对不起,失陪了,我困啦。就轻轻一个趔趄卧下去,立即打起了鼾,开始"哼哼",继而"呼呼",接着"呼啦啦""轰隆隆"起来了,显然很快进入了深度睡眠。

我则像一个研究睡眠和睡梦学的医学实习生,蹲在一头熟睡的猪旁边,观察着它的睡相和动静,看它是否做梦,猜测它梦见了什么。

前五分钟,它睡得很沉,一动不动地打鼾。

过了一会儿,它一边打鼾一边砸吧起嘴来,我估计它是做梦了,梦见了好吃的东西,于是连连砸吧嘴。

约摸过了十多分钟,它移动了一下它那硕大的头颅,耳朵扑扇了两下,然后半罩着眼睛,显然是猪圈门口投下的越来越强的太阳的光亮,影响了它的睡眠,它就动用它那象征吉祥和福气的"垂肩大耳",

作为凉棚，挡住了上苍过于盛大的慈爱关照。他显然是梦见太阳了。

睡到大约半小时左右的时候——在猪的时间观里，我们的半小时可能相当于它的半年，甚至一年或两年吧，因为它们的寿命只有一到两岁，至多两岁，两岁之后肉就太老、不好吃了，我们只让它活一两岁。睡到大约半小时左右的时候，猪，忽然咧嘴笑了，它"哼哼"了两声，然后，温和地、笑眯眯地睁开眼睛，看了我一会儿，就快乐地哼哼了几个句子，好像在说：果然就是你，果然就是你！哈哈，显然，它是在梦里梦见我了，梦见我给它送来好吃的了。他高兴地笑醒了，并且觉得自己的梦总是很准，它对着我连声说了几个长句子：哈哈，醒有所思，睡有所梦，这不，我梦见你给我送美食来了，果然就是你嘛。哈哈哈。

我对猪的睡眠和梦境的研究，也许十分业余和不靠谱，但自认为这研究对于专门研究动物睡眠、梦境和意识的专家学者，也并非没有参考价值。因为我小时候养过猪，我与猪长期零距离接触过，我与猪结下了朴素的友谊。凭着我对猪的同情、友情和共情，加上我零距离的观察和体会，我确信我能感应猪的一部分情感和意识。

醒有所思，睡有所梦，这句话不应该只是我们理解人的梦境和潜意识活动的朴素逻辑，也应该是分析和推测别的生灵，包括猪的梦境和潜意识活动的基本逻辑。

猪一生未出过猪圈，未见过什么世面，见到的最宽阔、最豪华的办公室是集用餐、积肥、睡眠、修身、养性等多功能为一体的猪圈，见到的最大世面是猪圈门口的农家院子，见到的最奢侈、最可口的美食是麸皮草料，见到的最伟大、最仁慈的人物是给它添猪食的人——我的乡村母亲、父亲，还有我这个当时才七八岁的小男孩儿。

醒有所思，它思念着什么呢？它思念着美味食物，思念着为它送来美味食物的那个男孩儿。

睡有所梦，它梦见什么呢？它梦见了美味食物，梦见了仁慈、伟大的那个小孩儿，他端着美味食物来了。

其实，我一直蹲在它的旁边，蹲在它的梦境旁边，我看着它梦见我，接着它果然就看见我，我给了它一个惊喜，一份欢喜。

这么多年，我常常觉得猪很悲苦。但是，当我想到小时候养猪的情境，想到我对猪的睡眠和梦境的观察和研究，我对猪的悲苦的感觉，就略有释然。

猪没见过什么世面，没见过猪圈外的复杂人世和险恶世界，这大大限制了猪的智慧、见识和意识。

这未必不是上苍对猪的仁慈关照和好意安排。

一生足不出圈，没见过复杂和险恶，心性就保持着天赐的浑朴、憨拙和简单。

见过太多世面的人，没见过什么世面的猪，最后都死了，死了都变成了土。

醒有所思，所思者是美食，所思者是那个仁慈的送美食的人。

睡有所梦，所梦者是美食，所梦者是那个仁慈的送美食的人。

至于后面的事，猪不知道，猪也不会梦见。

大智若愚的猪，有自己的天福。

除了梦见美食和给它送美食的人，它几乎没有做过噩梦、怪梦。

猪的一生是欢喜的一生。

一生的欢喜，足以抵消那最后一瞬间的悲苦。

天意，天意，上苍这么安排它浑朴、憨拙、简单的一生，兴许这就是天的好意吧？

牛的睡眠

牛是忠厚、勤劳的生命，也是苦难、悲哀的生命。

牛吃的是草，最好的伙食也就是偶尔有点谷糠麸皮；干的却是重活、苦活，犁地耕田，拉车拉磨，忙碌一生，最终还要将自己的皮毛、内脏、筋骨、血肉全部献给人。

一个人若是为众人尽了本分责任，就是受称赞的好人；一个人若是为众人传道授业解惑，做了利益天下的好事，就成为备受尊敬的贤良之人；一个人若是对天地众生有担当，立德立功立言，做了不朽的大贡献，就成为万代敬仰的圣人。

每当想到"圣人"这个词儿，我就很自然地想起牛，在我的心里，世上的牛，都是圣牛。

牛作为有血有肉的生命，对同为生命的人类，真正做到了"鞠躬尽瘁，死而后已"，达到了彻底的无我境界——当然，这个无我境界，虽非牛的主观自我选择，也许是命运的强行使然，但牛毕竟服从了天命安排，彻底交出了自己，做到了完全的无我。

除了牛之外，几乎没有哪个生命能够做到这个份上，达到这个境界。不管别人怎样以为，在我的心里，牛就是自然界的圣物，是生物界的圣贤，应该得到人的尊敬和缅怀。

这里不说牛的别的情状，只说牛的睡眠。

无论人或别的活物，忙碌辛苦一天，总想把自己放平，躺卧下来，睡个安稳觉，慰劳一下自己，储蓄体能精力，准备第二天的劳作。

可是，这最基本的生命酬劳，对于牛，却从来就是奢望，估计从古至今数百万年以来，牛从来就没有享用过这份酬劳。

也就是说，牛从来就没有睡过安稳觉。

我小时候放过牛，我一次次把牛从牛圈里牵出来，晚上又把牛关进牛圈，我亲眼看见过牛是在怎样的环境里睡眠，又是如何睡眠。

冬天很冷，潮湿的牛圈不仅冷，而且湿寒气很重，随着我翻山越岭、奔波一天的牛，就蜷卧在寒气刺骨的、混合着粪水的草堆上，牛能暖热自己僵冻的身子吗？我很怀疑。小孩儿的慈悲心还未觉醒，尤其还不懂得怜悯生灵，但是也知道一点常识和常情，加上善良的天性，我也懵懵懂懂地对牛表示了关心。

我曾在一个寒冬半夜，趁着起床撒尿的时候，推开牛圈门看望平日对我十分友好温顺的牛。我的牛，我的老哥，你睡着了是什么样子呢？你睡得好吗？

我打着手电，看见牛把自己的嘴唇塞在蜷曲的前腿脖里，显然是想多保持一点热量，而它却无法管理和照料自己过于庞大的身躯，大部分身体都裸露在外，任寒意袭击。贴着潮湿草堆的那部分身体，只有靠自己，尽量蜷曲着一动不动，将那刺骨的湿冷草堆慢慢用身体暖热，从而让身体恍然感觉到已被仁慈地母的体温拯救了。

当我的手电光照到它的脸上，我看到它抬起了头，慢慢望了我一会儿，目光里似有温情流动，就又把头低下去。这时，我走近它，我看见它的眼角有光在闪烁，我看见它在默默流泪。

这也许是它漫漫一生的长夜里最温暖的记忆了。总算有一个人在半夜里来看望它、慰问它了。我轻轻擦了它眼角的泪水，想对它说句温暖勉励的话，想了一会儿，就把毛主席的教导改了一下，对它一字一句说：牛哥，好好睡觉，天天健康。然后，我在牛圈外的屋檐下，抱了一些晾干了的稻草，盖在牛的身上，就关好圈门，回屋子继续睡觉去了。

炎热的夏夜，是牛最难过的时辰。经过白天高温发酵后的粪堆，在牛圈里散发着浓烈的臭味，燥热的风吹进来不仅不降温，也许那无处可逃的热风，正是为了找清凉才钻进牛圈。热风就把外面的燥热也带进来了，加剧着牛圈的闷热。这样，牛怎么可能睡个像样的觉呢？

牛不只要忍受难闻的臭味、难耐的燥热，还要与成群结队密集赶来叮它、咬它、吸它血、餐它肉的苍蝇、蚊子、虱子、跳蚤、臭虫们作战，而忠厚的它唯一可用的武器，就是那一条柔软的牛尾巴。它身上唯一一件正规武器——牛角，早已退化为装饰，也可以说是进化成了具有审美效果的对称性艺术装饰了。此刻，那牛角成了伤害者休息的驿站，歇息着一排排吸足了血的蚊子，它们吃累了，就立在这优雅的装饰品上，在这驿站上，咂咂血嘴，揉揉肚子，磨磨利器，然后继续在这大型血库里采集夏日的营养特供——它们的浓香晚餐。牛只有用那柔软的尾巴劝说这些飞兵猛将，它轻轻地甩动着尾巴——轻轻地劝说着，可是那飞兵猛将们感受到的，却是轻柔的风的问候似的请求，那柔软的带着绒毛的尾巴的轻抚慢拂，反而怂恿了它们吸血餐肉的更大的热情！一波又一波吸血餐肉的夜宴连续进行着。我不禁对上天有意见了，上天对牛是过分地亏待和忽视了。人依靠着牛，靠牛犁地耕田，靠牛拉车拉磨，靠牛过日子；而如此繁多的蚊子、苍蝇、虱子、跳蚤、臭虫们，也靠牛养活，牛养活的生灵太多太多了。可是谁怜惜过牛，谁心疼过牛？除了我这个小孩儿，谁念想过牛的深恩厚德？深更半夜了，牛有什么法子睡觉呢？那么多吸血餐肉的厉害角色，一波一波地包围着它、欺负着它、伤害着它，它与它们打着持久的自卫战，它的所谓夜晚的休息，比白天的拉犁耕田更辛苦、更煎熬。我心疼牛，也仅仅是从睡房里拿来一把扇风撵蚊子的蒲扇，使劲扇了一会儿，帮助牛驱赶那些飞兵猛将，但也只是一小会儿的善心义举，我就困了，回到我的屋子打我的瞌睡去了。

在那燥热沉闷的牛圈里，被吸血餐肉的蚊虫们包围着、欺负着、伤害着，我的苦命的牛哥，它能睡什么觉呀？可是，我们总以为，牛们世世代代的夜晚，就该是那样子睡觉的，不也过来了吗？牛也确实一代代熬过来了，但是，它熬得好苦啊！

狗的睡眠

狗在房前屋后散步，飞奔。有的在树下和电线杆下仔细嗅着、回味着，仿佛在检点自己的日常行为是否有失，仿佛在回想过去的难忘时光和一次有趣的出行；有的在恋爱，为它们未必知晓的后果和生殖事业在使用和放纵着身体，那场景，在人看来，有点不堪，但你不能指责其违法或不道德，也许那恰是狗社会里最温暖、圣洁的工作；还有的狗，漫山遍野奔跑，跑着跑着，就有一只忽地停下来，蹲下，或在一块大石上站着，眺望天空，长久陷入沉思，眼睛里满是苍茫的忧伤，它大约是狗类里的哲学家、思想家和忧郁的先知，它大约在为狗的命运和处境而感到悲哀困惑。

这思想家之狗，一旦返回狗窝，仍然只是一只普通之狗，看起来与别的狗毫无二致：吃狗食，对陌生人汪汪大叫，啃人啃剩下的骨头，偶尔还吃屎。你觉得它不过只是一只狗而已，不，那是你小看了它。就像在人群中，你并不能在两条腿直立行走的动物中，轻易辨别出谁是庸人，谁是圣人，谁是傻瓜，谁是天才。

我路过一户人家时，看见了这样的一只狗，它卧在紧靠大路的门前，半睁半闭着眼睛，我走过，它连眼都不抬一下。我站定，对它说了一声，狗，你好吗？它仍然连眼都不抬一下。那半睁半闭的眼里，既无关切，也无漠视，既不机警，也不迟钝，就只有平淡、平常、平静。它大约是参破红尘、看清狗命的一只清静无为之狗，万事我不管，一心图清净，是它的处世哲学。我心想，狗达到这个境界，固然很难得，得有悟性，还得有长久的修行，才能修到这个境界。但是，这高明之狗，未必能得到人的信任和尊重。因为，人养狗，是要它人我分明、利害分明、爱憎分明。人养的，是看家狗，而不是养一种思想和哲学,养一种出世或遁世的特立独行和清静无为。人是要求狗必须深深入世并斤斤计较、念念有为的,否则,若是狗眼睁睁看着门窗被人撬了,家当被贼偷了,那咋办?那只有把这无用的狗处理了。啊,做人难,做个狗,你说容易吗?!尤其要在狗类里做个特立独行的先知之狗、思想家之狗、无为而治之狗,何其难?

好在,山里无贼,主人家无被盗之虞,这狗就可以安然做它的闲狗,得以超然物外,清静无为,修身养性。

我数次进山,路过这家院落,都见到了这位清修的隐士:高卧篱边,物我皆忘;眼似微眯,不含嗔恨;鼻若轻吹,未见怨怼。仿佛对宇宙和尘世,已然悟透;对得失与恩怨,尽皆了断。渴则饮几口清水,饥则啖半盆素餐。无闲事可管,无闲气可呕,无闲情可粘,无闲言可传。唯此为大之事,只有一件,即:抓紧睡眠。因为——

狗在变成狗之前,就一直一直沉睡着,忽然被惊醒了,就变成了一只狗,上一次睡眠就被中断了。料定此生做狗,也只是一小会儿的事,做完这一回狗,还要返回到那被中断了的睡眠中去。那就抓紧预习和酝酿,随时准备返回那万古不醒的沉沉睡眠中……

马的睡眠

公元1998年初夏的一个夜晚,我在汉江长堤上散步。堤的西边,有两棵法国梧桐,树下,我看见一个用砖头、木棍、树枝、牛毛毡搭建的简易工棚,有一位中年男人在棚子里烧火做晚饭,棚子边上停着架子车,堤的下面是一大片平地,堆着一排排水泥钢筋预制板。简易工棚对面,是一间更简易的草棚子,里面拴着一匹马,马低着头一动不动,马尾巴被漏下的月光镀上了一层银白,像一柄银质军刀斜插在那儿。

我问中年男人,马是不是病了?他说,马是小伙子,换算成人的岁数,马与你一般年纪,可能比你还年轻,正是想媳妇的年龄。它身体好得很,现在正站着睡觉,可能在想媳妇呢。

我问马做什么活。他说:拉预制板,为建筑工地干活。他说,每趟车拉三千斤到四千五百斤。东西很重,爬上坡的时候,马的头都快贴到地面了,马的腿、腰和整个身子挣扎扭曲得我都不敢看,汗水大颗大颗往地上落,我能听见汗水砸地的声音。但是,没办法,马累,我也累,马累为的是一把饲料,我累为的是几个饭钱,我要靠这个养家糊口过日子。做个马,当个人,都苦,都不容易。我这人心肠软,不像别的赶马人,事情急了,心情不好了,就打马,我不打马,心情再不好也不打马。我舍不得打,我也不忍心打。

我问,马这么辛苦,为啥不让它卧下好好休息呢?

男人说,不是我不让它卧着睡觉,是马习惯了站着睡觉。世世代代,马都站着睡觉。

我说站着睡不好觉,也没法做梦。人站着打盹,就无法做梦,即使做梦,也做不圆一个梦,因为你随时会倒下去。

我问，马做梦吗？

会做梦，会做梦，你看，此刻他正在做梦，它梦见自己的媳妇了。

我看见马的阳具在肚子下面一下下抽出又缩回去，又抽出，粗壮、劲挺，也有点丑。

男人说，人闲抽烟，马闲抽鞭。

我说，看起来不太文雅，有点流氓。

男人说，不能说马流氓，那是天意，不是马有邪念，想行不端之事。有那动静，说明它是一匹健康的雄马。

我说，不给它娶个媳妇吗？

不能给它娶媳妇，娶了媳妇就要过夫妻生活，若是不节制，稳不住性子，雄马就会把元精折了，元气散了，就没力气干活、拉车了。

那就这样让"小伙子"自个儿单干，没个相好，没点乐子？就这样虚度华年，站着意淫，站着梦里娶媳妇，站着空欢喜？站着空悲伤？

没关系，它习惯了站着，站着梦想辽阔的远方，站着梦想奔腾的岁月，站着想媳妇，甚至站着忘记自己在想什么，站着睡眠。

男人说，我要去吃饭、睡觉了。你与马多说说话，安慰安慰小伙子。不过要小声说，别惊醒它。马睡觉是半睡半醒的，但它能听见声音，半睡着的那一部分马，会继续做梦。

长堤上就剩下我和马了。它站着睡眠，站着做梦，我在一旁看它睡眠，看它做梦。我觉得它有点可怜，有点孤独。

这时，我抬起头，看见天上的人马星座，在该星座的腰眼附近，有一个美丽的 ω 星团，那是一个巨型星团，包含了近100万颗恒星，那么多的恒星蜜蜂般聚集在一起，闪耀着炫目的、比邻近星空强烈得多的超常光亮。

我对宇宙、对天文学有着近乎迷狂的好奇，每当遇到晴朗的夜晚，我出门散步都随身带着望远镜。此时，我举起望远镜，仰望和观察靠南的星空，在银河系中上游的一个角落，那强光喷射的小小区域，就是人马座附近的 ω 星团。我想知道这蜂窝状的恒星集团，那么全神贯注，灵光喷发，是在酿造什么呢？终极产品将会是什么呢？

这个巨型星团的年龄大约在 140 亿年，与银河系的年龄相当。ω 星团距离地球、距离我本人有 18 000 光年。也就是说，它的光从星团出发，以每秒钟 30 万千米的速度，在浩瀚太空穿越了 18 000 年，此刻才照到我的身上，同时也照到马的身上。

我悚然一惊，打了个寒战——此时，我和一匹马，被来自遥远太空的一束神的目光注视着、抚摸着。

那束神秘之光为了找到我和那匹马，以不可想象的光速，在宇宙里穿越了 18 000 年。

他终于找到他要找的我和那匹马了。

是的，他是找到我们了。

然而，他是多么失望。

他来自人马座的遥远深空，他好不容易见到我们了！

他终于看到了一个人，也看到了一匹马。

那个孤独的人，遇见了一匹孤独的马。

那个人正在望着星空，望着土地，望着万物，望着马。

那匹马正在站着想远方，站着想媳妇，站着睡眠。

那个人终将躺着消失。

那匹马终将站着倒下。

时间的废墟上终将一无所有。

人马座的辽阔视线里，终将一无所见。

遥远的深空，奔腾的银河，耀眼的人马座，和更耀眼的 ω 星团，乃至整个宇宙，徒然地修筑着金碧辉煌的大教堂，徒然地浪费着天上的花岗岩和大理石，徒然地浪费着无量星河的乳汁，然而最终，除了消失和虚无，似乎并没有浇灌出什么，也没有造就出什么……

已是深夜十一点多了。这时，我听见夜风里传来急切的、呼喊我的声音。

是妻子骑着自行车带着八岁女儿到江边找我，她们怕我连夜下河游泳出现危险。

我大声回答：我在岸上，我在马棚边，我在看星空，我在看马，别担心，我就回来啦！

我情不自禁地仰起头，看见温情点点的流星，不时地划过银河两岸，天上，那一颗颗孤独的芳心，在认真安慰着宇宙的孤独和荒凉……

虫儿片刻的睡眠

这也是生命？这也算活了一辈子？

蜘蛛刚从卵里出来，就在墙角、窗下急急奔走，那是什么在快速移动呀？那是生命吗？几根细细游丝，织起一个几近于无的形体，看不见头脑、内脏和明晰的肢体。他的全部生命和行李，就这几根细丝！我忽然悲哀和惆怅起来了。蜘蛛啊，你才是真正的、彻底的无产者啊！你是零资产革命家、零资产旅行家，你的存在只是为了证明你几乎不存在，证明你的空无，证明你彻底的清贫，证明这个貌似富饶的世界对你的彻底辜负和剥夺，你被剥夺到一贫如洗。

每一次看见这样的蜘蛛，和那些细小的、几乎不见形体的虫儿，我就一阵惊悚，为这种几近于无的生命形态感到难过，接着就有一种愧疚感：比起它们，我作为人的这种生命形式是否太夸张、太豪华、太奢侈了？是否我占有的太多了，才导致造物主不得不压缩它们的生命形态，压缩它们的生存空间，压缩对它们的生命供养？是由于我的有产，导致它们的彻底无产和零资产，导致它们的一贫如洗吗？

但无论它们多么微小，它们都是生命，而且是有灵性的生命，它们也有自己的喜怒哀乐、祸福顺逆、生老病死，也有自己的牵挂、奋斗、忧伤和困境，也有自己的天敌、陷阱、疾病、伤痛、饥饿、灾难，也有自己过不去的坎和躲不开的劫。它们也要寻找伴侣、缔结婚姻、传宗接代，也要完成一个生命必须承担的责任、义务，也要把刻在自己身上的种群基因和族群记忆传递下去，也要在浩瀚的生物演化史上，写下自己细小的一笔，然后，它们才算走完了自己的一生。也许它们的一生很短，短得只有几小时，几天，几周，几个月，但那就是它们的一生，是无人能代替、无人能帮助，必须由它们自己走完的一生。

每一次我打扫屋子、擦拭家具的时候,都会看到这样的细小虫儿,这时候,我手中的扫帚和抹布就会停下来,我会等一会儿,并用扫帚或抹布轻轻地为它们扇风,劝告和引导它们,让它们离开这里,到更安全的地方去生活和休息。我这样做,绝不是矫情或滥施温情,我这样做是真诚的,大约是天性善良使然,也受了慈悲为怀、普度众生的佛教观念的影响。近代圣人弘一法师李叔同的慈心善行也深铭我心:大师每一次落座前,总要将椅子拿起来轻轻地反复抖几下,再缓缓落座,他怕椅子上有小虫儿正在避难或休息,他怕自己匆忙落座会伤害了这些弱小无助的生灵。

在野外走路、采摘或游览时,也会经常遇见胆小、警觉的虫儿,一旦发现异常动静和气息,它们就立即装死,把自己缩成一个团儿,或卷成一个小蛋儿,静静地躺在那儿,留下一具"遗体"。好像在说:我已死,请仁慈一些,勿让我再死。昆虫学家会说,这是虫儿在长期进化过程中,为了生存与延续而形成的自我保护策略。或许是吧,但这是怎样令人怜悯的可怜策略啊,那么卑微,那么孤独,那么无助,在这个险象环生的残酷世界存活,它们只能在强者如林的缝隙里寻找生存的机会,而每一个所谓的机会都是岌岌可危、瞬息难保的。而上苍给它们的资源、禀赋、手段是如此的少之又少,它们用于自保的唯一策略,就只有装死。它们每一刻的活都有死在环伺,所谓活着就是暂时未死。既然死是它们唯一可以随时支配的资源,它们唯一可以拥有的保镖,那么,就让死来保护我一会儿吧:神圣的陛下,尊贵的庞然大物们,请仁慈一些,我已死,勿让我再死。谢谢。

每当遇到睡眠中的虫儿,我都尽量不打扰它们,更不伤害它们。它们也许累了,也许饿了,又找不到吃的,只好靠睡眠来减少体能消耗,让自己能熬过难关;也许是病了,它们的族群还没有自己的医药、医学和医生,自生自灭是它们的命运,病死、饿死、渴死、淹死、毒死、冻死,被踩死、被压死都是它们的命运。除了这些,他们不会有别的更好的命运。即使重病在身,它们唯一的治疗和保健方式就是睡眠。那么,就让它们好好睡一觉吧,虽然,它们也许只有片刻的睡眠,片刻的安稳,但是,片刻的睡眠也是睡眠,片刻的安稳也是安稳。它们的生命,包括我们的生命,在无限的宇宙、永恒的时间面前,都是片刻的,但是,片刻的生命也是生命。也应该受到尊重,更应该得到同情啊。

书虫的睡眠

深夜,我打开《杜甫诗选》,看见一只书虫轻快地奔跑在书页里,奔跑在一首抑扬顿挫的七律里。它似乎踩着平平仄仄的步子,踩着唐朝的韵律,它踏着一只虫儿的慢节奏,在时光的书卷里漫步,呼吸着历史的颓败气息,呼吸着古老的书香。

这么多年,我从来没有在一页书里见过两个以上的书虫,我见过的都是孤单的、独个儿睡眠和行走的书虫,哦,一只孤独的书虫,也在无边的宇宙里穿越,也在无穷的、厚厚的时光书卷里穿越。这孤寂的、穿越了万卷史书的书虫啊,也许只有它才真正领悟了时间的奥义,领悟了宇宙和生命的奥义:时光、世界或生命,也许会有片刻的喧哗和繁华,但喧哗过后,繁华过后,却难掩废墟的结局和寂寥的真相。而孤寂才是所有生命的根本处境,也是宇宙的根本处境,又何尝不是真正的读书人、真正的思想者的根本处境?何尝不是一本伟大的书的根本处境?我就想,除了这孤寂的书虫,有谁真正读懂了埋藏在一本伟大的书里的苍茫意境和苍凉心境呢?

我对这孤寂的书虫怀着十分的好奇、怜惜和尊敬。虽然,我们不经意间的随手翻阅,书页的轻轻摩擦,都会置它于死地,然而,它们一茬茬默默去了,一茬茬又悄悄来了,它们细小的脚步走过世世代代的书卷,走过书卷里无数的爱恨情仇,尝过书卷里无数的血痕泪痕,见过书卷里无数的战争与和平、自由与奴役、柔情与暴力、睿智与愚蠢、黎明与黑夜,还览过无数动人的段落和悲惨的故事。它们默默地陪伴着人类的书,陪伴着人类的文字,陪伴着时光老人冗长的叙述和叹息,陪伴着一代代孤寂的读书人和思想者,以它们细小的身影和孤寂的步履,向我们提示着生命的奥义和书的奥义,提示着每一个生命都必须面对的孤寂处境。

每当我看见一粒小小的书虫也在孤独地穿越时光的寂寂书卷和宇宙的茫茫荒野，我难免孤寂、苍凉、悲苦的心，也得到了些许安慰和镇定：看吧，如此渺小孤单的一粒书虫，它已微小到只能用"一粒"而无法用"一个"来形容了，却安静坦然地走过自己作为一粒虫的命运，你呢？万物皆备于我矣，何苦？

可是，自从我很小的时候第一次认识书虫，几十年过去了，至今我对书虫的生活和命运还是一无所知，它们吃什么？喝什么？它们的爱情和婚姻生活是怎样的？它们怎样抚养孩子？书虫和书虫之间有友谊和亲情吗？它们会孤独和忧郁吗？它们无疑是博览群书的"书生"，可它们对书有何印象？它们阅读、品尝了无数文字，可它们识字吗？它们对文字感到好奇和神秘吗？它们品读过万卷古今之书，在它们眼里，古人之书和今人之书有何不同？它们对繁体字和简体字有何评价？它们对文言文和白话文有何阅读感受？它们对汉语和英语有何鉴赏心得？它们认识读书人吗？一个爱读书的人和一个不爱读书的人同时出现在书的面前的时候，它会嗅出他们不同的生命气息吗？一个少女投在文字上的眼神与一位老者投在书页上的眼神的光泽和温度是不一样的吗？它们一辈子在书里生活、繁衍、睡眠、沉思、游览、行走，它们是否感激书？是否感激人类的这一伟大发明？它们是否也有对死亡的恐惧呢？它们死后，仁慈的书就收藏了它们小小的、干净的遗体，可谓死得其所，往生净土了。书虫的一生，都在书海里遨游，在书山上攀越，在书卷里圆寂，在书香里安息，在不朽的文字里永生，它们对如此圆满的一生感到圆满吗？

我对这一切都一无所知。

休去说什么宇宙如谜，小小书虫，也是谜中之谜。

我们也许会说，书虫对我们是无知的，同样，我们，对书虫也是无知的。

面对宇宙的浩瀚大书、时光的浩瀚大书、生命的浩瀚大书，我们，不过是一粒小小书虫，终生穿越，终生披览，终生咀嚼，所得的感受和知识，不过是：除了知道自己必有一死，别的，竟一无所知。

看来，我还得老老实实做一粒书虫，在时光和生命的无穷书卷里，继续谦卑地钻研、修行。

书虫，我是如此地尊敬它们，每一次打开书，当我看到一粒孤单的书虫，我都把这一刻视为一次神秘的机缘，视为我与时光使者见面的秘密仪式。我总是停止对书页的翻动，让自己慢下来，停下来，停顿在时光的寂静苍茫里，停顿在写满暗示的书的空白处。我默默聆听，默默凝视，凝视一只孤独的虫儿，它孤独地行走，孤独地钻研，孤独地沉思，孤独地睡眠，孤独地静修，孤独地死亡……它那渺小到极致、孤独到极致的生命情境，是对我的无言暗示……

乌鸦的睡眠

前年清明节前,我回故乡为已故的父母扫墓。我是步行走去大地湾墓地的,距离那儿大约还有十几米左右时,我看见一只乌鸦蹲在我父亲的坟头发呆。

我心里生起一种莫名的感动,这感动中还夹杂着对这生灵的感激,我一年只有一次来墓地看望父亲,还是依照着习俗和文化的约定,在多数时候是记不得已经"走了"的父亲的,因为他已经"不在"了。

想不到这黑色的、背负着"不祥"之名的鸟儿,却早已提前来到父亲的坟上,为他守灵和祭奠。而且乌鸦想必不会是按照什么节日或忌日的约定,乌鸦和鸟们没有这种文化规定,它们显然是经常来这儿,卧一会儿,静默一会儿,陪伴一下这个孤独的人的更其孤独的身后的魂灵。

我们无法得知一个人在"不在了"之后的去向和行踪,我们也无法确认固有一死的人存活一世的意义和价值。我想,我们不知晓的这一切奥秘,乌鸦知晓吗?

我们常说,旁观者清。乌鸦作为人世的旁观者,它对人世也许有着自己的观感和心得?万物有情且有灵,乌鸦不仅有灵,而且自古以来就以落日为导师,以黑夜为课本,以墓地为道场,世世代代研习着被我们因害怕而忌讳着的昼与夜、生与死的大学问,它们在我们生存的背面的极深处,窥见了我们所不知道的真相和真知吗?

我的父亲一生劳苦而清贫,他的墓地除了泥土、几块砖石和一棵柏树,什么也没有,清贫的人睡清贫的墓。一世清贫干净,永世清贫干净——这是父亲的命运,也是父亲对天地众生的功德。

乌鸦为我的父亲守灵、守墓，它守的是清贫，守的是干净。

我想，帝王将相、富翁权贵的墓，多数都太豪华、太奢侈、太高大、太自以为是，也太吓人了，乌鸦也许不敢去那里，也拒绝去那里。

近朱者赤，近墨者黑。我想，乌鸦是清贫的鸟儿，也是干净的鸟儿。

清贫的乌鸦敬重清贫，干净的乌鸦心仪干净。

不管乌鸦来此有何初衷，我在内心里是感激和敬重乌鸦的。

我感激乌鸦为我寂寞一生也注定寂寞千古的父亲，年年月月地守墓、守灵。

我敬重乌鸦对我泥土一样仁慈厚道的父亲的敬重。

众生平等只是写在人的经书里的好话，在人世间从未得到真正的落实，作为人，我们谁都没有真正修到和做到"众生平等""慈悲为怀""无缘大慈，同体大悲"那样的正念、正觉、正行。

但是，乌鸦做到了，在乌鸦的眼里，我父亲低矮简陋的土坟，高过了王宫的金顶，高过了黑夜的星辰。

我也多次看见乌鸦在雪地上漫步、蜷卧和静思的情景。白的雪和黑的乌鸦，无边的白纸和几粒黑字，形成的对比与反差，触动了我内心难以名状的落寞之感和孤寂之思。在时光绵延无尽的雪原上，生命，是那一粒粒黑字吗？它努力注释着什么？它认真填充着虚无，而最终，它被虚无吞噬，成为更深的虚无，又被后来的文字们注释着和填充着。

我认为乌鸦是深刻的哲学家。

我曾在一篇文章里这样描写我心中的乌鸦："在这个世界上，没有比乌鸦更深刻的哲学家了，而人类的哲学家反而是肤浅的，他们的哲学除了拯救一页页无所事事的白纸，其实连他们自己也不能拯救，遑论拯救和优化世道、人心。在白雪飘飘的年代，乌鸦曾经发出不祥的预言。然而最终不得不告别一再误解它们的人类，转身失踪于黑夜。没有先知的提醒，没有圣者的感召，没有纠偏的声音，没有校正的语法，世界在纸醉金迷、自娱自乐里疯狂堕落。没有乌鸦的世界，其实是没有哲学的世界。现在，哲学家面对着没有哲学也不需要哲学的世界，忽然想起了乌鸦在雪野鸣叫的古典时光。只有白雪与乌鸦能拯救世界——他忽然想到；然而，怎样唤回乌鸦，又怎样复活白雪？他在他的哲学里迷茫了，也许，他必须经历漫长的迷茫，才能真正走进哲学，才能找到失踪的乌鸦和白雪"。

  离开父亲墓地时，我看了看四周的地势和风景，不远处对面的山坡上，有一片深蓝的柏树林，前些年我曾钻进那林子里坐过一下午，就为了呼吸那深沉的、略带清苦的柏树的高古气息。此时，我看见刚才卧在父亲坟头的那只乌鸦就蹲在柏树的枝丫间，似在打量我，又好像并没有望我，而是在低头沉思，它陷入了深深的忧伤和疑惑中，像一个参透生死大惑的哲人，却也不得不陷入难以突围的宇宙性的终极困境……

鸟儿的睡眠

高飞的鸟减轻了我们灵魂的负担。

鸣叫的鸟说出了我们内心的寂寞。

睡眠的鸟抚慰着我们生命的不安。

鸟见过大世面,俯瞰大地与山川,飞越云雾和星空,它们是超越尘世和苍穹,连接此岸和彼岸的使者,而我虽属自诩为万物之灵的族群之一员,却在尘埃里匍匐了一生。

我也偶尔仰起头来做仰望状,即所谓"仰望星空",但是,仰望完毕,仪式结束,我又返回到尘埃里,抑郁着或焦虑着,挣扎着或奋斗着。我在地面上虽已穷尽了我卑微的心智和能力,但在鸟儿的眼里,我始终滞留在尘埃里,而且是被尘埃挟裹的、一粒不自由的卑微尘埃。

鸟看破了我们的根本困境:来自泥土,困于泥土,终将归于泥土。

但是,见识过高天大海、深沟巨壑的鸟儿,有着宽阔的胸襟和深广的同情心,它看清了我们的困境,却不说破我们的困境,那会让我们尴尬,让我们那点可怜的自尊心受辱。鸟儿怀着怜惜之情和不忍之心,从天上降落下来,来到我们身边,唠叨些带着风丝云絮的话题,陪伴和安慰我们,有时,索性就住在我们的屋檐下,好像在说:没有翅膀、不会飞,也不是丢脸的事;瞧,我们有翅膀,会飞,不也蜷缩在这尘土里的屋檐下吗?

鸟有自己的宇宙观,鸟一次次飞上碧蓝的苍穹,横渡午夜的银河,零距离领略着宇宙的浩瀚广袤,并试着丈量宇宙的无边心胸,它在云端和星海里飞渡,一次次发出"喳喳"的鸣叫和惊呼,那是它在赞美天宇的盛大,它在接纳星空对它灵魂的灌注和教诲。

我们可以想象，鸟儿那被无边宇宙震惊得如醉如痴的心里，压缩了多少激情和幻梦，压缩了多少对于无限苍穹、神奇宇宙的崇高的敬意，压缩了多少对它所不能穷尽的存在之谜的谦卑感情。

鸟儿接受了宇宙对它的耳提面命，鸟儿的宇宙观来自它对宇宙的零距离聆听、体验和学习，可谓高哉、大哉。

鸟儿的宇宙观，比我的所谓宇宙观更像是真正的宇宙观，鸟儿的宇宙观是宇宙也愿意认同的宇宙观，是来自宇宙的宇宙观，而不是来自单位、来自体制、来自饭碗、来自算盘或盘算的那种伪宇宙观、甲壳虫宇宙观或吸血鬼宇宙观。那种宇宙观不应该叫作宇宙观，那是势利观、市侩观、等级观、食物链观、人肉筵席座位观。

鸟儿是宇宙公民。

鸟儿是我的老师，我尊敬任何一只鸟儿。

它们刚刚从云端实习归来，从星空深造归来。

而多少个深夜里，我看见在高高的星空之上，有一只鸟儿，正在孤独地横渡浩瀚银河。在无限辽阔与寂寥的宇宙荒野里，它那么微小和孤单，然而它在穿越，它在穿越途中，试图丈量那注定要淹没它的恢宏时间和空间，以及无尽的孤寂和苦难。

它仅仅是一只鸟吗？

不，它就是我的大主教，它在寂寥的、燃着无数烛光的天穹的教堂里，向我无声地传授一种几乎失传的伟大宗教——

寂寞和痛苦，是宇宙间唯一真实、永恒的宗教。

而穿越寂寞和痛苦，抵达时间深处的时间，是宇宙宗教的核心教义。

我仰起头来，仰望星空，其实恰好就是在仰望着那只独自穿越星河的鸟儿。

它的翅膀似乎移动得很慢很慢。

这辽阔的星河、宇宙的永夜，似乎在屏着声息，努力托举着它的孤独和疲倦。

我想，它或许困极了，它一边飞行一边睡眠。

　　但我又想，即使它在天上睡着了，它那小小的心跳和心事，依然在向我传递着辽阔黑夜里最深刻、也最惊心动魄的生命美学和宇宙宗教——

　　　　寂寞和痛苦，是宇宙间唯一真实、永恒的宗教。

　　　　而穿越寂寞和痛苦，抵达时间深处的时间，是宇宙宗教的核心教义。

植物的睡眠

只有原生态的自然，能把人带入一种旷远、幽深、永恒的诗意世界。

大地穿着睡衣在睡眠

在平原上，在城市里，我们很难见到苔藓，或者干脆说，我们根本就见不到苔藓。

也许，这个世界上的绝大多数人，一生一世从来没有见过苔藓。

苔藓是古老、原生态世界的身份证，是大地的原始经典，是地球生命的最初宣言，是阳光、雨水、腐殖土和地气合作书写的第一首大地之诗。

没有见过苔藓的人，就不曾见过大地古老纯真的容颜。

如同我们不曾见过自己祖父那苍老而单纯的面容。

祖父在他的后人这里，成了一个传说般、神话般的虚拟存在，因此我们的心里，总有一种悬空、无根、不真实的感觉。

现代城市中的孩子，你若不告诉他，他会以为城市从来就是用水泥铺筑的，他会以为孔夫子当时就是在水泥路上跑来跑去，不停地向自己的学生群发短信，最后出版了那本短信汇编《论语》。

再往后，过若干年，一生下来就被电子科技环绕的孩子们，甚至会以为李白是住在用水泥瓷砖修造的酒馆里，或住在缠满电线的星级宾馆里，一边喝酒、玩随身听，一边在电脑上频频敲着回车键，敲出了那些长长短短的诗。

人是健忘的动物。上溯三代，或者顶多上溯至四代，大部分人根本不知道自己先人的名字，对其生平的了解更是渺若云烟，如同他们根本不曾存在一般。

我就不知道我爷爷和奶奶的名字和身世。

世界的原初面貌，大自然未经篡改的本色是什么样子？请问，我们谁曾见过？

我们降生在一个我们根本不知道真相的世界上，我们生活在一个被人的欲望、智力和技术彻底改写了的世界上。

如同现下的读书，读的并不是经典原著，我们读的是被改头换面、被删节缩水、被颠倒本末的缩写版、快餐版、口水版、戏说版和恶搞版。

我们置身的这个世界，也当作如是观。

你见过苔藓吗？你见过古老世界的纯真面容吗？

苔藓，它是安静、柔软的。

是的。安静、柔软，这就是苔藓。

且听我一一道来。

它的颜色是沉淀了时光、过滤了一切杂质或者是吸收了一切杂质的颜色，将"一"融进"一切"，又将"一切"提炼成"一"，那是丰富到极致而呈现的单纯之色。苔藓的颜色，是低调的，幽暗的，是最纯真的颜色，它几乎是时间本身的颜色。在我的想象里，若万物皆有色，时间也应有颜色，苔藓的颜色，就是时间之颜色。

它安静如得道高僧的修禅入定，如落日用返照之光抚慰万物却寂然无声，如一位沉思的哲人独自沉入思想之海，我们只看见他如常人那般无所事事地坐在那儿，却不知道他已经退出人世的狭窄此岸，潜入彼岸的无边深海。苔藓的静，是汇集了又消解了巨大声息之后的寂静，是震耳欲聋的寂静。

它柔软如襁褓，如纯棉，如质地细密的云朵，如释迦牟尼传法讲道的圆融语言，如想象中圣母的慈爱怀抱。这是时间用千万年的忍耐，用苦口婆心的低语，一字一句地与土地商量和交谈，一字一句地试探着说出的原始真理。它无比柔软，它是人工绝对仿制不出来的大自然的柔情，它是最谦逊的植被。如果说勇敢的岩石为地壳深处奔突的灼热岩浆设置了最后一道防火墙，那么，苔藓就是防火墙的诗意化装饰，是大地亲切的皮肤。一切坚硬之物都将在这里自动缴械，一切敌意都将在这里消隐，一切自命不凡都将在这里自动变成自我嘲讽。

因为，静静呈现在这里的，是一种柔软而能稀释千古、无声而能说服万物的古老语言，世上的一切不过是被它偶尔引用的例证，用以说明流逝的必然和变化的必然。

坐在苔藓上，就是坐在层层叠叠的时光之上，就是坐在永恒亲手制作的坐垫之上。你坐在永恒上，情不自禁地开始沉思，永恒，什么是永恒？如果，这也不是永恒，那也不是永恒，那什么是永恒？连你这个匆匆过客，也在冥想永恒；连这无言的苔藓，也供你落座，供你沉思永恒。哦，明白了，我们，和万事万物，都是构成那个永恒织物的一点痕迹、一根经纬、一个针脚。

诗人坐在苔藓上，总能生发千古幽思，写出隽永好诗。那是因为，苔藓，这悠久与古老之物，它用一种安静的力量，让人暂时中断与现实世界的联系，而沉入对永恒与无限的冥思之中，时间链条的突然中断，会让人跌入意识的巨大黑洞，而产生高密度、高强度的情思之光，以照亮和填充这生命的幽暗瞬间。

王维静坐于苔藓铺地的古寺院中，不禁感到那苔藓之色就要染绿自己的衣服，染绿自己的心境，再坐下去，他就会和苔藓、和时光化为一体了，这里面有多少对生命与时光的极深感悟？他的"坐看青苔色，欲上人衣来"，十个字里，包含着多少言外之意？

刘禹锡那"苔痕上阶绿，草色入帘青"的陋室，果真是陋室吗？陋而不陋，不仅不陋，甚而是豪华的。请问，如今，你到哪里能找到这被苔藓之痕、芳草之色滋润和映照的豪华"陋室"？这酿造诗情才思的陋室，是古老自然托起的人文之屋，又反过来恰到好处地装饰了自然。苔痕融入诗行，草色漫进文思，自然和人文相互映照，古老和此刻相互耳语。在这样的"陋室"里，你想浅薄也无法浅薄，你无法不"寂然凝虑，思接千载；悄焉动容，视通万里"，你"观古今于须臾，抚四海于一瞬"，你精神豪奢如上帝，何陋之有？

"青苔古木萧萧，苍云秋水迢迢。红叶山斋小小。有谁曾到？探梅人过溪桥。"张可久的这首《天净沙》，把我们带入一个由青苔、古木、秋水、苍云、红叶构成的地老天荒的意境之中。自然界之浩大，与小小山斋之细微，青苔古木之苍老，与刚开梅花之簇新，形成鲜明对比，处处衬托出人在宇宙和时间长河里的孤寂渺小，而这正是人与所有生灵的根本处境。就在这无限寂寥和千古苍凉中，毕竟有点点梅花，捧出殷红的思念，而溪桥上走过的探梅人的身影，使这荒寂宇宙里有了温暖的情意。那是孤独去探视孤独，思想去探视思想。也由此，孤独变成了思念，思念变成了诗……

记忆里，我还是在很小的时候见过成片的苔藓，在故乡小河边的大柳树下，在离我家有二十里远的凤凰山的松林里，那里，除了大片苔藓，还有彩练一样在林间环绕的彩色野蘑菇。

于今看来，那竟是我，一个当年的儿童瞥见的古老世界残存的一点纯真痕迹，那一瞥之后，我就越来越深地迷失于完全人工化、水泥化、塑料化、钢铁化、电子化的世界里了。

我们的心，我们的情感，我们的文化，也越来越人工化、水泥化、塑料化、钢铁化、电子化了。纯真的心，柔软的情感，质朴的文化，因此也越来越少了。

你见过苔藓吗？

你也许一生一世都不曾见过苔藓。

我们销毁了原生态世界的身份证，毁掉了它天真的容颜。

一个来历不明的世界，必然也是一个去向不明的世界。

置身在一个来历不明、去向不明的世界上，我们也来路不明，去向不明。

这就是我们不停忙碌，十分艰辛，却总是常常深陷迷茫的原因。

对此我也有自己的一点体验和对付的方法。

我在情绪焦灼、内心迷乱的时候，有时就独自骑车到很远很深的山里，走到一条河的上游或发源地，走进一片寂静森林，在草地上，在幽谷里，在苔藓上，在古老岩石上，在古藤老树周围，长久静坐或漫步，我的心情就会渐渐安静、放松下来。我觉得这是对心灵世界的一种有效解毒和清理，是一种净化、柔化和绿化，在这个由外及内的心灵打扫、重置过程中，你实际上是在接受自然意象的触动和暗示，在潜意识里启动了自我治疗的机制，心灵会依照心灵自身的原则，自动删除一些狂枝病叶，添培一些泥土水分，移植一些清新花木，这样，心灵就会获得一次重整和再生。在这个过程里，苔藓，是促成心灵发生微妙变化的重要元素，它以其古老与恒久，把你带入时间的悠远长河，从而稀释了你的焦虑，因为在千年万载的古老面前，你的所谓大事或大烦恼，皆渺小不足道，连过眼烟云都算不上。同时，苔藓以其柔软与潮润，让你体会到这个世界隐秘的温情和没有附加条件的依依之恋，你可能没有母爱的慰藉，或者母亲早已作古，但是，柔软的苔藓，提示着一种超越时空的自然温情的存在。这是自然之母、生命之母的温柔胸膛，人间的、肉身的母亲都会离我们而去，但是，在时间深处存在着一种不会枯竭、不会消失的母性之爱的源泉。苔藓，就是我们能触摸到的永恒母性的柔韧肌肤，它存在着，为你，为他，为我，为麋鹿，为兔子，为松鼠，为蚂蚁，为一切生命和生灵而固执地存在着，并且分泌着不竭的水分和乳香。苔藓，这永恒母性的象征之物，就这样软化了你意识中僵硬、钙化、尖锐、粗糙、荒芜的部分，唤醒你并让你回到一种简单、柔软、温和、细腻、多汁的生命状态。

　　因此，我觉得，苔藓可以作为一剂情感的偏方推荐给你，或许它会对你的孤独、迷茫、烦躁、焦虑、忧郁、无归宿感、无意义感等现代人皆难幸免的精神疾病有所化解和治疗。

　　那么，若有机会就到深山密林里走走，到河流清泉边走走，到鸟语风声里走走，到苔藓上走走吧。

　　看见苔藓，你会想起这个世界的悠远恒久，想起在万物不停流逝的宇宙间，在这个急剧变迁、一切都变得越来越陌生的世界上，在惶惶不可终日的日常生存的背面，依然还有一种牢固、可靠、不变的本质存在。流逝和剧烈变动会让人恐惧不安，而在流逝中保持不变的那些核心元素，则让人感到心有所住，情有所依，让人漂泊的灵魂有了停靠，使走过的岁月有了可以辨认的痕迹和证据，从心里生了一份踏实和安然。

走在苔藓上，你还会想起世世代代的人和生灵也曾见过这苔藓，也曾从这苔藓上走过并留下他们的气息和行迹，你不过是继续着他们的行走，你的足音就是他们足音的回响和共鸣。走在苔藓上，你就是和世世代代的人和生灵走在同一条漫长无尽的路上，你就不会孤独，不会被流逝以及死亡的恐惧所裹挟，你会有一种悲壮感和万古的苍茫感，同时也会感到一种内心的深远和广阔。

这种天长地久的感觉，是水泥、塑料、钢铁、金钱、权势、名利、电子、技术拼贴和浇铸的那个完全人工化、商业化的现代世界根本不能给予的。人工化、商业化世界给人的感觉，是嚣张，是势利，是无根，是漂浮，是短暂，是速朽。只有原生态的自然，能把人带入一种旷远、幽深、永恒的诗意世界。

丝瓜藤的睡眠美学

我喜欢丝瓜。

丝瓜的模样天真、清纯，还有几分憨，吊着藤儿荡秋千是它的文体爱好，它一直荡到秋风起时，欢喜的样子，让人看着也心生欢喜。丝瓜味儿清爽，心清，才会气爽，心地清净，就有了佛性，这佛性是慈悲、空灵、清凉，不必怀疑，丝瓜就是植物界的佛。丝瓜叶子翠绿，至老都绿，很少变色起斑，像它如此抱朴守素、心性贞洁者，才能始终不改变自己的信仰。是的，植物都是有信仰的，而绝大多数动物是没有信仰的。植物的信仰是对太阳神的绝对虔信和追随，丝瓜的信仰是对温润情怀的捍卫和对柔软心肠的坚定抱持。

世上的好植物、好蔬菜、好瓜果可谓多矣，但是，我对丝瓜印象最好，感情很深，原因可追溯到童年。

五岁那年初夏的一天，我到大姑姑家玩。她家在漾河湾，那天，我在河滩柳林疯跑了一阵，看藏在叶子后面喊我的鸟儿长什么样子，看水浪戴着一顶旧草帽漂到河心，我心里为那不知名的被风吹落草帽的乡亲惋惜，看那些蹲在河边的奇奇怪怪的大石头，看它们谁像马、像牛、像猪，我还骑在一匹石马身上，摇着柳条儿催它快跑快跑。我玩累了，回大姑姑家，大姑姑还在吹火做饭，饭刚蒸上，大姑姑的吹火筒"噗噗"吹着，而灶膛里的柴火可能有点潮湿，火苗一脸不高兴的样子，勉强伸着懒腰，屋顶上的炊烟也伸着懒腰，像在模仿大姑姑弯腰吹火的样子，但模仿得不像，它们伸的是懒腰，而我的大姑姑是多么勤快。我急着想吃饭，蹲在旁边想帮助大姑姑吹火，大姑姑说，乖娃，别让烟熏着了，坐外面躺椅上，歇着去。

我就在门前丝瓜架下，躺在大姑父自己做的竹躺椅上，透过树缝看着河对面隐隐约约的虎头山，可是那山怎么也凑不像虎头的样子。我索性不看远处的"虎"，看跟前的丝瓜藤，就见丝瓜藤俯下身，也在好奇地看我。藤上的叶子和花骨朵儿，在风里轻轻摇动，有几根藤儿离我很近，对我很着迷，想摸我的脸，我一呼吸，藤叶就跟着在脸旁边颤。我看了它们一会儿，头一歪，就转身到梦里去了，而它们，就站在梦外边定定地看我做梦。

仿佛睡了几百年，听见大姑姑走过来说：荣儿，饭好了，起来吃饭啦。

我应声，抬头，耳朵却被什么轻轻扯了一下，丝瓜藤儿一阵颤抖，我一摸耳朵，凉凉的、酥酥的，有点痒，我对大姑姑说：虫子咬我耳朵了。

大姑姑急忙伏在我耳边查看，准备捉拿虫子，一伸手，取下的却是一节细嫩弯曲的青丝，再一看丝瓜藤儿，那垂在躺椅附近的触须，已被扯断了，还在战栗着。

原来，在我熟睡的时候，那正在小心探路的、悬在空中的丝瓜藤儿，悄悄接近了我，它抽出细嫩的触须，在我的耳轮上轻轻缠绕起来，准备让我的耳朵成为丝瓜藤的落脚点，成为它夏天的一个小站、一个栈道，成为它植物梦想的一部分。如果试探成功，确信我的耳朵可靠，就让这些从宋朝甚或从更远的年代一路赶来的丝瓜藤连接起我的身体，在我纯真的耳朵附近开几朵丝瓜花，挂上至少一个或两个翡翠般的丝瓜。如此，我这寸草不生、一物不养的荒凉耳朵，将来，就不必以谎言、废话为食物，也不必以黄金、宝玉做饰物。翡翠般的丝瓜，活生生的、绿汪汪的、清香的，就装饰在这里，且迎风散香。

但是，我太冒失了，从梦里猛然返回的我，用力过猛，扯断了比我的梦境还要精致的丝瓜藤，打断了这个初夏最美好的实验。

丝瓜藤儿的实验失败了，我无法感受它颓丧的心情。它难受地战栗着，它那好不容易从宋朝或更远的年代伸过来的热情诚恳的手，却被拒绝了，被视为错误的自作多情，它懵了，傻了，它发觉它真的错了。它手足无措，它一副很尴尬、不解、失望的样子，藤儿伤心地颤了好一会儿。

童年的天空下，战栗着丝瓜藤的失望和忧伤。

但是，那个农家小院，那个夏天的睡眠，大姑姑家丝瓜藤芬芳的触须，却在我的心里生根了。

是的，我一直在想：我们的身体，包括我们的耳朵、眼睛、鼻子、手臂，以及我们身体的各个部位，全部加在一起，重量只有一百来斤，上苍将这一百来斤的东西托付给我们临时保管，最终全部收回，寸发不留。其间深意究竟是什么？

细思量，那个夏天，大姑姑家小院里丝瓜藤儿的触须，对我似有暗示：

> 我们，不过是至大如宇宙星空、至小如丝瓜藤儿之细嫩触须的连接点、感通点、停靠点和小小驿站，我们存在的价值，仅仅是：连接那等待连接的，感通那等待感通的，传递那等待传递的。让至大如宇宙星空，至小如爱的凝视、如一茎丝瓜藤儿的细细触须，在此降临、停靠、连接、传递。让时间的藤蔓散发出馨香。

那个夏天，丝瓜藤儿的美好实验，失败了，它不得不转向别处，继续它的实验……

葫芦蔓的浪漫睡眠

葫芦蔓从我父亲的手温和脚印里，从父亲顺口说的一句农谚里，启程了。

不需要搜索枯肠，腹稿是早已打好的。按照四月风的暗示，它要把春天的思路一直延伸到夏天和夏天以后。

它边走边想，必须把一些心事放在高一点的地方。

倒不是自己有多么重要。大地上有那么多苗苗草草、枝枝叶叶、藤藤蔓蔓，自己呢，小小的自己一点也不重要。可是，很重要的人也会有没心事的时候，很不重要的人也会有很重要的心事。是的，自己并不重要，是心事重要。

何况它的心里，装的并不都是自己的事。是春天的事，夏天的事，秋天的事。

说重一点，是千年万载的事。

这样想着，葫芦蔓就沿一排篱笆慢慢走。它走着走着，遇到篱笆上玩耍的一串牵牛藤叶，挽留它停下来歇歇，说能否今晚互换杯盏，尝尝对方烹调的甘露。"这个当然可以。"它停下来，与牵牛藤叶互相握了手，碰了杯，彼此饮了对方斟来的甘露。"好味道，谢谢。"它没有留宿。继续赶路。走了大约已经有从陶渊明到孟浩然那么远的路了，它扭身回头一看，牵牛叶儿还在向它招手呢。

它边走边念叨着：一定要把一些心事放在高一点的地方。

篱笆那边，在杜甫与邻翁曾经对饮的地方，一些还没有长高、还没有力气握起扫帚的扫帚秧，亲热地伏在它的臂弯，劝它停下、住下来，一起好好玩，等秋天来了，一起热热闹闹地打扫秋天。"呵呵，我还得赶路，若是蜷在这里玩下去，秋天空荡荡，拿着扫帚打扫什呢？兄弟，你们待在这里挺不错，就陪着院子里的蚂蚁啊、地牯牛啊、鸡啊、猫啊、狗啊、小孩子啊，好好玩。我前面还有事，得走了。"

它边走边念叨着，一定要把一些心事放在高一点的地方。

走着，走着，葫芦蔓快挨着院场里我妈的晾衣绳了。麻绳，灰白色的；棕绳，深棕色的。晾衣绳并排绷了四五根，绷着的全是妈的心事，那晾晒的全是思念，晾晒着被子、打补丁的衣服、孩子的尿布。它闻到了人世的味道。真好闻。尿布隐约的气息，它却闻得真切。它深吸了两口。它兴奋了，一用劲，不小心触须挨着绳子了，它赶紧缠绕了几圈，拧紧螺丝，在绳子上绾一个结，站稳，然后，继续走，走，走。它看见绷晾衣绳的那棵槐树附近的墙上，是一扇木格花窗。

它边走边念叨着，一定要把一些心事放在高一点的地方。

葫芦蔓走了大约有几千首唐诗那么远的路。那天中午，出来晾衣服的我妈看到它了，菜园里挖葱的我爸看到它了，屋檐下燕窝里的燕子夫妻看到它了，房前屋后溜达的黑猫看到它了，放学回来的我看到它了，木格花窗里梳头的妹妹，推开窗一眼就看到它了：两个葫芦，一左一右，已经挂好了。刚好，在窗子外面，在梦的附近，与前半夜的那轮白月亮，并排挂在窗口上。

它终于把一些心事放在了高一点的地方。

人们问了几千年：葫芦里装的是什么药？其实，葫芦里没装别的，葫芦里装的还是葫芦。是上一千年的葫芦和下一千年的葫芦。葫芦无心，这无心恰恰是有心，是初心、诗心、本心、赤子心。千年万载的心事，都装在里面。从远古，从农历的深处，一根藤儿弯弯绕绕地走啊走啊，把线装的历史走了个遍，经过了千年万代父亲们的篱笆、牵牛花、扫帚秧、母亲的晾衣绳、妹妹的窗口，经过了无数民谣、农谚和平平仄仄的诗篇。终于，葫芦怀揣的千年万载的心事，有了着落，它终于把那重要心事挂了上去：与前半夜的那轮白月亮，并排挂在我家窗口。

它终于把一些心事放在了高一点的地方……

植物的睡眠

白菜的慈悲睡眠

冬天,我从霜冻的菜地里,抱回一棵白菜。

揭开一片叶子,再揭开一片叶子,一片一片揭开许多片叶子。

打开一扇城门,再打开一扇城门,一扇一扇打开许多扇城门。

我不得不佩服植物的耐心和严谨,佩服白菜的高超建筑艺术,你看这一层一层砖石、一道一道城墙,布置得多么合理,修筑得多么精致。

严密的城防,拱卫着城市的精华部分——我正在接近城的中心。在那里,到底藏着什么贵重秘密呢?

谁都知道白菜心是好地方,我就要看见白菜的心了。

当我打开最后一扇城门,果然,有了惊异的发现。

我看见,在城中心,在那精巧宫殿里,只住着一个居民。

住着一条毛毛虫。

它小小的,胖胖的,憨憨的,它躺在温暖柔软的床上,正在睡觉,它睡得很香,贴近它,静静听,能听见它均匀的、细微的鼾声。

我竟然为自己的鲁莽闯入感到后悔和内疚了。

是我毁掉这城防,拆了这城门,闯进城中心,我是一个恶劣的闯入者、拆迁者。

睡梦里的毛毛虫被惊醒了,它翻过身,抬起头,惊慌地想出走,然而又无处可去。

它还能到哪里去呢?

它哭了,我看见了它的眼泪。

它的天堂坍塌了,梦醒了。

面对散落的菜叶,面对被我捣毁的城池,面对天堂的废墟,面对这凄凉无助的毛毛虫，我惭愧、内疚，我深深自责。

　　为了保护这毛毛虫，保护这小小生灵，白菜，你这慈悲的菩萨，在冰天雪地里，搜集着露水、地热、残阳和月光，精心修筑了城市，修建了一道道城墙，关闭了一扇扇城门，又在城中心建造了秘密宫殿。你收留那天真无助的小生灵，让它在你温暖的呵护里，能度过严冬。

　　筑起那么多道城墙，关严那么多扇城门，熬过那么多风霜，善良的白菜啊，只为了保护一个弱小的毛毛虫。

　　面对着天堂的废墟，我，一个粗暴的闯入者，久久自责着，久久不能原谅自己。

　　在慈悲的白菜面前，我终于知道，我们这些闯入者，拆迁者，是多么粗暴，多么冷酷，多么不厚道，也是多么不该啊……

一粒葵花籽的非常睡眠

在一辆长途运输闷罐车上,一粒葵花籽拥挤在拥挤的梦里,它苦闷不乐。它只是沧海一粟,沧海不知道一粟的苦闷。

此番远行,它要穿越少量绿洲和大片沙漠,抵达炎热的内陆。

然后抵达市场,抵达烈火焚烧的炒锅,和电流奔涌的烤箱。

最终抵达消费者的牙齿。

然后化为碎壳和垃圾,灰飞烟灭。

它被驯服了吗?它心甘情愿就范于时光和命运的暴力了吗?

植物有着我们不能想象的隐秘幻想和庄严梦境。它们把千万年的幻想封存在种粒里,那是一份密封的遗嘱,只能在一个庄严时刻,虔诚地开启,然后我们才能读懂植物缤纷的心事;那是土地的神谕,只能在阳光的注释下,我们才能理解和欣赏,欣赏土地的浩瀚潜意识和它高贵、热烈甚至华美的情怀。

可是,这一望无际的一列列闷罐车,却让海量的种粒离开土地,让它们更远更远地离开土地,更远更远地离开神性,更近更近地逼近商业的烤箱和欲望的烈火,接着,更近更近地逼近垃圾并最终变成俗世的垃圾。

我们只知道我们活得难,活得不容易,甚至有时活得很苦闷,活得焦头烂额。

可是,我们可知道植物的难,植物的不容易,可知道种粒的苦闷,可知道它们活得岂止是焦头烂额?

一粒葵花籽苦闷、绝望得不行了。它知道,不用打听,一整个闷罐车里,挤压着的都是数不清的苦闷和绝望。

时光庄严的遗嘱,将被爆炒成干货;土地神圣的暗示,将被烹制成垃圾。

遗嘱将被作废，神谕将被篡改，这时光托付的遗嘱执行者，土地之神的神子啊，该是何等焦虑苦闷？

这粒葵花籽，苦闷得心都快要炸了。

它想逃出这苦闷的海，逃出苦闷的闷罐车，逃出这牢狱。

终于，情况有了点变化。在公路急转弯处，闷罐车狠狠地颠簸了几下，苦闷的沧海出现倒流，但是，它们并没有流出海之外，无数的苦闷只是互相交换了苦闷，随即，挤压成更大、更深重的苦闷。

就在闷罐车颠簸的那一刻，这粒葵花籽儿，身子一个趔趄，顺势蹦出了闷罐车。

它掉在了戈壁滩的一个土堆上……

若干年后。我流浪来到这里。

一望无际的荒原上，出现了一小片绿洲，一排排向日葵，正在向大地鞠躬，向落日致敬。

它，在土地怀里，开启了时光密封的遗嘱，宣示了土地的神谕，它向神圣的太阳捧出心灵的诗句。

它侥幸逃出了商业的闷罐车，逃离了消费的火焰和烤箱，逃离了俗世的牙齿们对神性的大规模粉碎和否定，它守护了植物的尊严、荣誉和神性。

它庆幸那九死一生的冒险出逃。

它怀揣着一个巨大梦想，它要绿化和改良无边的人类沙漠。

此时，它一边向落日致敬，一边向大地鞠躬，它正在对大地宣誓……

门前蕨草的睡眠

六千万年前的一个黄昏,恐龙集体失踪。

地球浑然不觉,海水依旧傻乎乎地蓝,蓝着五亿年前的蓝;群山依旧肃立,保持着白垩纪时的身姿和风骨。

对此,上苍连眼睛都没眨一下。没事儿,雨刚下过,斜阳出来了,不如赶紧织个彩虹玩玩,不然,这么蓝莹莹的天,空荡荡的,不配个彩色插图装饰一下,没意思,不好玩。这样想着,呼啦啦,彩虹就弄好了,拱桥样式的,从豪华通向豪华,从梦通向梦。但是,谢绝通行,是上苍的自娱自乐,仅供神灵通行,供自己欣赏。

大河、小河依旧流着,自言自语着,静下来时,就与万千世物的影子们面对面捉迷藏,影子们互相辨认着,打捞着。偶尔,影子们愣怔一下,好像少了什么,愣怔一下,也就算了,反正河里有的是影子。

只有蕨草知道出事了。往日,往年,往世纪,蕨草一直被认为是某类精英、某类成功人士——后来被命名为恐龙的特供食物。

蕨草养活了这庞然大物,也目睹这庞然大物是如何遭了灭顶之灾,彻底完蛋了。

你可以想象这样的场景:两亿多年前,蕨类和其他众多植物,把地球打扮得葱茏如茵,如碧毯,如绿海,如无边的足球场……恐龙、飞龙、鱼龙、始祖鸟和它们的众兄弟,粉墨登场。它们奔跑着,追逐着,吼叫着,欢呼着,踢着太阳、月亮和星星,踢着满地滚动的石头和满天滚动的星球。原始的大地上,生命,上演着粗犷的合唱。

忽然,灾难自天而降,山崩地裂,生灵哭泣,沧海凝固成山岳,高陵下陷为深谷,彩虹骤变成遮天的白幡,英雄们还没来得及转身,就已纷纷倒下，连背影也没留下。

在被噩梦洗劫的悲惨大地上，白骨累累，磷火闪闪，天神偶尔俯身往下看一眼，他悲悯的眼睛再也不忍看下去了，那颗旋转的星球已经变成一个大坟包。

天神也有看走眼的时候，他过于高傲的眼睛只看见了大事件，没有看见那潜伏在大事件后面的小细节。

天神没有看见，在那大坟包上，在无边废墟上，一种总是匍匐着的，柔弱、谦卑的植物，奇迹般地活了过来。

在石缝里，在背阴的山坡上，在毫不显眼的阴湿卑微之地，蕨，这平凡的草民，被地母拯救了。

它喂养的那些庞然大物，那些恐龙、飞龙、鱼龙，是精英豪杰，是当时地球上最成功的人士，是最有权、有势、有产的高级阶层，是掌控地球资源的大款、大腕、大佬、大亨。它们都不知所终、灰飞烟灭了。

在被它喂养的那些精英、成功人士，在那些巨无霸——恐龙们的眼里，它绝对是任由践踏和吞食的失败者、卑微者、弱小者，但是现在，那些高级阶层彻底沦落，埋葬于深黑的地层，貌似强大的成功者彻底失败而且消失了，曾经卑微弱小、被践踏的失败者，却成功地活了下来。

被英雄们反复践踏、蹂躏、蚕食和伤害的植物们，覆盖了英雄们的尸骸和坟墓。

它们一如既往地，担当着复活大地、绿化荒原的天职。

它们仍然像最初那样，柔弱而谦卑地，匍匐于地母胸前，扎根于群山之间，在阴湿卑微之地，默默续写大地的葱茏史诗。

就这样，从两亿多年前起，它们一路走啊，走啊，目睹了无数次地质变迁与物种们轮番上演的喜剧和悲剧。它们锯齿形的书签，一直夹在地质史和生命史最为晦涩费解的段落，向懵懂的时间反复提示着悲怆的含义，有一点虚无，有一点苍凉，也不乏怜悯、揶揄和自嘲。

是的，是自嘲，它那锯齿形的脸谱，就是自己在给自己暗示：就这么拉锯吧，拉来拉去，锯来锯去，直到把时间锯成粉末，直到从时间的粉末和腐殖土里，又生出时间和别的什么。于是，它就这么锯来锯去，锯来锯去。

从两亿多年前起，它们一直锯啊锯啊，走啊走啊，它们葱翠的脚步覆盖了无数英雄们的骸骨和坟墓，覆盖了我们有限的智力和想象力，覆盖了我们无法理解和想象的无穷往事和无边荒原，覆盖了那只有经过充分覆盖才能最终被猜想的一切。

它们葱茏的步履，走啊走啊走啊，一直走到我老家的门前。

今天早晨，在我的家乡李家营，我轻轻推开老屋的木门，在门外的小路，我低下头，就看见父亲的菜园旁，路边石缝里，从汉朝以及从更久远的源头流来的溪水边，长满了柴胡、灯芯草、麦冬、鱼腥草，还有那深绿色、锯齿形的蕨草。在众多草里，它显得兴冲冲，很高兴的样子，好像被草药们的味道陶醉了，或者它总是这样高兴，好像它每天都在过生日。此时，它高兴地，然而也是很谦逊地向我招手，它伏在药草们中间，向我打着诚恳谦卑的手势。

我忽然想到：亿万年前，恐龙们也曾看见过这样的手势。

——这就是蕨的简史。

中午，我吃着母亲做的好吃的蕨粉，我想着一个不太好想的问题。

无疑，人类是现今地球的霸主、精英和成功人士，也可以说是现代恐龙。

那么，蕨，这古老的植物，这时间的见证者，沧海桑田的目击者，你究竟能陪我们多久呢？或者，我们究竟能陪你多久呢？

在地球的史诗里，谁是最有生命力的章节？

在时间的长河里，谁是激流中一闪而逝的漂浮物，谁又是岸上久远的风景？

此时，我的思绪里，时间在加速奔跑，时间拽着我穿越广袤的宇宙空间。

一千年后、三千年后或五万年后，我在哪里？各位在哪里？著名人物们、精英们、富豪们在哪里？所谓十分了不起的大款、大腕、大鳄们都在哪里？被我们挖掘和展览的恐龙化石又将被深埋在哪里？我们又将被谁挖掘和展览，并将被怎样命名和解说？然后，被挖掘和展览的我们的化石，又将被深埋在哪里？挖掘者又将被谁挖掘，展览者又将被谁展览，解说者又将被谁解说，被怎样解说？那时，我们在哪里？

"哗"的一声，时光的史书翻过千万卷。

此时，正午的阳光照在老屋前的菜园上，闪烁着三亿年前的那种炫目光斑。

父亲正在菜园锄草、培土、浇水，白菜、芹菜、葱、菠菜、莴笋们，长势良好。

母亲在菜园旁边长满蕨草的小路上，拄着拐杖，看着菜园，慢慢来回踱步。

母亲苍老又慈祥的身影，投在路边的蕨草丛上，随着母亲的身影慢慢移动，蕨草们就一明一暗，好像在换衣裳。

那更久远的时光我且不去想。

此时，看着母亲的身影和一明一暗的蕨草，我心里有一种暂且的安稳。

我且安于这有母亲、有父亲的日子。

我且安于这一碗蕨粉，一盘素食，一身布衣的日子。

门外，那蕨草，从我家老屋门前的小路旁、菜园边、溪流畔，一直向远处葱茏着，汹涌着，蔓延着，它漫向大野，漫向远山，漫向苍穹，漫向时间尽头……

植物的睡眠

银杏树在假装睡眠

秋风来结账了。

我家院子里刚满三岁的小小银杏树，也知道秋风就要来结账了。

不等秋风上门，他就亮出了自己一年的积蓄，他仔细清点一页页账目，然后，高高地，将每一片叶子都捧起，请秋风过目。

匆忙的秋风要为整个天下结账，路过这里，也就匆匆浏览一下，至多顺手抽查一两页账目，瞅瞅正面的数字和账目背面叶纹上的详细记载，见情况属实，说声知道了，就走了，"哗啦啦"又去别处翻阅和抽查天下的流水账。

三岁的银杏是我亲手栽在我们家小院子里的，是我看着长大的，也是我五岁女儿看着长大的，她叫他银杏弟弟。

银杏弟弟的手掌里捧着什么账目呢？

那账目一笔笔都记得很清楚，植物的账目都是老老实实的明细账，没有一笔假账。

银杏弟弟的账目有如下记载：

  毛毛虫儿在春天到处找零食吃，在这页啃了几口，觉得味道有点涩，它就不啃了，走了。这页账上就有了个小漏洞。

  两个甲壳虫，一上一下，将坦克费劲地开到树丫上，练习要从这里出发，驶向天空，驶向苍穹——那片无边的大绿叶子。它们开到了银杏树高处，发现自己驾驶技术不行，天空还很远，怎么也开不上去了，又沮丧地开回地面。它们的履带把几页账本碾皱了。

一群蚂蚁举行爬树比赛，一二三四，女儿还为它们喊加油，它们爬上了银杏弟弟的肩膀，与地心引力保持相反的方向，它们坚持要爬上地球的最高海拔，最后它们都爬到了银杏弟弟的头顶上，爬上了最高的那片叶子，它们用汗津津的嘴舔舔云彩，尝尝天空，发现天空原来很平淡，没什么味道。它们聚在最高的那片叶子上议论着，比较天空和土地的不同味道。这里成了它们的天文台了，好多研究天空的蚂蚁，一整天下来，把这片叶子压得晃来晃去，晃来晃去，叶子眩晕了，有点脑震荡吧，发育得不是太好，长得有点瘦。所以这页账目就小了，有亏空，装订得也不整齐。

　　邻居家的母鸡领着她的几个孩子，叽叽喳喳地来这儿春游、野餐，亲近自然，寻找古时候的可口食物——那是在春天的一个下午，女儿一字一句背诵"离离原上草""草色遥看近却无"，母鸡听见了唐朝的句子，就急忙带着孩子，从水泥那边，一趟子就跑到我家这个都是泥土的小小院子，来到这一小片唐朝里，草色轻浅，母鸡却没找到唐朝的虫子，她觉得对不起自己的孩子，就东张西望，非要找到点好吃的，让孩子尝尝古代的味道。母鸡忽然看见，银杏手上停着一只蛾儿，她跷起脚，仰起头，叼那蛾儿，那蛾儿灵性，"噗"地一下飞了，离开了唐朝。母鸡很沮丧，觉得在唐朝也不容易找到可口的虫子。其实她错了，是我们家这泥土的小院太小太小了，这一点点袖珍的唐朝，打不过转身，能养几只可口的虫子呢？母鸡叽叽喳喳地批评了一阵，怪我们怎么不弄个有很多泥土的大院子，弄个很大、很宽的唐朝。其实她不能怪我们，我家有这个小小的土院子，有这几根草，有这棵小银杏树，已经很奢侈了，在水泥浇铸的城市里，你能找到几粒泥土？能找到几个这种泥土院子？我还没来得及向母鸡解释和道歉，她已领着小鸡回到水泥那边去了。母鸡叼了一口的那片叶子上，就有了一个豁口，账目就扣除了一点。

　　一天正午，太阳正晒的时候，一只蝴蝶困乏了，沿路寻找午休的睡榻，路过我家院子时，就在银杏弟弟右肩上的那片叶子上睡了个午觉。他醒来，继续赶路，太阳已经偏西了，附近高楼的影子盖住了银杏树。蝴蝶午休睡过的那片叶子，就少晒了一次太阳，叶子稍稍淡一些。这页账目就不是很丰满，欠一点零头。

一只过路的小鸟儿曾在靠南的第六根细枝丫上打了几个秋千，那根枝丫儿稍稍倾斜，像银杏弟弟发愣怔时的一次小小的走神，但那张页面上账目齐全，还略有盈余。

女儿有一次看到几只虫儿排着队，从一片叶子跳到另一片叶子的惊险场面，她看入迷了，口水都流出来，滴在那片叶子上，口水里有盐，银杏弟弟没见过大海，海水却溅在他害羞娇嫩的脸上，咸啊，他叹了一声，叶子就起了点斑，留下了对海的记忆。这页账目还算全，只是稍显费解。

其他的，就没必要再做详细说明了。

结账的秋风看到了，你们也都看到了：除了以上有趣的瑕疵，银杏的账单上，笔笔都是纯金，页页都是纯银。

女儿说，银杏树好可爱啊，好真诚呀，银杏真是一个好弟弟。

而我呢，我在银杏树上看见了什么？

我不想再说什么了，我不好意思说。

这是怎样纯真唯美的植物呀，他保存着我们人类丢失了的全部美德：纯粹、真诚、仁慈、惜福、磊落、慷慨。他只有三岁，却呈现了上苍向我们暗示的一个完美生命应该具备的几乎所有高贵的品行。我都五十多岁了，一直在岁月的激流里被冲刷着，也丢失着，我丢失了许多珍贵的东西，却淤积和储存了许多不好的东西。我所丢失的那些珍贵的品质，却被一个刚刚三岁的银杏树小心地捡拾起来，收藏在他的记忆里，收藏在他的账面上。我用五十多年的时光抛掷心灵的纯金，积攒生命的负值。而三岁的银杏树，向宇宙积攒的和出示的，全是心灵的纯金和情感的纯银！

我不应该啰啰嗦嗦地用散文来说他了。对如此充满神性和诗性的可爱植物，我应该礼赞他，我应该向他献诗。何况他是我女儿的好弟弟。我要向他，向我女儿的好弟弟，向童心崇拜的完美童心——一棵树一生都不会改变的童心，向植物的童心和宇宙的童心献诗——

　　　　静静地亮出自己的积蓄
　　　　让我们这些拜金主义者
　　　　突然感到自己的惊人贫穷

　　　　我看见时光诚实的手掌
　　　　一直在纷乱的风里剔除杂质
　　　　我虚度的年华都被它提炼成黄金

　　　　静夜，月亮赶来清点这里究竟落下多少月光
　　　　却发现这里的月光
　　　　比月亮上的月光还要纯粹

　　　　我站在树下，贴紧明亮的树身
　　　　尽量缩小我的阴影
　　　　我发现，我投下的阴影

　　　　是这个夜晚最黑的阴影

不再吹奏的喇叭花的睡眠

父亲转身走远,老家门前的那片菜园,从此荒芜。菜田第二年就被夷为平地了,那些带着父亲的目光、体温和气息的藤藤蔓蔓、根根茎茎、叶叶芽芽,都被陆续铲除。水泥迅速追过来,以时代的名义,为这片曾经的菜园,钉上了永恒的封条,将田园的记忆,一举封死。

在父亲们的身影里,吹奏了几千年的,那些蓝的、紫的、红的、白的喇叭花,在我的老家竟然彻底失踪,音讯全无。

如今,我老家那些一茬茬到来又很快走散的孩子们,再也听不到那古老喇叭水灵灵的演奏了。

所幸在父亲离去的那年,有一天下午我回到老家,我在他最后伺弄的菜园里,在那与陶渊明的东篱有着相同结构的篱笆上,遇见了从杨万里先生诗里飞过来的一只蜻蜓。它当时停在喇叭花的藤蔓上,它是在回忆宋朝的农事或意境吗?我相信这是一种暗示,一种机缘。当蜻蜓转身离去时,我在那轻轻战栗的藤叶上,采下了刚刚被蜻蜓点赞过的那朵喇叭花儿的花籽,夹在我随身带着的《古代田园诗选》里。让诗保管田园的种子,让诗保管田园的歌谣,我觉得这是我的一个小小创意。在安葬了父亲之后,我就带着夹在诗里的种子,回到城里。我想着,一定要把这点农耕的美感和田园的记忆,把父亲菜园里喇叭花残剩的这缕余音,保存并延续下去。

可是,在城里我早已无地可耕。想听一声蛙鸣、一串鸡啼,也只能在梦里,还必须要患上"幻听"这种美好的疾病,才有可能听见这疑似天籁之声;想有一排东篱、一方菜地,也只有走进厚厚的古诗,向隐居的诗人和背影越来越模糊的农夫,打听那耕种了几千年的故园被我们撂荒在了哪里。

我只好将那被我小心保存的种子，种在我那十八楼的阳台的几个花盆里，希望在明年春天的某个午后，它能及时醒来。在这十八楼的海拔上，它经过了一阵阵轻度晕眩之后，也许会渐渐适应这悬空、缺氧、干燥的环境，慢慢回忆起我父亲的目光、体温和气息，慢慢抽出记忆里农历的线索，缠绕在钢筋混凝土和不锈钢防盗栏上，缠绕在我女儿常常被雾霾和噪声袭击的窗口，为她擦拭出一小片课文里多次描述过的湛蓝晴空或碧澄时光，顺便也为我吹奏一首我无比思念、久已荒疏的故乡歌谣。

我每天都追着阳光的脚步，按时将花盆放到光线充足的地方，以便让仁慈的太阳看见，并多多给它关照，这对着他深情吹奏了千万年的小小号手，如今已来到离他更近的"高海拔"，继续对他深情吹奏。若遇到连续的雾霾天，阳光隐遁了，我就以我热烈的目光代替阳光，一遍遍安慰和照耀它。

好不容易，它发芽了，它出土了，它扯藤了，它卷叶子了，它开始制作喇叭了。可是，过了几天，渐渐地，几个花盆里，叶子黄了、掉了，藤儿蔫了、枯了，制作了一半的喇叭和刚刚开始制作的喇叭，也纷纷瘪了。女儿的博客和日记里，出现了大段大段的疑惑，质疑现在的春天是真实的还是虚拟的？质问如今的太阳，除了孵化病菌，还能否培育出一首温婉的古典音乐？

我向植物学家和熟悉乡土风情的诗人请教和询问，他们从植物学和诗学的角度，分别给出了答案。他们说，这些植物们，从你父亲那充满雨水、地气和春墒的故园里，离乡背井，一下子来到无根的城市，来到悬空的现代和缺氧的环境中，它们水土不服，它们头晕目眩，它们的心境枯寂烦闷，哪有心思和气力为你女儿擦拭窗外的天空，何况是那么难以擦拭的雾腾腾的天空？它们哪有心思和气力，找回父亲们带走的田园诗的线索？又哪有心思和气力，为你吹奏失传已久的故园歌谣？

作为农耕的后裔，我曾经何其有幸，我有一个熟谙乡风、乡情、乡俗的父亲，我有一个虽不识字，却也在以自己朴实诚恳的耕作延续着陶渊明田园诗意的乡间父亲。作为农耕的后裔，我又是何其不幸，如今，我已没有了一寸可耕之地，没有了一眼可汲之泉，连一个能随时走走的田埂都没有了，我只能在寸草不生的纸上和没有二十四节气滋养而常年发着高烧的网上，种几苗蔬菜，种几缕炊烟，种几声鸟语，种几亩乡愁。

  作为农耕的后裔，我已没有了一声蛙鸣、一滴露水、一穗稻香。作为农耕的后裔，我之最大不幸和荒凉，是我已经将仅存的那点采自父亲菜园的种子，那水灵灵吹奏了千万年的喇叭，那谷雨一样温润、小满一样丰盈的故乡歌谣，彻底丢失到不剩一粒了……

植物们在埋没中睡眠

土豆、红薯、芋头、地瓜、花生……在乡村，在大地，有多少优秀植物，都被埋没着，它们在埋没中如何呼吸？如何睡眠？如何生长？如何思考？——它们不会没有自己的思想。我一直以为，万物都是大自然用于思考和呈现自身的一种思维器官。植物，根系大地，头顶苍天，负阴抱阳，怀乡恋土，它们更是"顶天立地""思接天人"的杰出思想者。

它们有的深居简出，或者干脆避开喧嚣尘世，隐居在泥土的幽静密室，肯定是要进行一种更深沉的终极思考：它们的藤蔓——那伸出去很远、无法看见的手在摸索和寻找什么呢？肯定是在搜寻用于思考的更多资料和论据，以对它们生活的环境和周遭的事物作出逼近真相的研判和结论。

我对植物，特别是田园的植物，一直怀着好奇和尊敬，我以为它们身上藏匿着一种古老的灵性和神秘性，我们可以吃掉和消化它们，但是我们无法吃掉它们的灵性，无法消化掉它们的神秘性。它们永远属于自己，我们貌似占有了它们，但我们占有的只是它们表面的物性和所谓的营养，而它们更深奥的灵性和秘密，是我们不能占有和抵达的。也许最终倒是它们占有和征服了我们——它们占有并深入了我们的身体，甚至组织了我们的身体。它们直接或间接地影响和改变着我们的健康、情绪、相貌、气质、性格和人生态度。所谓的一方水土养一方人，其实一方水土首先要养一方的植物，然后是植物养人，因为人无法直接去吃这一方水土。一方水土养一方植物，一方植物养一方人，养一方的人心、人情，养一方的文化、文脉。看看，我们还不是植物培养出来的吗？植物若是没有智慧、思想和情感，能做成这样大的事情吗？

　　植物们貌似迟钝，貌似没什么智慧，貌似一生都在睡眠，其实它们有着不为我们所知的特殊智慧和灵性，它们一直都在跟踪和研究我们，它们把一切都看得清清楚楚。植物们既不拿枪也不拿刀，也不到处乱跑瞎折腾，更不做任何伤害大地、伤害万物、伤害生灵的事，相反，它们尽其所有、竭其所能地成就着大地、庇护着万物、喂养着生灵。我们今天能看到的大自然的成就，无论是物质的成就、生态的成就、审美的成就，其实绝大多数都是植物的成就。每一种植物都安分守己、勤勉处世，一辈子都扎扎实实、平平和和、安安静静，植物为什么能让整个地球都变成自己的家园和乐土？为什么取得了覆盖整个地球的恢宏成就？植物若是没有智慧，能达到这样高的境界，能取得如此非凡的成功吗？

　　植物甚至把我们的来处和归宿都看得清清楚楚，它们要么走在前面为我们引路，要么耐心跟在后面为我们送行，多数都安静地生活在我们身边，陪伴我们一点点走远，它们知道我们的归宿在哪里——当我们在人间消失，住进了土地下面的某个暗室，植物的种子和根须立即就找到我们的踪迹，它们那柔软的藤蔓、慈悲的浓荫，还会在我们的墓地上做深情的缠绕和长久的覆盖，表示追悼和缅怀……

奇妙的睡眠

在乌龟的睡眠之外,我们并不存在。我们只

是它深度睡眠中微不足道的背景和深夜……

千年乌龟的睡眠

永远慢，更慢！拒绝速度，拒绝嚣张，拒绝奔跑，拒绝踩躏白沙、青草和云彩的影子，拒绝踩踏沧海里收藏的那颗李商隐含泪的珍珠，拒绝向死亡狂奔，拒绝背负着神的星光和档案为自己殉葬。

永远慢，更慢！慢，是生命哲学，是与时光背道而驰，意在拯救时光的时光伦理学。

永远慢，更慢！慢，是与生俱来、不修自明的神学，是刻在骨子里的信仰。当人类的教堂全部倒塌，教义全部失传，教徒全部失踪，放眼寰宇，沧海深处还有一位苦行僧，它像海那样坚持着盐的苦涩和辽阔，它坚持着慢的信仰，它在大海的修道院里修身养性，终于修成正果。

它偶尔走出大海的修道院，缓慢地一粒沙、一粒沙地仔细摩挲、阅读，静观默察陆地的教廷和道场，所有植物、动物，全都被这圣徒、被这隐士，震惊到心跳和窒息，以至于震惊到无言，仅剩下：啊、吆、嘀、哦、哎呀、嘘、哇等感叹词。它们的语言全部失效，它们的经验全部失效，它们的见识全部失效，它们的历史全部失效，它们的所谓智慧全部失效，它们的哲学、宗教、数学、经济学、美学、心理学、逻辑学、博弈学、医学、养生学、营养学、伦理学、修辞学、长寿学、未来学等学问和学科，一瞬间全部失效，在这位圣徒和隐士面前，它们的所有学问、逻辑和智识全部失效！

所有动物、植物，还有那些自称是人物的活物们，全都开了眼界，从它，它们看见了一千多年前时光的容颜，它们看见了它们无法想象的祖先头顶天空的容颜和苍茫历史的容颜。

而我，则从它深蓝里带着青灰的脊背上，看见了祖先们晴耕雨读的那片土地的容颜，以及被祖先捧在手里反复诵读的那本古书的容颜。

　　永远慢，更慢！慢，是它的生存哲学，是与时光背道而驰，意在拯救时光的时光伦理学；慢，是它笃定坚持的比一切宗教都更深刻的无神论的宗教，是它信守不变的比一切轻浅的、时尚化的，比旨在享乐和消费的感性美学深厚一千倍的生命的美学和沉思的诗学。

　　它节制地、缓慢地进餐——在它吃上一餐的时候，我还是童年，在它吃下一餐的时候，我已进入晚年了。它慢慢地咀嚼着，它的一次用餐，几乎咀嚼完了我的一生。

　　它耐心地、缓慢地凝望——它缓缓睁眼，想目睹什么是年月日，它睁开上眼皮，用了一个隋朝的时间；它睁开下眼皮，看见唐朝的明月已经开始下沉，沉进杜甫忧郁的诗卷。

　　它谨慎地、缓慢地学习——它学习游泳的全套技术，用了整整一个秦朝的时间学习蛙泳，始皇帝没打乱它，秦二世也没拖累它，它从浅海的蛙泳单元一直进入到深海的潜泳课程；它学习深呼吸的养生方式，并未向养生鼻祖老子请教，它坚持自学，在深海里深造，在上一次呼吸和下一次呼吸之间，陈胜吴广起事，刘邦项羽混战，它都来不及看热闹，在它一呼一吸刚刚停匀，气沉丹田之际，元精凝聚之时，司马迁已把三百年汉朝写进了历史的线装书。

　　它谦卑地、缓慢地学习仰观俯察和档案记录——它于海底静修，看见沧海，它看见的永是古时候的海水，古时候的石头，古时候的沉船，古时候的盐。除了古时候，并没有一个所谓的现在，一切的现在都是瞬息和假象，都注定要变成古时候。它偶尔走出大海的寺院，来到陆地的道场散步。它抬头仰望——这缓慢抬头的动作，用去了半个王朝的时间，它看见银河是另一片沧海，它看见的永是它的祖先们第一次看到的样子，寂静之谜永是寂静，而谜底永不揭晓。当它合上眼睛的时候，它用了一位长寿高僧一生的时间，才把那双看透真相的眼睛合上——它把至少一万条银河藏进了瞳仁深处，然后，缓慢地刻写在脊背上，那是它背负的神秘经书，珍藏着被人类书卷漏掉的核心内容。

……

永远缓慢，更缓慢！拒绝速度，拒绝嚣张，拒绝奔跑，拒绝踩躏白沙、青草和云彩的影子，拒绝踩踏沧海里收藏的那颗李商隐含泪的珍珠，拒绝向死亡狂奔，拒绝背负着神的星光和档案为自己殉葬。

永远安静，更安静！拒绝说话，拒绝轻狂，拒绝胡说八道，拒绝宣布真理，拒绝宣布哪怕是自己确已发现的真理！拒绝承认自己是得道高士，拒绝承认自己是长寿之星。拒绝漏洞百出的语法，拒绝华而不实的修辞，拒绝去飘满气球的广场演讲养生学、礼仪学、修辞学。拒绝说话，拒绝沉默是金，沉默就是沉默，沉默是宇宙本身，沉默是生命本身，沉默是真理本身。沉默包含万事万物、万有万古。沉默就是宇宙，沉默就是永恒，沉默就是道。

乌龟的缓慢，乌龟的安静，令习惯于狂奔和嚣张的动物们、人物们羞愧得无地自容。

乌龟是养生大师，是慎独、静修的世外高士，是博大深沉的沧海培养的真正智者，是惜言如金的沉默大师。假若上帝自天而降，他不会向喧嚣人群中的任何一位所谓聪明人或智识之士去请教，估计上帝首先请教的是并不信上帝的圣徒兼隐士乌龟先生，从它的身上，上帝会看到地球上还没有上帝这个词语的时候是什么容颜，沧海是什么容颜；从它的沉默中，上帝会听到在语言出现之前，宇宙那寂静无声的磅礴之音和晦涩暗示。

永远缓慢，更缓慢。缓慢，是它的信仰和哲学，是它的生存的伦理学。

永远安静，更安静。安静，是它的美学和心学，是它的生活方式和宇宙观。

其实，我们看见的乌龟，一直在睡眠，它永远在古时候睡眠，它把所有的时间，都睡成了古时候。

在它的睡眠之外，安静之外，并没有信仰，没有哲学，也没有伦理学；并没有美学，没有心学，也没有宇宙观。

但是，它把自己睡成了信仰，睡成了哲学，睡成了伦理学，睡成了美学，睡成了心学，睡成了我们认同的宇宙观。

在乌龟的睡眠之外，我们并不存在。

我们只是它深度睡眠中微不足道的背景和黑夜……

鱼的睡眠

鱼的眠床和梦境甚为宽广。这一点被人类忽略了,几千年来几乎无人提及。

除了公元前的庄子笼统含糊地说过一句"子非鱼,安知鱼之乐",好像再也无人认真地讨论过鱼。

在人的词典里,是这样定义鱼的:鱼无知,鱼可怜,鱼是冷血动物,鱼没有智慧,鱼的记忆只有七秒,鱼只是人的高蛋白食物之一种,等等。

总之,鱼是低等的、可怜的、悲哀的动物,不,鱼仅仅是人的食物。

当然,人这样看鱼,对于鱼来说,不仅没有损失,反而还是一件好事:就让人类可怜鱼吧,这样,他们下网捕鱼、挥刀剖鱼、张口吃鱼的时候,多少会怀着对鱼的不忍、歉疚和缅怀,鱼也就不枉为人献身。

其实,鱼并非那么低等、可怜和悲哀。

相反,鱼有着我们人类所不具备的灵性、幸运和福气。鱼的灵性是深奥难测、神秘无解的,而鱼所享有的福气,堪称是豪华、奢侈的福气。

就说鱼的睡眠吧。

鱼有着宽广的眠床,世上的河床、海床都是鱼的眠床,比起鱼身体的实际需要,这样的卧室和床榻,可谓是超豪华的特供了。皇帝、元首、重臣、富豪、大腕、大款、地头蛇、能源大亨、地产巨头、财富英雄、金融大鳄、贪官污吏、毒枭恶棍、盗贼骗子……总之,人类世界和动物世界里处于食物链顶端的食肉者、食人者阶层,都没有享用过鱼那样的特供卧室和床榻,他们都只能躺在貌似豪奢而终归狭窄、易朽的金丝床上,辗转反侧地失眠或浑浑噩噩地睡眠,做他们的噩梦、美梦、升官发财梦和一枕黄粱梦。但他们绝对没有浩瀚的海床和宽阔的河床，这一点简直是肯定的，你见过哪个富豪或权贵拥有过河床、海床那样大气宽阔的床榻？他们都没有，因为上苍不给他们，上苍瞧不起他们，上苍不喜欢他们！只有鱼儿有，因为鱼儿是无害的生命，是天真的生命，是纯洁的生命，鱼没有贪欲、邪念和恶意，对自然没有伤害的意图，对财富没有霸占的想法，对名利没有攫取的野心，鱼儿也从没有想过跑到岸上加入食肉者、食人者们主持的人肉筵席，它们就喜欢在宽阔的河床和海床上与流水一起飘游和梦游。上苍喜欢鱼儿，上苍同情鱼儿，上苍特别照顾鱼儿，他给鱼儿特供了河床、海床这样的豪华大床。自然万物也都乐意与心地干净、心思简单、从无恶意的鱼儿们——水里的赤子们比邻而居。由此可见，仁慈的上苍，在部署万物命运的宏观思路上，别出心裁地安排了一些特别的细节，既体现天道的高深缜密，也流露出对善良者、弱小者的怜惜和照顾。上苍为鱼儿们特供了宽阔的河床和海床，让它们自在睡眠、自由飞翔和浪漫梦游，这是上苍早在太古时代就实施的一个仁慈的福利和美好的地理设计。

海床那么浩瀚，河床如此宽阔，躺在这样的床上，鱼儿们是怎么睡眠和梦游的呢？

我估计，从古至今还没有哪个水产专家、渔业专家思考过这个问题，捕鱼的人和吃鱼的人也不会去想这个问题，他们只关心鱼的产量、营养和口感。一句话，他们只关心捕鱼、卖鱼和吃鱼。

然而，对于鱼的睡眠和梦游，我却有我初步的、很业余的观察和研究。简述如下：

    时间：我对鱼的睡眠和梦游的好奇、观察和研究，始于1974年我上高中时。当时我十六岁，这研究一直延续到现在，我已过耳顺之年了。

    地点：主要是在我故乡的那条清澈、婉转、妩媚、诗意的河流——漾河，此后，我每到一个地方，都要抽出时间看望那里的河流和鱼儿，汉江、嘉陵江、乐素河、椒溪河、牧马河，东北的嫩江、江西的赣江、海南的万泉河、西藏的雅鲁藏布江等江河，以及这些江河里的鱼儿，我都看望过，观察过，有时我还下到河里陪鱼儿们游一程，也代表捕鱼和吃鱼的人们（当然下河前未征得人家同意），向鱼儿们表示了歉意和慰问，对壮烈牺牲和不幸遇难的大大小小的鱼儿们表示了哀悼和缅怀。

观察和研究心得：鱼是一种有灵性的生命，而绝不仅仅是人的食物；鱼是一种带着梦幻色彩的超现实的生命现象和灵性幻象，而绝不仅仅是一种所谓的"冷血动物"，更不是记忆力只有七秒的愚蠢生物——用这种陆地人类的狭隘思维设定的量化指标，去定义水中精灵的生命状态和灵性境界，是对河流、对生灵，对完全生活在我们之外，也完全不被我们有限心智所能理解的另一种生命的极大蔑视和侮辱。

我多次在夜深人静的晚上，独自一人游荡在我的故乡河——漾河的河边、河湾，近距离、零距离跟踪和观察鱼儿们的睡眠和梦游。

星星出来了，星河出来了，你知道的，是那种葡萄串似的、蜂巢似的、牛奶河似的、烟花爆竹似的，是浩浩荡荡的、无边无际的、兴高采烈的、金碧辉煌的、雍容高贵的、崇高庄严的……那些用滥了的超豪华形容词我也不得不用了，这些词儿用在这里才搭，才配，才准确，只有永恒的事物、只有无限的宇宙才配得上这些豪华形容词，别的，都是挪用、误用、滥用、错用，是用词不当！

快看啊，水上和天上，低处和高处，都是那无边无际的天国盛景和宇宙焰火！此时，平日将我们锁定、捆绑，甚至让我们不得不匍匐跪地的那个劳碌红尘退场了，永恒莅临了，无限出场了，天国的大门全部敞开，宇宙的收藏全部呈现，银河的波涛全部开闸，上帝的礼物全部发放。

　　我所看到过的最壮丽的景象，就是出现在漾河河湾里的星空。一百万条以上的星河，一千亿颗以上的星星，都在河里奔腾、旋转和燃烧。此时，似乎不大的漾河，却与无限的星空和银河达到了最默契的对称和同构：天上有多高的灵魂，河流就有多深的情怀；天上有多少往事，河流就有多少化石；天上有多少死亡，河流就有多少磷火；天上有多少婴儿，河流就有多少摇篮；天上有多少祭坛，河流就有多少烛光；天上有多少荒原，河流就有多少废墟；天上有多少疑惑，河流就有多少天问；天上有多少波涛，河流就有多少漩涡；天上有多少忧伤，河流就有多少泪眼；天上有多少离别，河流就有多少重逢……河流把无数颗星星，把无数条星河，把无数的命运，把整个宇宙，都收养在她乳汁浩瀚的怀里。河流，整个儿成了宇宙的再生母亲，河流，不声不响地又为我分娩了一个宇宙。我站在头顶的宇宙和水底的宇宙之间，我被折叠在两个宇宙之间，我被折叠在无边的幻象之中。假若在宇宙里，还有无数的星球有着与我们相似或相异的生命，那么此刻，我被多少星河环绕和照耀，被多少星球瞩望和猜想，有多少目光聚集在我小小的身上？我当时竟有些身体发热、心魂震颤的感觉，有多少焦灼的目光穿越无数光年的距离，此刻密集地停留在我的身上？我的身上布满了全宇宙投来的眼神和目光。我竟然有了被太多双眼睛同时注视的不好意思和羞涩的感觉。

　　岸上的我，是这般如醉如痴地随了河里星光的波涛飘游、漫游和梦游，其实，我早已不在岸上，我已乘着梦幻的醉舟，去了宇宙的远方，去了时间的源头。

　　未沾一滴水的岸上的我，已成了浩瀚星河里的梦游者，那么，河里鱼儿们的感觉又怎样呢？它们全身心沉浸、漂流在星光的波涛里，漂流在银河的激流里，谁能想象鱼儿们欣悦、沉醉、迷狂成什么样了？鱼儿们没有地上与天上的世俗划分，没有漾河与银河的区域界限，没有此岸与彼岸的生硬间隔，没有现世与天国的心理栅栏。鱼儿们没有人类的所谓文化和理性的遮蔽和限制，鱼儿们还停留在婴儿的天真状态，鱼儿们就是最纯洁天真的宇宙婴儿，鱼儿本来就是梦游的婴儿，在星辰闪耀、星河奔腾的夜晚，这些宇宙的婴儿更是真正回到了宇宙的摇篮里，回到了银河的羊水里了。全体鱼儿都欣喜若狂了，它们回到了银河的乳汁里了！在鱼儿们的感觉里，地上就是天上，漾河就是银河，此岸就是彼岸，现实就是天国。在这亿万颗星光同时闪耀、亿万条星河同时奔流的魔幻波涛里，幸福、迷狂的鱼儿们呀，它们就是银河里的鱼儿，就是天国里的赤子，就是最幸福的宇宙婴儿。我们这些被锁定、捆绑、匍匐在狭窄尘埃里不能自拔的人，根本不能抵达梦幻宇宙的深处，而迷狂的鱼儿们，却已遨游了亿万条银河，邂逅了亿万个天使，访问了亿万个天堂。

所以，鱼儿根本不羡慕我们在岸上的生活，虽然我们自我感觉很好，乃至很得意。它们不仅不羡慕，也许还十分同情我们：那些在水的外面晃来晃去的两条腿的家伙，怕是快成可怜的鱼干了吧？

从古至今，谁见过有一条鱼主动向我们游来？主动来到我们身边？没有，亿万年了，没有一条鱼主动投奔我们，它们不仅害怕我们，也看不起我们。它们是梦游于时光激流和星辰大河里的宇宙婴儿，它们坚定地拒绝上岸，它们拒绝在干燥无梦的岁月荒岸上与人类一起苟且偷安。那些不幸被我们强行拽上岸的鱼，都死不瞑目。

我们在岸上，忙着织网，织网，依旧织网。然后，我们网鱼，同时认真用细密的网，牢牢套住自己。水里有漏网的鱼，世上没有漏网的人。

我们一直用刀子剖鱼，我情愿把这个动作理解为：我们试图寻找和研究鱼的心灵。但是很遗憾，我们总是忽略也或者是真的找不到鱼的心灵，而只挖出了鱼的苦胆。那么苦，接近于苦不堪言。由此我猜想，鱼儿本来是自由的精灵、宇宙的婴儿，却无法摆脱人类无休止的欺凌和伤害，它们的心里，怕也是很苦很苦吧。

星光下的河流，是超现实的梦幻河流。在星光下，漾河与银河，此岸和彼岸，尘世与天国，已完全失去界限，或者根本就没有界限，而纯然是一个由幻象组成的天国。鱼在漾河里游泳，同时也在天河里游泳，它们在迷狂的幻觉里，穿越时空，抵达无穷光年之外的宇宙，遨游了亿万条银河，邂逅了亿万个天使，访问了亿万个天堂。这些宇宙婴儿，在一夜间所体验到的生命自由和梦幻狂喜，是我们这些匍匐在尘埃里的俗人，永生永世也无法体验到的，这注定了我们只能生于尘埃，劳于尘埃，最终归于尘埃。

我们这些过于现实主义、功利主义的俗人，在庸庸碌碌的岸上，用一双尘埃之眼、物化之眼，只看见现实的美味的鱼，而并不知道，鱼，其实是高度灵性化、梦幻化的宇宙婴儿和精灵，是梦游于宇宙沧海里的一种超现实的生命幻象。

结论：人作为现实生物、势利生物和尘土之物，根本无法理解更不能体验（也由于深陷于虚假的物种优越和自以为是的身份傲慢之中，而拒绝去理解和体验）作为超现实梦幻精灵和宇宙婴儿的鱼儿们的生命感受和梦幻狂欢。鱼儿其实是一种梦态的生命和醉态的生命，如人类的婴儿一样，它们的醒着就是梦着，它们的梦着就更是如痴如醉，它们一直在睡眠中，也一直在梦游中。岸上晃来晃去的我们，包括我本人，只是它们睡梦中出现的一个噩梦和险情。但是，鱼儿不计较这些，鱼儿们一再原谅了我们对它的打扰和伤害，它们觉得，在亿万条星河里睡眠和梦游，遇到一点噩梦和险情也是难免的……

河流的睡眠

我站在岸上,看着河流一边扯懒腰,一边漫不经心地小跑着、奔跑着或原地转悠着,口里还念念有词,说着梦话。忽然觉得河流很古怪,很无厘头,这个平时我见惯不惊、视同故人,甚至视为上善若水之上师的河流,这时却令我完全看不懂了,我心里禁不住发问——

河流来到世上,究竟是来做什么的呀?

我估计,河流来到世上,不是像人们说的那样,是来搞灌溉的,河流不是水利学家,不是放水员;河流不是农夫,不是来务庄稼的;河流不是搬运工,不是运输队长,不是来推船送货的;河流不是发电工,不是能源专家,不是来发电的;河流不是澡堂,不是洗浴场老板,不是来搓澡洗浴的。

当然,河流来到世间,也不是来发洪水、制造灾情的,河流不是灾星,不是刑事犯;也不是来集结水兵打打杀杀的,河流不懂孙子兵法,河流不是武夫,河流不好战。

上述若干事务,河流也确实担当了、参与了一部分,但那都是人类强行为河流安排的工作,是人类让河流打工,上苍其实没有给河流安排任何实际的事务。人类让河流为他们的利益打工,河流不好拒绝,打工就打工吧,反正闲着也是闲着,流淌着也是流淌着。但是,为人类打工并非河流的本愿和本业,河流有河流的天性和初衷。

为什么呢?因为河流不是现实主义者,不是埋首于现实洼地的服役者和打工仔。河流超越了欲界、色界、功利界、尘埃界,超越了现实的此岸,河流有自己的梦幻和游戏,有自己的生命方式。河流透明无色,无味,宛若无物,河流是纯然的、几近于无的神秘元素,是以液态的方式呈现的元素之诗,是佛家本来无一物、无所住于心的空明觉慧，是道家有即是无、无即是有的清虚无为，是隐者怀朴抱素、与道同化的素心澄怀，河流是宇宙的无意识现象。除了透明和澄空，除了奔腾和荡漾，河流没有自己的现实，没有自己的物质，没有自己的利益，没有自己的工作，没有自己的目的。因此，河流不是现实主义者，更不是基于极端现实主义的物质主义者和消费主义者，河流更不是人类的打工仔。

那么，河流来到世上，到底是来做什么的呢？

河流恍惚地来到世间，恍兮惚兮无所事事，恍兮惚兮四处漫游。大哲学家老子夸奖河流"上善若水"，河流却不认识这四个字，不知道上善若水是什么意思，河流是恍兮惚兮一字不识的文盲。老子还夸奖河流"水利万物而不争"，河流听不懂这话是什么意思，河流恍兮惚兮永远不明白争什么，又为啥要争？争了又能怎样？争到手了就真的是你的？争到手了你就永生不死了？河流傻，河流对这一切全都整不明白。好就好在河流不明白，若是明白了，河流就不恍兮惚兮了，就开始争了。河流绝圣弃智，河流是恍兮惚兮到处游荡的流浪汉，河流是个傻子。

那么，河流来到世间，到底是来做什么的呀？

河流是一种无目的、无用的冲动和激情，是一种如梦如幻的激情。宇宙也是一场渺渺大幻、耿耿长梦，也是一种莫名其妙的无用的激情。河流如梦如幻的性灵契合了宇宙如梦如幻的性灵，因而河流是一种贯通了天地之灵的灵性，河流是通灵者。通灵者无须做什么，也不会做什么，通灵者唯一的工作就是通灵，而通灵的途径是梦游和梦遇。因此河流其实是梦游者。

说起对天地万物的感悟，我是个顿悟派，可我对河流的感悟却很慢，慢成了一个渐悟派，慢的原因是我曾一度被老子关于河流的言说给迷惑了，以为河流像老子一样，也是个大哲学家，以为河流有自己的哲学，才形成了河流的行事风格和流淌姿态。在我与河流之间，横亘了一个老子，让我先入为主地臆断河流，这实则遮蔽和阻隔了我对河流的真正理解，以为流着的不是河流，而是老子的哲学或河流的哲学。当我撇开老子，背靠老子，直接面对了河流，才终于明白了河流：河流其实不知道什么老子，也不知道什么哲学，河流是个傻傻的傻子，是个憨憨的浪子，是个恍兮惚兮的梦游者，河流来到世上，是来做梦的。

河流是意识流，是梦游者，是梦语者，河流一直在做梦。河流一边做梦，一边说着梦话，汩汩，淙淙，潺潺，哗哗，滔滔，都是河流说梦话的声音，从河流说梦话的不同语气，就知道河流做了什么梦，梦见了什么。

我们遇见山，就说自己看到了山，那河流怎么看见呢？河流没有眼球，没有视力，河流看不见也听不见，它也不需要看见和听见，河流梦见了山，果然就是一座山，河流的梦里、意识流里，整个儿全是山的影子；我们遇见石头，就说看见了石头，并坐在石头上想一些与石头无关的心事，河流看不见也不需要看见石头，河流梦见了石头，石头就浸泡在河流的梦里，滚动在河流的意识流里，或坐化在河流的梦境里，渐渐变成沙粒。

河流经常梦见：水牛、青草、鱼儿、鳖、螃蟹、泥鳅、白云、星星、月亮、银河、流星、闪电、风、鸟儿、树林、野花、船、木筏、水桶、水勺、桥、渡口、码头、洗衣的母亲、戏水的孩子、扛着锄头走在岸上的老农……

我们以为自己在河边看见了这些真实的事物，其实不然，我们看见的是河流的梦境。河流梦见了什么，我们才看见了什么，我们看见的，是河流梦见的，河流在做梦，我们在看河流做梦。

河流梦见了桥，梦见了一个女孩子走过来，她走在桥上，颤巍巍的，河流怕她掉下来，急忙托住她的影子，河流在梦里紧张地喘气，呼吸都吃力了。河流梦见女孩儿一个快步，终于过了桥，上了岸，河流松了一口气，在梦里呵呵呵地笑了。

河流梦见事物，我们是看见事物，比起河流梦见的事物，我们看见的事物都隔了一层，事物都在"我"的外面，与"我"隔得很远，我是我，物是物，各自都已固化，彼此视对方为异物，有分别心，无法交融。

河流梦见的一切都是河流自身的心象，是河流自己在奔腾和流动中不停生成的生命情节和生命景象，河流每时每刻都在梦见，每时每刻都有惊梦，每时每刻都在诞生，每时每刻也在逝灭。只有河流真正悟透了宇宙的梦幻本性，只有河流知道宇宙也是一个长梦，于是始终保持了自己透明空阔的天性，沉入了漫长不醒的梦游，以自己的梦加入宇宙的梦，以自己的梦注解宇宙的梦。河流彻底戒除了贪嗔痴嫉妒恨，无私念，无偏见，无贪图，无妄想，无分别心，无颠倒错乱。永生永世，河流只做一件事：梦游。河流一直在做梦。

沉浸在梦幻中的河流，是一位超然的虚无主义者、唯美主义者、唯灵论者，是穿越现实的超现实，是行走于此岸的彼岸，是游走于人世的神灵。河流绝圣弃智，是穿行于斗智斗谋的奸诈智力世界里的纯真的傻子，是诗人、流浪汉、呓语者，是幻想家、造梦师，是发着高烧的所谓文明世界频繁泼冷水的疯子。河流在永远不醒的长梦里，渡过它浩渺激荡、浑然坦然的一生。

当整个世界变成一台索然乏味的消费机器，变成一本老谋深算、唯利是图却枯燥无趣的市场账簿和商业文本，河流却坚持用晦涩的上古语言说话，坚持沉浸在远古的梦里，拒绝清醒过来，河流不仅保持了世界本身的晦涩本质和自己的神秘身世，也为我们这些只会算计不会做梦（升官发财梦之外）的人，保留了一份远古的纯真酣梦，为深陷于实用主义泥沼的世界保留了一点可爱的唯美主义、神秘主义和超现实主义。

河流的梦里，总是幻象重叠着幻象，悬念交织着悬念，深度连接着深度，惊讶连接着惊讶。河流没有平庸乏味的时刻，没有无聊苟且的时刻。惊艳、惊奇、惊喜和惊叹，遍布于河流长长的梦境中。

河流与诗、与爱情一样，是庸常现实中的超现实，是平凡生活中的奇迹，是无常宿命里的恒常，是物质世界的神性，是奔腾于功利主义之上也必将战胜一切功利主义的浪漫主义——因为，最终，一切功利主义者和他们迷恋的所谓功利，都将烟消云散，而在尘埃落地的大地之上，依旧奔腾着河流的浪漫主义和浪漫主义的河流。

　　河流一直在睡眠，河流一直在做梦……

书房的睡眠

书房的睡眠是全天候的深度睡眠。
即使再热烈的书也是安静的。
即使天才也是平和的。
即使大师也是谦逊的。
纯洁的爱情不轻易表白爱情。
爱在爱中已很满足。
深刻的哲学忘记了自己的哲学。
海在海里沉入了更深的海。
战争不动声色地制止了战争。
悲悯的叙述使每一个伤口迅速自愈。
午夜,卑鄙的阴谋从文字里出走。
高尚的情感也从文字里出走。
它们在书的空白处来回散步,互相辨认着对方。
然后悄悄走到另一页,看见了深夜的日出。

书房的睡眠是集体睡眠比赛。
李白比杜甫睡得更深。
李白的梦话全是警句。
杜甫的梦话全是叹息。
李商隐比李贺睡得更浅。
李商隐一直在为"无题"的命运寻找标题。
李贺到了梦中就进了诗的讲习所。
为串门的各路梦神讲解诗的炼金术。

曹雪芹在梦里做梦，在诗里写诗，在泪里流泪。
他的睡眠是深海的睡眠，翻一个身都有大量的盐形成。
屈原的睡眠非常高冷，枕着北斗的枕头。
他的鼾声使刚刚落潮的银河再一次涨潮。
老子的旁边睡着庄子。他们生前没见过面。
现在背靠背睡着，说着公元前的梦话。
好像刚刚为现代人号过脉，正要介绍祖传验方。
孔子的身边睡着孟子，圣人同床同梦。
梦见我正在连夜修习孔孟之道。
他们睡得很深，他们已睡成万古长夜的明月。

书房的睡眠是无声的梦境大赛。
上帝高举彗星的抹布，擦拭地狱的天花板。
释迦牟尼捧起恒河之沙，为孩子们制造戒指。
银河里开满莲花，河外星系到处是入定的高僧。
但丁梦境的半径超过十条银河系的长度。
恶魔和小人全都流放到早期宇宙爆炸的现场。
天上的大理石都用于建筑一座大型歌剧院。
地址选在天琴座，沿北斗的指点即可找到天使的座位。
博尔赫斯总是闭着眼睛装修天国的彩窗。
托尔斯泰替上帝操心，上帝睡了，托尔斯泰醒着。
一只羊毛笔却没有写完羊的苦闷和牧场的迷茫。
济慈的那只希腊古瓮上的牧女仍未嫁人。
保持着公元前的忧郁和贞洁。
雪莱的云雀飞进织女星的上空。
却找不到东方籍贯的牛郎。
天堂的牛群无人管理，正好在银河两岸闲逛。

古今中外的卓越大脑和优秀心灵都在书房里睡眠。

六千年长梦加在一起可绕宇宙三圈。

我搭乘这彩虹专列直接开进上帝的单间。

我向他请教神学的奥秘和心灵的救赎方法。

他一脸茫然,问我神学是什么学科?

又问我救赎两个字怎么发音?

一滴泪水的深度可以深到无限,任潜水船也无法探到底。

一粒钻石的前身是少女的眼神,任地狱火焰也不能焚毁。

我枕着一本经典,恰如枕着陨石入睡。

我与永恒同床共枕,却追问永恒的踪迹。

写书的人,写着写着就写成了遗嘱。

做梦的人,梦着梦着就变成了梦境。

宇宙的中心并不在另一个星系。

宇宙的中心就在这间书房。

时间的尽头并不在遥远的未来。

时间的尽头就在爱因斯坦的瞳仁深处。

在一本书里我已历尽沧桑。

在一万本书里我已地老天荒。

有的书里的文字自己走出来到处串门。

向另一本同样不甘寂寞的书介绍自己。

可是伟大的书却拒绝从睡眠中醒来。

大海在睡眠的时候依然深不可测……

在古代睡眠

不知何年何月，不知在哪个盛世，哪方净土，反正，我到过那里。

走过关山古渡，走过小桥流水，走过渔歌樵话，走过老街深巷，走过茶楼酒肆，我从一首诗启程，风尘仆仆，正在赶往另一首诗。

在古道幽径里，我转身，一看，暖阳下，那片芳草地，是如此亲切、熟悉。

我坐下来，将行囊、风尘和倦意放下，枕一缕微风，盖几片白云，我躺下。身边，车前草、灯芯草、含羞草、蒲公英、艾草、狗尾巴草……依依打着手势，低语着。

枕着一卷诗，我沉沉睡去。轻风与隐隐松涛，将我的鼾声，漫山传递。

一声云雀的鸣叫，将梦中的一个情节，猛然提升到蔚蓝的高度，又从高处急急落下。

我醒了。这才听见满山鸟啼。

我醒了，这就是说，一度沉睡在一首诗里的那个我，起身来到这首诗的外面，我得以作为一个读者，来仔细欣赏这首诗。

然而，在一首诗的旁边，又出现了另一首诗。诗的旁边，是别的诗，和更多的诗。

那么，我究竟一开始看见了什么，才导致我发现了那么多的诗？

当云雀的叫声从云端传来，我不由一惊：在这山野独行，竟浑然酣睡，我会遭遇什么？

揉眼，一看，一束野花和艾草，供在我的行囊前；花草旁边，一木碗泉水，轻漾着。

除此之外，没有别的，没有劫匪，没有惊吓，没有险情，没有阴影——

要是在另一些年代，另一些荒野，睡梦中的我即使不惨遭解剖，被取下内脏高价卖掉，至少也被捆了手脚抢走银两，行囊里收藏的诗句，也将被洗劫得一干二净，空空荡荡。

所幸，我是在这里，在古道幽径里，在暖阳芳草地。

我的身边，行囊前，只有野花、艾草和泉水。

莫非，是一位闲云野鹤的行者，刚刚在此路过，一路上，他接受着草木的清供，聆听着泉水的叮咛，他也以这种方式向我问候，向我致意？

也许，是一位采药的山翁，刚刚在此路过，他担心我病了，又不忍惊了我的梦，就在那束花草里，那碗圣水里，留下解暑的灵丹、养身的仙药？

或者，是一位上庙烧香的慈母或走亲戚的女子，刚刚在此路过，她念及游子的不易和长旅的艰辛，猜想他正在梦里还乡，就不打扰他了，把这点心意，悄悄留在他的梦边。

……

我醒了，从诗里醒来，面对着更多的诗，面对着人世的深情，我泪水盈盈。

哦，不知哪个盛世，哪方净土，反正，我到过那里。

就这样，我从一首诗启程，路过很多月光、很多雪、很多诗，当然也路过峭壁、荆棘、野火，但总能及时遇见诗，在诗的附近，又发现更多的诗。

在经过了这一切之后，我到达的，注定是另一首更深远的诗……

山顶的睡眠

犹记若干年前,时在仲秋,我追着一声雁鸣,独自登山。山势渐陡,林木更深,落叶铺地,杂花满径,时有飞泉,溅湿衣衫。鸟雀欢呼,似与人亲;老藤缠绕,似从天来。古木森森,如接仙府;浓雾滚滚,恍入龙宫。过了险隘,豁然见天,杖杖再攀,直达峰顶。

登高四望,人世已远,红尘尽消,唯见满目青山;更有那盈盈碧天,洗我胸尘;款款白云,拂我素襟。只觉得虫鸣鸟声,天光云影,皆如梦中。恍惚间,已不知今夕何夕,此身何处。

枕无边寂静,拥万顷澄碧,我渐渐睡去。尘外大梦,恍兮惚兮,无古无今,阴阳重开,宇宙再造:盘古虽老,侠骨擎天;女娲未死,泣血护天;纤云弄巧,飞星传情;河汉通航,夸父扬帆;龙蛇成圣,鱼鳖成仙;苦海变甜,精卫涅槃。诸神各归其位,女神引领诸神,尘埃落地,乾坤湛澈,万方唯美,万物自在,万类向善——

猫以月光为食,不再吃鼠;鼠以阳光为食,不再吃粮;狼退化成羊,不再吃羊;羊进化成智慧的羊,主动节制生育,不需要别的厉害牙齿来平衡种群数量;鸟以云彩为食,不再吃虫;虫以声音为食,不再吃树;鱼以倒影为食,不再互相吃;人不再吃一切生灵,也不互相吃,只吃粮食、蔬菜,以清澈的灵魂汲纳宇宙深处的高能量,铸剑为犁,熔刀做琴,改邪归正,弃恶向善,每一个人都有着纯洁高尚的心灵,生命的杯子里,荡漾着高贵的美德和美酒。从此,血腥的丛林世界被彻底改变,残酷的食物链变成温柔的慈悲链、情义链、审美链……

画外音:此时,山顶那人,他已在人世失踪,他神游在无边大梦之中。他在单位之外,在市场之外,在日历之外,在时代之外,在人肉宴席之外,在弱肉强食的丛林之外,在世界之外。此时,他是宇宙婴儿,自然赤子,他怀抱无限,心系万物,他是独与天地精神往来的"天人"。

　　当他从梦中醒来,携几片残云独自而下,青山顿失,红尘渐近,四顾茫茫,君将何往?……

伟 大 的 睡 眠

孔子是伟大的现实主义者,他教我们如何在此岸走路;庄子是伟大的浪漫主义者,他教我们如何向彼岸飞翔……

孔子的睡眠

圣人，是在道德上达到至善境界的人。

不只是他的意识领域，已然被道德的光芒照成朗朗白昼，即使是他的潜意识，即那生命深处的幽暗水域，也被这光芒所烛照，已然脱离本能的支配，而成为德行的内在源泉。

孟子这样形容精神境界的四个层级：美，大，圣，神——

> 充实之谓美，充实而有光辉之谓大，大而化之之谓圣，圣而不可知之之谓神。
>
> （《孟子·尽心下》）

意思是说：好的德行充满全身叫作美，充满全身并且能发出光辉叫作大，大而能化育万物叫作圣，圣而又高深莫测（与天地万物融为一体）叫作神。

圣人再往上走一步，就成"神"了，但他没有成神，没有辞别红尘（比如隐遁出世），而是留在大地上，留在人群里，孜孜求道，替天行道。

圣人，是人性向神性升华而使自己的精神境界最接近神性的状态，是半人半神。

或者说，圣人是留守在地上的神，是最大限度地剔除了人性弱点而将人性中蕴藏的高尚潜质和道德光芒发挥到极致的人。

若他完全成为神，则会变成"不可知之"的神异现象，为凡人所不能理解，不可接近。所以圣人虽然在道德、情感、智慧诸方面都已达到至高境界，但他仍然以凡人的形象走在人世间，实践着也显现着他所领悟到的人应该追随的"道"，即那最高的真理和品行。

这样说来，圣人就是"道成肉身"的人，也即是最高尚的灵魂附着于肉体凡躯上的那个人。

圣人是以人的形象显现的宇宙精神。

圣人是矗立在凡尘界和超越界之间的一道桥梁。

圣人是芸芸众生的榜样和引导者。

孔子就是这样的圣人。

古人说："天不生仲尼，万古长如夜。"

圣人未出现之前，日月早已照耀着这个世界，但那还是一个混沌的世界，弱肉强食的野蛮世界，没有真理、道德和良知的蒙昧世界。圣人未出现之前，日月照着的只是一个混沌、冷漠、残酷、血腥的动物世界。

圣人出，混沌开，大道立，乾坤亮。真理的太阳、道德的月亮升起来了。

从此，人心和世道有了方向。

人间有了正义和道德的光芒。

人与人如何相处？圣人说：仁者爱人。己所不欲，勿施于人。

人与天（天即大自然）如何相处？圣人说：畏天命（即敬畏自然法则）……

圣人这样想，这样说，也是这样做的。圣人是知行合一的。

且看——

《论语·子罕》有这样的记载：

> 子见齐衰者，冕衣裳者与瞽者，见之，虽少，必作；过之，必趋。

孔子遇见穿丧服的人，戴礼帽、穿礼服的人和盲人，只要见到他们，即使是少年，孔子也一定站起身来，等他们经过；经过他们面前的时候，一定恭敬地迈小步快快走过。

对待不幸的人和弱者，圣人内心充满真诚的同情，他的行为也是一派恭敬。

类似的记载,在《论语》里比比皆是。

不仅对人如此,圣人由人及物,对自然界的生灵万物,也投注了普遍的悲悯和怜惜:

> 子钓而不纲,弋不射宿。
>
> (《论语·述而》)

孔子只用(有一个鱼钩)钓竿钓鱼,而不用(有许多鱼钩的)大绳钓鱼。只射飞鸟,不射巢中歇宿的鸟。

人为了生存,难免要对自然进行一定的"处理",也就免不了要杀生,但圣人绝不把这种行为视为理所当然,而是怀着不忍之心和恻隐之情,严格控制自己行为的分寸,尽量把对生灵的伤害和造成的痛苦降到最低。

《孔子家语·曲礼子夏问》一节中,记载了一件关于孔子如何看待死去的看家狗的事情:

> 孔子之守狗死,谓子贡曰:"路马死,则藏之以帷,狗则藏之以盖。汝往埋之。吾闻弊帷不弃,为埋马也;弊盖不弃,为埋狗也。今吾贫,无盖。于其封也,与之席,无使其首陷于土焉。"

孔子的看门狗死了,孔子很难过,让子贡去埋掉它。又不放心,交代子贡说:"马死了,用帷幔裹好了再埋。狗死了,用车盖裹好了再埋。你去把它埋了吧。我听说,破旧的帷幔不丢弃,为的是留着埋马;破旧的车盖不丢弃,为的是留着埋狗。现在,我贫穷,没有车盖。你埋狗的时候,给它弄张席子吧。不要让它的头直接埋在土里啊。"

学者鲍鹏山先生对此有过感人的评论:

> 你说子贡这样的一个人,埋一条狗还不会吗?还用您老人家

伟大的睡眠

啰啰嗦嗦地交代吗？这里体现的是孔子对一条狗的感情。他一想到狗的头直接埋在土里，他就受不了啊。

为什么有些人心地纯善？

就因为他常常受不了。

为什么有些人心地残忍？

就因为他常常受得了。

什么叫文明？文明就是对很多东西受不了。

什么叫野蛮？野蛮就是对很多东西受得了。

什么叫文化？文化就是软化，就是把我们的心灵柔软化。

什么叫圣人？

圣人就是使我们的心灵柔软的人。

我感到鲍鹏山先生读懂了圣人之心。

孔子的心是仁厚的，柔软的。

这样的心，对人世的悲苦和万物的悲凉，怀着无边的同情。

圣人醒时牵念天下，怜悯众生，圣人睡着了呢？他做梦吗？他会梦见什么呢？

庄子在《逍遥游》里说"至人无己，神人无功，圣人无名"，无己，无功，无名，是说那些道德、情感和智慧达到崇高境界的人，其人格已到了与天地对称的境界，即"天地大境界"。圣人乃人格化的天地，天地乃圣人人格的显形。他就像浩茫的天地负载万有而不私享，就像无穷的宇宙围绕着终极之轴进行着永恒不倦的精神运动，却绝无自己的私心。天地会有私欲吗？宇宙会有小心眼吗？天地宇宙就是一颗无边的大心的显现。"天无私覆，地无私载，日月无私照，四时无私行"，圣人正如天地日月一样，负载万物、化育万象，而无半点私欲和一毫私念。当人的精神境界达到与宇宙对称的无限规模，他早将一己之私、功名利禄等视为可笑、可鄙的垃圾，统统超越了。他思想，是为天地众生思想。他工作，是为天地众生工作。他流泪，是为天地众生流泪。他微笑，是为天地众生微笑。

既然"至人无己，神人无功，圣人无名"，那么摒弃了功名欲念的圣人肯定也是无梦的，庄子说真人是"其寝不梦"的，圣人当然首先是个真人，他当然该是"其寝不梦"，因为，按照现代心理学的说法，梦是压抑了的本能和潜意识，在失去理性控制的睡眠里的流露。也即是，梦是被压抑的本能和潜意识背着理性发动的起义。圣人之心，昭昭若日月，他的思与行、言与道、意识与潜意识，已达到完全的同一，他的生命和精神，深广而透明，他说的就是他做的，他做的就是他想的，他的意识呈现的正是他的潜意识，他已经没有了被压抑的潜意识，即使他睡着了，理性休息了，也不会有潜意识在非理性的荒野发动起义。就是说，圣人是不做梦的。

然而，孔子睡着了也做梦，而且终生都在做梦，可见他有着被压抑了的日思夜想而难以实现的理想。

"泛爱众，而亲仁"，"四海之内皆兄弟也"，孔子的理想是天下归仁，天下大同。

孔子在晚年说："甚矣吾衰也！久矣吾不复梦见周公！"（我衰老得很厉害了，很久没有再梦见周公了！）

孔子一生孜孜求道、闻道、传道、行道，他思先贤，梦周公。在我看来，他并非主张回到周公时代，而是渴望一个公正、和平、善良、完美的大同世界尽早出现。

然而，在险象环生的宇宙里，在乱云密布的世界上，要实现大同梦想，是何其艰难？

孔子的一生是坚贞求道的一生，也是饱受挫折的一生。

"知其不可为而为之"，这是夫子自道，说明他知道他所追求的理想，要真正实现是难乎其难的。历史长河的不可跨越，人性缺陷的难以根治，都将理想的彼岸阻隔在浓雾的那边。

人生是如此短促，理想却遥遥无期。不忍看苍生受苦，人心纷乱，世道浑浊，圣人怎能不为之奔走呼号，操心忧虑？

他的理想比常人更高远、更执着、更深沉，因而他感受到的失落和压抑也就更深重。

日有所思，夜有所梦。这样，即使圣人如孔子，道德上虽已达到"无己""无功""无名"的至善之境，内心里早已没有了一己之杂念，但他仍然有被压抑着的意识，那就是：对理想世界的真挚憧憬和灼热期盼。他睡眠时不仅做梦，而且做的是大梦。只不过他梦见的不是升官发财、功名利禄、声色犬马、多吃多占的红尘俗梦。他梦见的是万方归仁，万类向善，四海一家，天下太平，他憧憬的理想世道，是人道与天道的完全合一，是人类与万物的完全和解，不仅人不再被痛苦折磨，连水里的鱼、天上的鸟，都能离苦得乐，连一条看门狗都能受到尊重并得以善终。圣人之爱，泽被万物；圣人之心，系念天下。"朝闻道，夕死可矣"，如果早上彻悟并接近了最高的真理（道），晚上死了也无憾。可见，圣人对"道"、对理想的求索是多么强烈啊。

他感受到的大道难行及理想难以实现的痛苦和压抑也该是同样的强烈。

所以，圣人睡眠时，不仅做梦，而且做的是恢宏大梦。

那被严酷的现实压抑着的、他一生孜孜以求的大同理想、公正世界，在睡梦里一一上演、频频降临。睡梦里的孔子，脸上一定有了欣慰的笑意。

其实，孔子的一生，无论醒时睡时，都在做一个人文主义者的大同之梦。

老子的睡眠

水边的智者

老子是在水边沉思、吟哦的智者,老子的智慧,也可以说是水的智慧。他所处的那个时代,世界还没有被垃圾和文化污染,大地与天空都很清洁,天下的流水都清澈如镜,人的灵性和智慧,也都清澈如镜。他坐于水边,以天真看天真,就看见了生命的本体;以清澈看清澈,就看见了宇宙的究竟;用镜子照镜子,就照见了存在的真理。

不仅老子,孔子、庄子、孟子、王羲之、张载、王阳明等古圣先贤,都是从清澈、浩渺的春水秋波里获得启迪、得了大道,我国几千年的诗性文化,正是得益于遍地清流的灌溉,才氤氲出那样悠远、空灵的意境。我国古典文化是水的文化,我国古典智慧是水的智慧。若是没有那样的好水,中国文化会是另一种样子。

如今的我们,到哪里找那好水呢?而没了好水,我们还能创造出有着清澈美感、高深意境的文化吗?我很怀疑。

比如我吧,我总想着随时随地能"临清流以洗心,对碧潭而静思",但是,如今哪里有清流、碧潭呢?好不容易找到一个勉强还有点涟漪的水洼或河沟,但是,你蹲下来看了好久,既看不见"日月之行,若出其中;星汉灿烂,若出其里",看不到"落霞与孤鹜齐飞,秋水共长天一色",看不到"在水一方"的伊人,也看不到"可惜一溪风月,莫教踏碎琼瑶"的月华流水……你多么希望随时面对那能够洗耳、洗心的一泓好水啊,那样的好水是能够润灵府、养慧根、开天眼的。你耐着性子坐下来,在这很不好的水边,将就着,继续等,继续看,因为你知道家里的水龙头和洗脸盆里,是无法看见"乾坤日夜浮"和"江清月近人"的,这里好歹还算是一条河嘛。结果呢,看了许久,别的没看到,却看见浑浊难闻的水里浮出塑料、破鞋、死鸟的遗体,以及层出不穷的污物残渣,而那边,从隐蔽的秘密管道里溜出来的工业气息,正气咻咻地,向这条曾灌溉了《诗经》,后来又为唐诗润过色、为宋词押过韵的河流,大口大口吐着唾沫和脏话。你只好捂着鼻子,叹息着,转身,走进一本古书,追着公元前老子的背影,向他老人家打听:亲爱的先生,你那时的上善若水、无边清流、遍地涌泉,都到哪去了呢?

我常常想,老子在公元前那苍茫天空下,纯粹为穷宇宙之理,解生命之惑,而独自坐于幽谷山涧,行于河边泽畔,一心一意,全神贯注,仰观俯察,静思默悟,终于,他窥见了深不可测、高不可问的"天道"和"玄机"。

仅靠个体之沉思,一人之智慧,悟得了那样高深博大的真理,影响人类数千年而至今依然光华四射,此中有什么奥秘?

只有清澈的心灵,才能发现真理和智慧

我们可以想象,老子的那颗心,是多么的清澈,多么的纯真,又是多么的深邃。当心灵不带任何杂念和杂质,清澈到透亮的时候,心灵才可能完全澄明,完全敞开,达到"表里俱清澈,肝胆皆冰雪"的赤子状态。而单纯到极致就是丰富,透明到极致就是幽深。这时候,心灵就像清澈的秋水,心灵不仅显现出心灵自身的秘密,也映照出整个宇宙的倒影和幻象。这时候,人不是用肉眼和俗眼,而是用心灵的眼睛,用宇宙赐予人的那双没有任何污染的"灵眼""法眼""慧眼""天眼",去看,去打量,去发现。于是他看见宇宙万象都在向他诉说,存在的深意都在向他默默呈现。整个宇宙,都在向他泄露那深不可测的"玄机"和那高不可问的"天意"。于是,那未曾被领悟的真理,被一颗澄明的心蓦然领悟。无限的宇宙,在这一刻之后,就显得不仅可以被仰望,而且可以被人类高贵的心灵所认领。因为有人目击了天道和真理，这纷乱的人世，从今而后，就有可能按照"天道"的暗示，运行出它自己的秩序。老子出，天地清！是因为我们的老子，他有一颗清澈的心，他有一双赤子的眼啊。

只有这样明澈的心魂和明澈的眼睛，才可能邂逅智慧，看见天意，发现真理。

被污染了的现代人的心灵和眼睛

为什么现今世上拥挤着无数的眼睛，却没有几双眼睛能目极苍穹，洞穿尘嚣，发现真理？是因为我们杂念太多、私欲太盛，我们终日、终年、终生，都戴着名枷利锁，都瞅着功名利禄，我们都铁了心做欲望的奴隶，我们，不是真理的追问者和追随者，我们不过是被自己的欲望绑架和奴役着的可怜奴才！居庙堂之高者，未必忧其民，很可能紧盯着几顶帽子；处江湖之远者，未必忧其君，很可能死瞅着几叠票子。而学术的金字塔上，又有几人，挣脱了利益绳索，超越了功名算计，而纯以一颗赤子之心，赤子之眼，去极目苍茫，叩问未知，求索真理？

是的，我们的心里，堆积了太多的杂念和垃圾，以至于已经没有多余的地方存放美德和对真理的热情。我们的想象力，已经被金钱、物欲、名利的钢丝绳牢牢地五花大绑起来，除了对名利、对情色、对升迁，有着史无前例的狂热想象力，对于生命之谜、存在之谜、宇宙之谜，我们几乎已经失去了想象力和思辨力。

我们的眼睛，因时时要看权力的脸色，看利益的脸色，看股市的脸色，看楼市的脸色，眸子里已经沉积了太多的尘埃和血丝，我们已经顾不得看，也不会看山色、水色，星空的气色、宇宙的气色、真理的气色。我们生命的体积已经缩小在头顶的帽子和脚底的鞋子之间。我们很少在利益之外的空旷地带，去登高望远，去怀着虔诚之心，仰望真理的巅峰和彼岸。我们终生匍匐在利益的此岸，最后埋葬在这里，我们不相信在利益之外，还有个真理的彼岸。一句话，我们的心，我们的眼睛，已经被牢牢锁定在市场和利益的半径内，锁定在物质的尘埃里。假若化验一下我们的眼睛，再和老子的眼睛做个比较，我们定会吓一跳：呀，怎么，老子的眼睛是用秋水做的，中间镶着一枚水晶的瞳仁；而我们的眼睛是用淤泥做的，中间镶着一枚钱币的瞳仁。

诸位，淤泥做的眼睛，镶着一枚钱币的瞳仁，用这样的眼睛，能看见什么？能发现什么？

俗眼闭而天眼开，俗心息而道心现——用天眼去静观，用道心去领悟，这就是大智大慧、怀抱真理的老子。

天眼闭而俗眼尖，道心泯而俗心乱——用俗眼去猎捕，用俗心去争夺，这就是小奸小诈、藏污纳垢的现代人。

明乎此，我们就知道，何以老子有大智慧，而现代人只有小聪明。

作为造山者、造矿者的老子和作为挖矿者、消费者的我们

我们在反观现代人的精神、道德和智慧境界的时候，难免要与古人尤其要与古圣先贤作比较，得出人心不古的结论，甚至在情操和智慧方面，后人有不断矮化、俗化、实用化、浅陋化、扁平化的倾向。所以不断有人发问：在现代，能与古代的思想和精神巨人交相辉映、遥相呼应的现代心灵圣人、智慧巨人何以很难出现呢？

对此，我的理解是：远古时代是人类智慧和精神开天辟地的时代，类似于原始地球上的造山造海运动。那时，人群中的先知和天才，是第一批仰望星空、叩问天道、求索真理的人，他们怀着巨大的好奇与震惊，向苍茫宇宙敞开自己苍茫的内心。他们既是天真的小孩，同时又是无比真诚的、对天发问的大智大哲，"精诚所至，金石为开"，苍茫的人心和苍茫的宇宙之心相遇了，彼此互相惊讶、互相辨认、互相首肯、互相交融，于是弥漫于天地间的真理的巨流，与人的心魂贯通了，于是，那"天意从来高难问"的天意，被那些赤子之心顿悟并认领了。

有人说，人类有史以来经历了三个时代：巫术时代（即远古神话、传说、占卜的时代），艺术时代（即中古和近古注重诗歌、审美、情操的漫长农耕文明的时代），技术时代（即近现代膜拜科技、消费、娱乐的祛魅、渎神和非诗的时代）。

可以看出，在这三个阶段里，人类越来越远地离开宇宙和精神的本源，越来越近地趋向自身的福祉和物化的文明。这一方面是人类福祉的增加和文明的进化，另一方面是人与神性的日渐远离和人的精神创造力和想象力的退化。

而那些光照千古的心灵圣人和智慧巨人，大多都诞生在巫术时代（即神的时代）的后期，他们身上有着崇高的神性，又怀着对生命和宇宙之谜的绝对的虔诚和无与伦比的热忱，所以他们才能像盘古开天辟地那样，发现了天道和人心的奥秘，开辟了真理的星空，继而开启了诗歌、审美、情操的广阔天地，将人类带进文明的征程。

这也就是德国大哲学家雅斯贝尔斯指出的人类精神史上的"轴心时代"——大致在公元前六世纪到一世纪，人类各宗教、各哲学中的伟大先驱几乎全部同时出现，西方的柏拉图、亚里士多德，东方的释迦牟尼、老子、孔子、庄子等，他们开创的思想和哲学，至今仍然烛照着人类社会。雅斯贝尔斯认为，我们今天仍然处在轴心时代的辐射范围。

回到前面的话题，何以现代不产生心灵和智慧巨人呢？

有学者认为，古典社会是"信仰冲动力"占主导地位的社会，由信仰引导而产生了人的崇高的精神创造和心灵激情，而现代社会由资本引领，"经济冲动力"支配了所有人群和个人，对利益最大化的追求和对欲望的填充，几乎成了每一个人的日常事务和中心工作。"信仰冲动力"被科技和经济耗尽了能量，科技成了人们迷信的现代宗教，物质成了人们的精神图腾。文化却成了商业和消费的附着物，变成了没有灵魂和伟大关切的消费文化、娱乐文化、大众文化、快餐文化、泡沫文化、垃圾文化。"工商业时代的琐碎平庸的现实主义文学、实用主义的哲学和科技理性割断了宗教信仰的超验纽带",人们对宇宙万物不再有神秘感和神圣感,对生命的终极意义不再有追问的好奇和热情,"活着就好""活在当下"的活命哲学成了几乎为所有人奉行的具有普适性的最高哲学。在精神生活上,人们仅仅靠一些由传统文化的零星碎片勾兑、炮制的所谓"心灵鸡汤",来打点精神的匮乏,敷衍灵魂的饥渴。具有深邃心灵和终极关切的伟大哲学家、思想家、文学家几乎已经绝迹。

如果说,"轴心时代"是人类精神和智慧的造山、造矿运动,大量的宝贵矿藏是在那开天辟地的时刻生成和蓄积的,那么,我们这些现代人,则只是吃矿者,我们享用着远古的矿藏和先人的遗存,我们享用着他们留下的智慧的煤炭、精神的天然气和心灵的页岩层。古人是创造者,是造山者、造矿者,我们只是消费者。我们时代的那些勉强还算不错的所谓思想家、哲学家,也顶多只能算是找矿者、挖矿者。由于他们也置身于这个没有信仰之神引领的技术和消费时代,在被科技笼罩的天空下和被经济学主宰的世界上,他们也很难有真正的原创的智慧发现和精神创造,他们的许多看起来似乎不错的著述和言说,也只是对古圣先贤伟大学说的转述、阐释和解读。

伟大的老子,就是轴心时代的智慧巨星,是人类精神世界的伟大造山者和造矿者。

生存空间、人口密度与智慧高度

我曾在一篇文章里写道:"如果我们老老实实化验自己的灵魂,会发现置身人群的时候,灵魂的透明度较低、精神含量较低,而欲望的成分较高,征服的冲动较高,生存的算计较多。一颗神性的灵魂,超越的灵魂,智慧的灵魂,丰富而高远的灵魂,不大容易在人群里挤压、发酵出来。在人堆里能挤兑出聪明和狡猾,很难提炼出真正的智慧。我们会发现,在人口密度高的地方,多的是小聪明,绝少大智慧。在人群之外，我们还需要一种高度，一种空旷，一种虚静，去与天地对话，与万物对话，与永恒对话。伟大的灵魂、伟大的精神创造就是这样产生的。"

后来我读到一本书，里面讲到一位法国历史学家布罗代尔作的研究，他说："人类历史上，文化创造最快、境界最高、最灿烂的时候，人口密度是每平方千米三十个人。"每平方千米住三十个人，每个人的生存空间很宽阔，一点也不拥挤，基本的生存供给也很充足，人的视野辽阔，心胸宽广，人与人比较亲善，较少竞争、算计和摩擦，他就有可能把心智投入到对生命、万物和宇宙的深度追问、沉思之中，从而有深刻的发现和精神的创造。

而现代人的生存空间越来越拥挤和狭窄，可供支配的资源也越来越少，有的地方，一个小小县城就拥挤着十几万人，每平方千米人口密度达一万人以上，这几乎与蚂蚁窝的拥挤程度相类似了。在这样窄逼的生存环境里，人们不得不把心智主要投入到生存竞争和劳碌之中，哪会有真正的哲学沉思、诗性感悟和超验冥想？流行的所谓成功学和励志学，无非是一些指导人们如何在蚂蚁窝里寻找生存出路的技巧和方法，说到底还是人口太多、空间太窄、生存太难被逼出来的谋生之术，与真正的生命智慧和心灵觉悟则毫无关系。

许多本来从事精神创造的人也丧失了精神本身的内在驱动，而谋取名利倒成了他们从事所谓精神活动的真实目的，这实际上是一种与真正的精神创造南辕北辙的反精神活动，怀着谋利动机而制造的所谓"精神产品"，能有多少精神含量，可想而知。

连精神活动都成了丧失了精神内核的谋利行为，更不用提别的行当，那就更是无利不起早的商业行为。在功利主义、消费主义主导的文化里，现代人已经很少有虔诚追求真理、探索奥秘的纯粹精神活动，无论干什么事，都伴随着投入与产出的功利算计。

这既与现代人丧失精神信仰有关，也与人口密度太大，生存竞争激烈有关，导致人们无暇顾及心灵的扩展和精神的升华，遑论生命的

伟大的睡眠　187

超越和智慧的创造。

从这个意义上讲，我们每个人所置身的拥挤狭窄的生存空间，它所呈现的真相是什么呢？若撕去那一层薄薄的貌似温情的面纱，它主要还是一个市场、商业场、生存场、利益场、竞争场，不能说其间没有一点精神元素，但精神元素不多，层次也不高。人们在被污染了的自然界的大气层之下呼吸着稀薄的氧气，用以维持生存，心灵的天空也变得低矮而黯淡，已经丧失了更为广袤的心灵晴空和精神的大气层，我们主要是在与周围的鸡毛蒜皮和狭隘的利益关联物构成的生存雾霾中进行生理层面、生存层面和利益层面的浅呼吸和小呼吸，我们很少与那个无穷的精神大气层建立深刻的联系，并时时进行心灵的深呼吸和大呼吸。我们心灵的吞吐量越来越弱、越来越小。

仅仅为了在人堆里折腾、挣扎得像个人，就耗尽了我们一生的时光；仅仅为了安顿好这一百来斤的身体，我们丧失了无限的心灵宇宙。

我们可以想象，前述的那个精神巨人群星般涌现的轴心时代，那时候的人口密度大约就是每平方千米三十个人，这使得世上总有一些人沉迷于穷究天地之奥秘，为人类面对的终极问题去进行深刻的求索和思考。

那时候，天地苍茫，人烟稀少，宇宙清澈，星空浩瀚灿烂如神奇的葡萄园，等待好奇的孩子伸手采摘。于是，西边的柏拉图、亚里士多德们去采摘了，东边的释迦牟尼、老子们去采摘了，接着，孔子去采摘了，屈原去采摘了。

相比于我们置身的这个市场、商业场、生存场、利益场、竞争场，老子置身的是什么场呢？

老子的身、心、灵置于苍茫神秘的宇宙大气场里，那是一个无边无界的生命场、精神场、性灵场，可谓"真气弥漫，万象在旁"。他的心灵通透、精微而高远，有着无限量的广博和深邃，他精骛八极，神游万方，他心灵的规模和宇宙的规模达到了对称和互映，宇宙有多旷远、有多丰富、有多幽深，他的心灵就有多旷远、多丰富、多幽深。因此，他的所观、所感、所思、所悟，就达到了与宇宙对等的幽深、精妙和广袤。

假若老子活在当下，他要在人堆里奋斗、折腾和挣扎，他要为职称谋、为位子谋、为房子谋、为车子谋、为孩子谋，他要考虑市场的需求和受众的口味去写作畅销书赚钱，他要上电视讲坛，不得不为迎合收视率做媚俗或媚雅的煽情讲演，等等。虽然，"道可道，非常道"，然而，没人爱听那"常道"（即永恒之道），那就不想、不写也不讲那个不赚钱的"常道"，那就想那出人头地之道，写那升官发财之道，讲那赢者通吃之道——这下完了，求道之赤子沦为谋利之人精，真理之恒星沦为功利之流星，老子死，天地暗，众生迷。

好在，老子活在天地敞开、群星飞升的轴心时代，那个时代生成了老子，老子也照亮了那个时代，并注定要照亮无数个时代。

于是，在苍穹之下，大地之上，清流之畔，一个响彻千古的声音徐徐升起："道可道，非常道……"

老子语语见精微，字字藏秘奥

如今我们沉溺于碎片化、快餐化的浅阅读中不能自拔，终日把手机攥在手里，靠刷一些"鸡汤"养生兼养心。其实呢，全世界就那么几只鸡，每天却从数不清的锅里，不停端出千亿碗"鸡汤"，这"鸡汤"有多少营养呢？诸位想过没有呀？

其实，法国大作家大仲马先生早就说过，全世界最好的书，真理和智慧含量最高的书，也即经典之书、本源之书，也就那么三五十本，其余无穷的、铺天盖地的各式各样、各种档次的书，都是从这几十本源头之书里流出的支流或溪流、清流或浊流。人不必也不可能读完世上的书，有许多不入流的书根本就不值得去读。但是，一个渴慕文化、有精神追求的人，总得把那些源头之书、经典之书读下来，读深、读透，有了这种底子，再读其他的书，就能读出深意，读出滋味。而微信、微博之类的"炸薯片"和"方便面",偶尔瞅瞅即可,多数一笑了之便罢,根本不值得为那些没多少营养的"鸡汤"去虚掷时间,浪费宝贵的生命。

老子的《道德经》,仅三千言,却真正是一句顶一万句的本源之书和经典之书。是每一个真正的读书人必须终生诵读和实行的智慧原典。我斗胆说一句不客气的话:老子一句真言,胜过微信十万句。

老子向我们展现了一个星光闪闪、星河滔滔的智慧宇宙,微信、微博等只是在我们眼前晃晃灭灭的几束可有可无的手电光而已。

让我们试着走近老子,洗耳聆听几段真言(限于篇幅,不录译文,让我们细读之,深思之,静悟之):

> 五色令人目盲,五音令人耳聋,五味令人口爽,驰骋畋猎令人心发狂,难得之货令人行妨。是以圣人,为腹不为目,故去彼取此。
>
> 上善若水。水善利万物而不争,处众人之所恶,故几于道。居善地,心善渊,与善仁,言善信,正善治,事善能,动善时。夫唯不争,故无尤。
>
> 持而盈之,不如其已;揣而锐之,不可长保;金玉满堂,莫之能守;富贵而骄,自遗其咎。功遂身退,天之道也。
>
> 天下莫柔弱于水。而攻坚强者,莫之能胜。以其无以易之。弱之胜强。柔之胜刚。天下莫不知,莫能行。是以圣人云,受国之垢,是谓社稷主。受国不祥,是为天下王。正言若反。
>
> 大道废,有仁义;慧智出,有大伪;六亲不和,有孝慈;国家昏乱,有忠臣。
>
> ……

老子语语见精微,字字藏秘奥。非心明如镜者,无以悟得;非上善若水者,无以说出。难怪,他是我们的老子,清澈的老子,智慧的老子,永远的老子!而我们,注定只能是他的儿子和孙子。

老子的无为哲学与宇宙本体

老子推崇"致虚极，守静笃"的精神修为，他主张无为而治，无论个体的修养或国家的治理，都应以虚静之心涵容之，以无为之道对待之。他感悟到宇宙乃是无边无际的"动"的过程，即：宇宙乃是一个"无穷动"。但宇宙并不是为了一个设定的目的而动，宇宙没有功利之心，宇宙的动是无欲、无名、无为、无功的"无目的、无功利之动"，宇宙的动是无所图的、纯粹的神性运动。正因为宇宙无所图、无功利之心，宇宙才创造了这个被叫作宇宙的伟大作品，它壮丽无比、恢宏无比、神奇无比，人无法穷尽，神也无法解读，它的存在完全可以说是超越了人的智力和想象力，也超越了神的智力和想象力，达到了令人神共惊的程度。可以说，宇宙就是以具象呈现的最高的虚构之物，也是以可辨认的物质材料造成的最不可思议的、最大的形而上的精神现象。这就是老子所说的无为而无不为，无功利而成就大功利。

那么，小小生物，包括人所图、所求的那点所谓"功利"，对他（它）自身的微观生存可能是必要的，但在宇宙眼里，那点所谓功利，即便是改朝换代、帝王登基等不可一世的大功业、大功利，其实都是完全可以忽略不计的，对宇宙而言是根本不存在的。因此，过分执着于一己之私，过分膨胀功利之心，以致在自然面前逞强使狠，在同类面前斗智斗力，从自然的眼光看来，这就是反自然、反宇宙、反天道的"盲动"。再者，宇宙虽是个"无穷动"，但"风暴的中心往往是极度的宁静"，就是说，看起来天地宇宙在不停地动，无以计数的运动着的风暴构成了宇宙的壮阔海洋，但支配运动的中轴或中心却是静谧的。大动者，却有一个寂静的、岿然不动的灵魂。这正是：大象无形，大音希声，大动不动，大为不为。所以老子主张顺乎自然，以无为之心，参与宇宙的无为之动。即使有所动，有所为，也不能揣一颗争强好胜、挑战自然、祸害生灵的小人之心去乱动、妄为，这就必然会伤天道，逆天理，损天物。人，不应该逆天而动、背道而驰、损物求利，而应该顺天而动、合道而行、惜物护生。这样，人，才是协同宇宙、增益天地的一种正面能量，反之，则是自然界的一种负面的、破坏性的病毒和能量。

老子智慧与人生的最高境界

哲学家冯友兰指出，人生有四种境界，即自然境界、功利境界、道德境界和天地境界：

> 一个人做事，可能只是顺着他的本能或其社会的风俗习惯。就像小孩和原始人那样，他做他所做的事，然而并无觉解，或不甚觉解。这样，他所做的事，对于他就没有意义，或很少有意义。他的人生境界，就是我们所说的自然境界。一个人可能意识到他自己，为自己而做各种事。这并不意味着他必然是不道德的人。他所做的事，其后果有利于他人，其动机则是利己的。所以他所做的各种事，对于他，有功利的意义。他的人生境界，就是我所说的功利境界。还有的人，可能了解到社会的存在，他是社会的一员。这个社会是一个整体，他是这个整体的一部分。有这种觉解，他就为社会的利益做各种事，或如儒家所说，他做事是为了"正其谊不谋其利"。他真正是有道德的人，他所做的都是符合严格的道德意义的道德行为。他所做的各种事都有道德的意义。所以他的人生境界，是我所说的道德境界。最后，一个人可能了解到超乎社会整体之上，还有一个更大的整体，即宇宙。……有这种觉解，他就为宇宙的利益而做各种事。他了解他所做的事的意义，自觉做他正在做的事。这种觉解为他构成了最高的人生境界，就是我所说的天地境界。
>
> 这四种人生境界之中，自然境界、功利境界的人，是人现在就是的人；道德境界、天地境界的人，是人应该成为的人。前两

者是自然的产物，后两者是精神的创造。自然境界最低，往上是功利境界，再往上是道德境界，最后是天地境界。它们之所以如此，是由于自然境界，几乎不需要觉解；功利境界、道德境界，需要较多的觉解；天地境界则需要最多的觉解。道德境界有道德价值，天地境界有超道德价值。

(《人生的境界》)

冯先生体认的、作为人生最高境界的天地境界，与老子的哲学境界是完全一致的。"静胜躁，寒胜热。清静为天下正"。老子哲学是要人放弃伪恶之心、"躁""热"之心，而修养正大之心和清静之心，放弃妄为、乱为而走向无为之为，最终达至"天人合一"的大境界。即尊重自然、尊敬天道，以一颗清虚、静笃、坦荡、纯正之心，以一颗不带任何杂质和杂念的澄澈、谦卑、良善之心，为天地工作，为众生操劳，为永恒服役，达到与天地之大道合一的至高境界。

庄子的睡眠

"至人无己,神人无功,圣人无名",是庄子在《逍遥游》里说的。在《大宗师》里,庄子还说:"古之真人,其寝不梦,其觉无忧,其食不甘,其息深深。"总之是说,那种至人、真人、神人、圣人,即智慧和德行达到至高境地的人,就解脱了尘世的一切功利束缚和欲望锁链,达到了无己、无功、无名、无梦的大境界,醒时没有杂念纷扰,睡着了也不做梦。

我丝毫不怀疑庄子就是那种真人和至人,读他那吐纳天地、汪洋恣肆的雄文,就可知其生命意识和智慧境界之真、之高、之大、之渊深。

但我也怀疑,庄子睡着了难道真的就不做梦了?恰恰相反,庄子不仅做梦,而且做的是大梦。

庄子的一生是做梦的一生。一部《庄子》,就是梦境的记录,可视为一部画梦录,一部瑰丽神奇的梦之书。

庄周梦蝴蝶,不就是庄子做的一个著名的梦吗?庄子在梦中变成了蝴蝶,梦醒了,恍恍然,一时弄不清,他究竟是蝴蝶呢,还是庄周?究竟是庄周在梦中变成了蝴蝶,还是蝴蝶在梦中变成了庄周?也许,此时他在梦的边缘意识到的这个"自我",只是一个幻象,一个被蝴蝶梦见的影子,他看见的这个他,只是蝴蝶梦中所梦见的那个幻象?一句话,他的存在也许只是蝴蝶梦见的一个梦境。

不要以为庄子是在故弄玄虚。绝不是的。

古时候,人刚刚从自然中分离出来,自然的脐带还没有完全脱尽,人的身心还深扎在混沌神秘的自然母体里,还保留着漫长的史前洪荒岁月中沉积的记忆。比起人用文字符号记录和积攒的那点极其有限的文明经验，史前的洪荒记忆可谓之无边的浩瀚。我想那时的人应该是多梦的，醒时与梦中，现实和梦幻，眼睛看见的物象和潜意识里纷呈的幻象，常常是恍兮惚兮，分不大清楚的，那时的人整个儿处在半梦半醒、似醉非醉、亦真亦幻的梦游状态。恰如刚落地的婴儿，他睁大眼睛看见的这个尘世，是多么的奇怪和不可思议，他面对的是一个他根本不能理解的世界，又像是在不久的前世刚刚经历过的世界。他看见的一切都令他惊奇和惊诧。婴儿眼睛看见的，并不是我们熟视无睹、见惯不惊、甚至不以为然的用旧了、住腻了的这个世界，他看见的是一连串的惊奇，是无尽的惊诧。婴儿看世界，那不是看，那是在做梦，他根本分不清，这个从没见过的世界，这突然出现在眼前的一切，究竟是被他梦见的，还是被他看见的？婴儿的梦见和看见，其实是一回事，因为婴儿是沉浸在梦中的，醒着恰是他在梦着，睡着了反而是梦的休息和停顿。婴儿的生活是一种梦态的生活，他不曾沾过一丝酒，但是酣醉着的。从自然母体里走出的最初的孩子，都是一些先天带着醉意的梦游者、幻想家，他们用刚刚睁开的眼睛，眺望这个扑面而来的世界，这看世界的"第一瞥"里，充满了惊奇、惊叹和惊诧（任何时代的真诗人，其实也就是人群里保持着赤子之心、婴儿之真的梦游者和幻想家，是极少数不被社会和文化污染的纯洁天真的宇宙婴儿）。

庄子就是这样的孩子。在他那个年代，文明尚属于发育之初，人类已经有了一套简约的符号系统，对自然、社会、人生给出了一些说法，许多人就以为这些说法是圣言、天则和终极真理。尤其儒家的伦理学说，将人锁定在人伦等级的网络里安身以立命，而并不追寻宇宙万有的本源和终极之谜，这虽然有助于建构世俗生存的伦理秩序，从而方便统治者的需要，对社会进行有效管理和控制，也有利于众生相对有秩序、有道德的生存。但这也在实际上缩小了人的生命格局和精神空间，让人只关心自己在人伦秩序中的位置、得失、进退、功过。所谓仁义礼智信，都是着眼于、用心于人与人关系的有限视域，而并不或极少追问宇宙和生命的本源性问题和终极真理。这等于把无限的自然宇宙剥离在人的心智之外,将人锁定在伦理秩序的等级囚笼里,仿佛人世之外没有自然、更没有宇宙,这就直接或间接地关掉了人们眺望和沉思那更高的无限超验领域的精神天窗,关闭了人的想象空间,屏蔽了人的天地情怀,取消了人的做梦能力(也提早叫停了人对自然之谜追根问底的科学求索精神)。儒家口口声声推崇君子,斥责小人,却似乎忘了,人一旦锁定在伦理等级秩序的囚笼里,很可能就渐渐忘了天地之广袤,不知宇宙之无穷,而把自己活着的这点小小时空当成终极之所,终日孜孜于盘算人际事务和利益博弈,不再仰观宇宙之大,俯察品类之盛。这样,造成小人的概率就大,而铸成君子的可能就小,得意了则忘形,失意了则落魄,无论得意失意,都是在螺蛳壳里做道场,在红尘人群里论输赢,那境界能大得起来吗?即使大,又能大到哪里去呢?以儒家作为主流文化的古代中国,倡导了几千年的君子,产生的君子却寥寥可数,而小人则滚滚成群。何以故?将人的眼光和心智,过早地、严密地锁定在人际囚笼里,这样,人群里充斥的只能是对等级的追逐和对利益的算计,大家都把在人群里出人头地、光宗耀祖视为终生大业和终极大事,有限遮蔽了无限,对功利的追逐取代了对真理的追求,人的机心就多了,道心就少了,小人自然也就多了,那种与宇宙对称的伟大心胸,即大人胸襟、君子情怀就少而又少了。

庄子在当时已经感受到了这种摒弃了终极关怀、宇宙意识的,过于稀薄的礼教文化,对人的精神生命的缩减和阉割,他感到了这种局限于红尘伦理的文化,把人塑造成了蓬间雀、泥中虾,塑造成了"朝菌不知晦朔,蟪蛄不知春秋"的爬行类生物,全然匍匐、自闭于渺小尘埃里,在尘埃之外,不知有春秋,不知有宇宙,从而彻底关闭了心灵之窗,彻底丧失了超越能力,变成了精神空间非常窄逼的、可怜的伦理微生物。而只有人的心胸完全敞开,保持在与天地精神的往来、对接和互动中,才能从天地的浩茫气象和宇宙的宏伟秩序里获得召唤、启示，生命格局和心灵世界才得到拓展和熔铸，从而拥有一双日月眼和一颗天地心，拥有一种吐纳万有、悲悯众生的伟大襟怀和宇宙情调。

庄子就是那个时代最有想象力的人，是沉浸在梦幻之乡里的精神大师和幻想首富。《逍遥游》《齐物论》《天道》《秋水》《至乐》等，篇篇都是超越时空、化合阴阳、连接有无、打通生死的梦幻乐章，他和鲲鹏同游，他和无限神交，他甚至和骷髅对话。他把生命置于广袤无垠、永恒无终的宇宙长河里去体认、去思辨，他对那浸泡在现实池塘里的功利追逐和世俗伎俩，则半点都不认同，丝毫也不感兴趣，他认为那是心为物役的作茧自缚和自我囚禁。他主张"吾丧我"，通过心斋、玄览、坐忘、神游等修养功夫，摒弃物欲，澡雪精神，除却秽累，断绝杂念，达到忘我、无我，与宇宙同化、与万物合一的无限境界。在这种瑰丽、浩瀚的生命飞翔和精神漫游中，他体验了无边的自由和欣悦，也体验了梦醒时的惆怅和失落，他的梦幻之旅里，交织着狂喜和旷达，哀愁和悲切，混合着解脱的快乐，意识到羁押在有限肉身里并且必将死亡的人的生命的渺小与可怜。然而，他毕竟在"与物同游""与天地精神往来"中获得了生命超越的自由和快乐，体验了人所能领悟到的宇宙的广袤和造化的无穷，而这广袤、这无穷，毕竟是人的智慧能够感通和接纳的，在感通和接纳中，人的生命时空就得以无限地扩大和延展。在那无己、无名、无功、无为的浩瀚无边、澄澈空明的生命境界里，人其实已经与宇宙、与无限融为一体，"宇宙便是吾心，吾心便是宇宙"，吾丧我，实乃我消融于无边的宇宙之中，宇宙即我，我即宇宙。于是，那宇宙呈现的一切，即是我梦中的一切，即是我怀抱的一切，即是从我的胸臆里漫溢出的无穷生命幻象。生与死的冲突消融了，有与无的分别消融了，大与小的界限消融了，人与天，心与自然，意志与自由，人性与神性，有限与无限，达到了和解、浑融和同一，在壮丽的梦态神游中，庄子，实现了对生命的诗意认领和审美超越。

如果我们将孔子的梦和庄子的梦做个对比,就可看出两位伟大智者的人格和生命意识的异同。

孔子晚年曾经感叹:"甚矣吾衰矣,久矣吾不复梦周公",可见,孔子平生做梦,梦见的是人,是他思慕的政治人物和道德先贤,是有关修齐治平的人伦偶像,是人间物事,是"人物",而非"天物",更非鬼神之类,那些属于超越界的事物,他都是敬如鬼神而远之的,那些大约也不会在他的梦里出现。他孜孜以求的是君君臣臣、父父子子的礼乐秩序,是没有血腥和倾轧、礼乐和合、人我和睦、天人合一的大同世界。

而庄子的梦境全然是自然幻象,是扶摇万里的鲲鹏,是那在无何有之乡里奔流的"玄水",是翩飞于他乡的蝴蝶,是出没于幻境中的骷髅,一句话,庄子梦境里出现的都是"天物",而非"人物"。庄子追求的,是生命从有限的枷锁中如何获得解放,是精神的凌虚高蹈和自由飞翔,是人在无限和永恒的背景里领略到的与宇宙对称的生命境界和崇高感。

两个古人和他们的梦,谁伟大?我认为他们都很伟大,他们做的,都是宇宙暗示人类的大梦。

孔子操心着现实的人伦事务,他是一个忠诚的现实主义道德秩序的梦想者和践行者,他的梦是尘寰之梦,但也是不容易做圆的社会大梦、人生大梦,他的梦需要知行合一,去落实,他的梦关乎如何减少人的生存苦难,如何改善人的现实境遇,如何增加天下的安宁和众生的福祉。

庄子醉心的是生命如何摆脱有限与死亡对生命的奴役和否定,而达到与万物同游的无限自由境界,他的梦是对羁押在肉身监狱里、囚禁在现实牢笼里的人的心灵的大赦,是精神在无限领域里的浪漫舞蹈和审美狂欢。他的梦扩大了人的心灵幅员和精神疆域,把宇宙的无限和永恒属性纳入了人的精神范畴,从而大大丰富了人的内宇宙,使人的存在具有了宇宙学的意义。庄子为我们打开了一扇天窗,让我们看见，在有限的、不自由的境遇里，人可以通过审美超越而达到生命的自我解放，达到与无限接壤的境界。

孔子是伟大的现实主义者，他教我们如何在此岸走路。他走得笃诚而辛苦，两千多年了，我们仍能听见那感天动地的足音。

庄子是伟大的浪漫主义者，他教我们如何向彼岸飞翔。他飞得酣畅而高远，两千多年了，我们还能感到那自由的灵魂仍升腾在无限苍穹中……

李白的睡眠（之一）

人类精神史上的奇迹、奇才、奇人

李白是伟大的诗人，是天才，也是酒徒。打开李白的诗，就会感到一种铺天盖地的侠气和酒气。好像整个唐朝就是一间巨大的酿酒作坊，长江、黄河都是酒的波浪，风雨、雷霆都是大唐气冲霄汉的酒令，地上的三山五岳，天上的河汉星斗，都是高高举起的酒杯。我是太羡慕生在盛唐的古人了，他们简直是在激情、月光、酒和诗的笼罩下，过着浪漫、微醺的日子，天天都在体验生命的高峰状态，时时都有脱口而出的千古佳句！不得了，简直了不得！大地变成了酒坛，也变成了诗坛，整个盛唐就是酒坛和诗坛。诗与酒，成为整个民族的生存仪式和生命信仰，这简直是人类文明史的奇迹，是人类精神历程的奇迹。我当然也知道唐朝（包括盛唐）也有不幸，也有苦难和阴影，但我相信李白生活的唐朝是最浪漫、最富诗意的时代，是大地史册上最精彩的一页。人生存的最高境界是"在大地上诗意地栖居"，受诗意之光照耀的唐人，曾经创造了最好的栖居方式。

唐朝是中国乃至人类历史上的奇迹，李白是中国精神史上的奇迹，是我们民族的千古骄傲。宇宙中有无数个太阳，宇宙中却只有一个李白。自然现象可以无限重复，无法重复的是巨大的精神现象。感谢李白，他用诗情为我们打磨和保管了最好的月亮，我们的夜晚从此不会变得伸手不见五指，即使在漆黑的夜半，总有他的一两句诗为我们照明。诗中的李白和传说中的李白，一次次进入我们的精神和生命，凡是受过李白感染的人，身上或多或少都注入了古代中国的浪漫气息，李白天真得可爱，狂放得可爱，我不知道世上还能找到几个像李白这样可爱的人。反正我找了半辈子，至今还没找到。

他在梦境里梦见另一个梦境

　　李白的一生，是醉酒和梦游的一生，打开他的诗，就有一种酒气和醉意扑面而来。他是浪漫主义的酒仙和超现实主义的诗仙。左一杯黄河，右一杯长江，诗笔一挥就是半个盛唐。凡他足迹所至，都留下动人的酒令和精彩的诗句。山因李白增色，水因李白添美，月亮因李白更皎洁，宇宙因李白更深邃。

　　我常想，我这一生乏善可陈，唯一可以自慰的是我与李白同姓，即使我一生碌碌无为，即使我一路荆棘缠身，我也不会轻易自杀，万一不小心一念之差把绳子套上脖子，我会忽然记起"黄河之水天上来，奔流到海不复回"，啊，去你的绳子，我哥哥李白亲口给我叮咛过：我随黄河天上来，我怕什么奔流到海不复回！于是，"砰"的一声我踹开门，"仰天大笑出门去，我辈岂是蓬蒿人"，我提了一瓶二锅头，去找我的李白哥哥，换他的一千三百年唐朝老窖，喝上三天三夜，还要喝三万三千个日日夜夜，直到喝干天上的一千条银河。

　　李白的诗，不能以清醒的、常人的意识去解读，更不能以实用的、狭窄的，过于唯物主义的眼睛去审读，那就看走眼了，把李白看偏了、看俗了、看小了。为什么呢？因为李白是满怀着激情和醉意，用一双天真的、清澈的、飞扬的、迷狂的醉眼去俯仰宇宙，激赏万物，领略大美的。他看见的宇宙万象，类似于婴儿第一次睁开眼睛打量世界，那是投向世界的第一瞥，那是一个精灵第一次与宇宙发生的类似于开天辟地的神话般的、如梦似幻般的相遇！如同天真看见了天真，如同梦境里梦见了另一个梦境，他们看见的不是我们这些俗人眼里的这个见惯不惊的世界，不是这个住久了、用旧了的过于熟悉和沉闷的老世界。映入他们——映入孩子眼中的，是亦真亦幻的"幻象"，是宇宙展开的不可思议的奇迹，以及这奇迹对他们心灵的持续震撼和神秘暗示，是宇宙的无边幻象带给他们的一连串的惊奇、惊讶和惊叹。

世故社会里永远长不大的孩子

李白，是一生都没有长大的可爱的大孩子，他到老都没有拥有我们所谓的"成熟"，没有丝毫的世故和圆滑，在儒教占统治地位的古代，在等级森严、城府深深的宗法伦理社会，绝大多数读书人为了进入上流社会，为了求得富贵，都把自己打磨成处事练达、待人得体、进退有方、机心颇深（所谓"外圆内方"）的阅世高人或处世人精，而李白一生似乎都没有接受所谓的主流价值观，一生都拒绝进入伦理等级的樊笼，一生都没有学会也不屑于去学会那攀龙附凤、趋炎附势的人生依附学、溜须拍马学、随波逐流学。"我本楚狂人，凤歌笑孔丘"，可见李白不屑于做孔教的信徒，这不只是他理性的选择，更源于他与生俱来的精神血统和价值认同，他祖籍碎叶（今吉尔吉斯斯坦共和国境内），有着桀骜不驯的游牧血统，后来才随家人迁居内陆腹地，在文化根性上他先天就属于另类，后来也极少受世俗伦理文化的习染，不过分崇尚功名利禄，骨子里多的是傲骨而没有媚骨，心性里多的是浪漫激情而很少实用理性。他崇尚的文化，是楚地那弥漫着神性和巫性、蒸腾着醉意和诗意，将有限人世和无限时空打通的如痴如狂、如梦如幻的诗性文化；他崇拜的人物，是庄子、屈原这样的集天地万物灵气于一身的"天人"和"赤子"，而对那些终生都浸泡在人伦等级池塘里经营功名富贵的士大夫阶层，他是看不起的。他不屑于像他们那样把人生的赌注都押在体制的棋盘上，那种孜孜于追求仕进的"君子"，在他眼里，其精神格局和生命气象，如同在蜗牛犄角里做道场，在蚂蚁窝里争输赢，那境界和格局，实在是太小太小了。

大孩子——这就是我通读李白全部诗作之后对他的整体印象。

呼作白玉盘：大孩子心中的月亮

孩子总是多梦的，李白这个大孩子的一生，就是做梦的一生，是在梦境里漫游的一生。

此文仅以李白诗中呈现的月亮、山水之意象,略窥诗人的梦态人生。

恰如天下的孩子都痴迷那凌空的月亮,都喜欢在月光下仰观宇宙之大,冥想万物之谜,都喜欢在月夜里奔跑、丢手绢、捉迷藏、数星星、看银河、想嫦娥、说牛郎。大孩子李白也是这样,他一生都酷爱着月亮,礼赞着月亮。在他眼里,月亮,那不大像是一个具体的东西,而是他在梦中遇见的一个神物,或者说,那是宇宙在它自身的恢宏大梦里梦见的一个幻象:"小时不识月,呼作白玉盘";在长大了的李白眼里,月亮仍然是那梦中幻物,而非物化的实在之物:"花间一壶酒,独酌无相亲。举杯邀明月,对影成三人",瞧,大孩子举杯相邀,月亮即应声而来,天、地、人顷刻相依相融;"我寄愁心与明月,随风直到夜郎西",月亮,是这位大孩子的贴身信使,瞬间可达千里,能将真挚友情进行超时空快递……"床前明月光,疑是地上霜。举头望明月,低头思故乡",这首妇孺皆知、明白如话的童谣似的短诗,何以能感动千古读者?那是因为这个大孩子说出了我们人人都有的情感体验:无论身在故乡或他乡,在寂静的月夜,当我们一梦醒来,低头看见,床前,月光厚厚地,一层挨着一层落下来,积攒在那儿,似乎是可以用手掬起来赠给友人和亲人的,呀,这伸手可掬的月光,既是渺渺天意,也是厚厚人情,明月在这里,明月在所有的地方,明月在所有的夜晚,明月在所有思念的床前,明月把所有的故乡都幻化成陌生的他乡,明月又把所有的他乡都塑造成相似的故乡。李白是怎样离开这个世界的呢?大孩子李白,到最后的时刻仍是一个大孩子,仍保持着他的赤子之心,做着他的赤子之梦。传说李白是抱月而去的,他不是死于病痛,不是死于唉声叹气和过度医疗,他的死不是死,不是生命的终结,而是一个大孩子,一个宇宙之子,抱着月亮远游他乡去了,月亮照耀了他一生,最后月亮带着他走了,重新开始了他永恒的浪漫梦游。

伟大的睡眠

相看两不厌：大孩子眼中的山

且看这个大孩子眼中的山："山从人面起，云傍马头生"，这既是自然险境的写实，也是梦境的造像。在李白那里，自然和人世万象，都不是逻辑和理性的产物，而是不可思议的宇宙大梦中闪现的奇异情景，是非理性的生命舞蹈和梦幻造型。"夜宿峰顶寺，举手扪星辰，不敢高声语，恐惊天上人。"在这个总在梦游的孩子那里，现实和梦境，此岸和彼岸，有限和无限，人界和仙界，是没有距离的，它们本是一体的多面，是渺渺大幻里纷呈的心象。"寂然凝虑，思接千载；悄焉动容，神通万里。"人在红尘，心通苍冥。在这座夜的山顶上，那伸向星空的手，已然与永恒相握，能否升天已不重要，此时，他的心魂已经抵达天庭的深处，他已经是天上人，有了天上的户籍。"相看两不厌，只有敬亭山"，李白面对的山，不是我等俗人眼中的石头之山，更不是用于开发利用、升官发财的矿山，而是高贵的朋友，是从远古起就一直站在这里等待倾心交谈，等待生死相托的忠诚不渝的伟大朋友，李白与山久久相望，他望见了什么？他望见了一种侠肝义胆，望见了一种地老天荒也不会风化的忠贞情感。

别意与之谁短长：大孩子眼中的水

再看这个大孩子眼中的水。"黄河之水天上来，奔流到海不复回"，大水从何而来？大孩子说：从天上来。是的，这大水是从天上来，这大地还不是从天上来的？这万事万物，皆是从浩茫天宇间奔涌而出、一闪即逝的壮丽幻象。同样还是那条大河，梦游的大孩子再看它依然是："西岳峥嵘何壮哉，黄河如丝天际来"，那一根细若游丝的琴弦，弹奏着万古烟云，送走了百代过客。他看长江是"登高壮观天地间，大江茫茫去不还"，他看见的是不停地与我们相遇又不停地与我们告别的长江，那已不仅仅是一条大河奔涌于天地之间，那是一位独自穿越茫茫时空的孤独大侠的苍凉背影；孩子眼中的一切，既是如此神奇，又是这般多情，"请君试问长江水，别意与之谁短长"，长江之水已经够深够长了，而李白心中的感情，比江水更深更长，一切物化的实用的尺度都无以测度和丈量。"桃花潭水深千尺，不及汪伦送我情"，在李白眼里，天地间浩荡的春水秋波，绝不是被科技异化了的我们这些现代俗眼里的所谓"氢二氧一"，不是所谓的化学元素，不是所谓的用以买卖和消费的水资源，在李白眼里，那清清泉水、盈盈春水、耿耿秋水，都是荡漾于天地间的情感波澜和思念深泽，都是永恒地奔涌轮回于时间河床上的记忆波涛！汪伦，一个知音，一个草根友人，在大孩子李白心里的地位，却超过了帝王将相，超过了一个王朝的分量。古往今来，在秋水之渡和春江之岸，有多少惜别和相逢，有多少泪眼和惊喜？因了岸上的汪伦对李白的踏歌相送，全中国的河流，从此都有了桃花潭水的幽深，千年的河岸绵延着动人的诗意和温情。

　　李白一生都在漫游，在山水间漫游，在梦境里漫游。他是在瑰丽奇幻、深挚迷醉的浪漫梦境里漫游了一生。这个大孩子好像没有家，他是以天地为家，以万物为友，以星辰为路灯，以宇宙为旅馆，以长风为导游，以银河为专列，以彩虹为专机的，他阅尽万里山河，他还想游遍宇宙星空！他想在有限之生里，穷尽无限之谜，猜透这个无比庞大、无比神秘、无比深奥的宇宙的永恒的哑谜！他走在路上就是走在家里，他走在地球上，却幻想着他就要走进宇宙的中央办公厅，就要走进储藏着无穷神话和奥秘的上帝的那间神圣密室。

　　"仍怜故乡水，万里送行舟。"你看，这个离家渡远的游子，这个可爱的、深情的大孩子，他在动荡不已的岁月之舟上，看见了人世的深情；你看，这满荡荡的一江澄碧，正是从他故乡一路追来的水，紧紧抱定他的倒影不放，依依地诉说着，叮咛着，依依地为他送行……

李白的睡眠（之二）

唐朝吹来一股清新的风

我有一个强烈而鲜明的感觉，在李白横空出世之前和之后，唐代诗歌的格局与气象呈现出的状态是明显不一样的。

李白出现之前，诗坛多是风雅儒生与官员诗人对现实生活、个人境遇的描摹和吟唱，多的是人生况味的感悟和咏叹，少的是思接苍穹、感通天人的阔大想象和灵思空间，也偶有天地情怀和冥思，有的还很出色，但总体却不成规模和气象。李白出现之后，我们就能感到迎面吹来了一股特别清新、奔放、飘逸的浪漫诗风，他同样放眼于此岸的山河万物，但又在山河万物中灌注了饱满清澈的通灵气息，这通灵气息，无疑是来自诗人那与天地万物密契共鸣的灵性世界，却又仿佛来自天外或彼岸的奇异灵光的照耀，有一种不可思议的神灵附体般的仙气和神韵，那高迈的情怀，空灵的意境，神奇的想象，变幻万千的意象，那仿佛脱口而出的不加修饰却异常精彩、异常亲切、异常生动，令人耳目一新、神清气爽，有强烈带入感的极具个性化的诗歌语言，让我们感受到了极大的心灵震撼、情感慰藉和审美惊喜，李白的诗歌，上与星辰接，下与人间亲，他让中国诗歌从此有了通天达地的浪漫气象和通灵境界。

在唐诗里，写山水、怀乡、念旧、离别、重逢、友谊、闺怨的诗很多，但是，能让我们会心一笑、心领神会又意味深长、久久难忘的，还是李白的诗。

吾爱孟夫子，风流天下闻。红颜弃轩冕，白首卧松云……

（《赠孟浩然》）

问余何意栖碧山，笑而不答心自闲。桃花流水窅然去，别有天地非人间。

(《山中问答》)

李白乘舟将欲行，忽闻岸上踏歌声，桃花潭水深千尺，不及汪伦送我情。

(《赠汪伦》)

朝辞白帝彩云间，千里江陵一日还。两岸猿声啼不住，轻舟已过万重山。

(《早发白帝城》)

燕草如碧丝，秦桑低绿枝。当君怀归日，是妾断肠时。春风不相识，何事入罗帏？

(《春思》)

青山横北郭，白水绕东城。此地一为别，孤蓬万里征。浮云游子意，落日故人情。挥手自兹去，萧萧斑马鸣。

(《送友人》)

犬吠水声中，桃花带露浓。树深时见鹿，溪午不闻钟。野竹分青霭，飞泉挂碧峰。无人知所去，愁倚两三松。

(《访戴天山道士不遇》)

蜀僧抱绿绮，西下峨嵋峰。为我一挥手，如听万壑松。客心洗流水，余响入霜钟。不觉碧山暮，秋云暗几重。

(《听蜀僧濬弹琴》)

……

任何场景，任何事物，任何情感，一经李白写来，就与人大不同，立即清风扑面，有一种摇荡心魂、沁人肺腑，把人的情思带入到灵境彼岸的神性和仙气。

这不是一般的巧思和巧言，更不是技巧和修饰所能达到的境界，而是来自一种骨子里的深情、飘逸、洒脱、通透，这一切，得自天赐的风骨才情，而后天的砥砺修炼，又强化、提升了他那非凡的风骨才情。

李白对道教的迷失和收获

李白是道家信徒，甚至终生迷醉于修仙炼丹的神仙术，怀朴抱素、得道成仙，不只是他的梦想，而且是他重要的人生追求和实践。

以老子和庄子为代表的道家学说，作为一种精神哲学、生命美学和认识论，确是达到了很高的境界，但经过后世道学家的改造，道家哲学渐渐演变成了一种宗教——道教。作为宗教的道教，则是良莠混杂，固然，道教也秉持了道家哲学中的尊崇自然、敬仰天地、澄怀守正、清静无为等思想精华，但其中的神仙迷信、炼丹之法、修仙之途、长生之术，多有糟粕，把某种玄而又玄的臆想和幻觉，当作实有和实境，当作通过修炼包括服食丹药就可以实现的具体的生命追求，则是不折不扣地走偏了。

李白自言"五岳寻仙不辞远，一生好入名山游"，游名山，访神仙，寻仙药（指灵芝之类药草），几乎是他一生的事务。他在河南、山东等地，不仅问道、访仙，而且交了不少的道士朋友，在一起修道谈玄，还曾正式受箓——道场要为入道者举行一种非常复杂的授箓仪式，入道者受箓之后，就算是正式的道教徒了。为什么要授箓呢？箓有何作用？据道书解释，授箓之后，可以召请箓中的天兵天将，"诛服邪魔，斩灭妖精，征灵召气，制御山川，涤荡气秽，章奏传驿，达通神仙……"这种充满了迷信色彩和玄虚内容的道术，李白竟然虔信不疑，而且亲自烧丹炉，炼丹药，服仙丹，以致他长期服食丹药，加上过量饮酒，因此毁坏了自己本来很好的身体，这是令人十分遗憾的。

当然，在游山、访仙的过程里，李白走遍了大半个中国，饱览了山川之壮美，领略了万物之繁盛，也见识了各地多姿多彩的民俗风情，这就极大地拓展了诗人的眼界和胸襟，极大地丰富了他的生命体验和审美发现，那高山大岳、长河帆影、林涛瀑布、猿吟虎啸、月落鸟啼、云飞雪涌、古寺仙窟、晨钟暮鼓等大自然的壮丽风光和人文胜景，都给了诗人持久的心灵震撼和美的陶冶，成为他诗歌写作取之不尽的意象和题材。

李白人格和诗格的修炼

儒、佛、道三家都非常注重人格修养、性灵涵摄和内心淬炼。

儒家强调人应该通过修身养德、经世济民而成为君子、贤人，最高境界是成为圣人。儒家讲修身、养性、养气，孟子就说过"吾善养吾浩然之气"，也讲正其心，诚其意，慎独、内省、静观，但更注重修齐治平，经世致用，事上磨炼，追求"立德""立功""立言"三不朽。

佛家有众多修行方式，如调身、调息、调气、调心，静观内视，坐禅入定，渐悟顿悟，自度度人，慈悲为怀，乐善好施，等等，修行的最高目标是离苦得乐，涅槃圆融，祛除贪嗔痴，培养慈悲心，断离烦恼和无明，达到大觉悟、大智慧、大光明、大慈悲境界而成佛。

道家则更注重以天地为师、以造化为师，法天地、得大道、合自然。通过涵摄天地清气，洁身涤性，澡雪灵根，无尘无垢，无欲无妄，洗尽后天尘氛，重返贞完天性，身心澄澈，怀朴抱素，用老子的话说就是"复归于婴儿"，道经上说"人谓之童子，是之谓与天为徒"，通过虔诚修炼，减少乃至祛除人的身心里浸染的社会性和世俗性，而找回人一尘不染的、宇宙婴儿般的纯洁气质和贞完天性，重新变得像赤子那样干净、纯真。这样的人，才是天的徒弟，天的孩子，才能天性回归，天目重开，才能抵达至深至纯的内在元神，如此静观内视，就看见了心内之心，即看见那不染纤尘的贞完"本心"，也只有进入心内之心，在心的更深处才能见澄澈本心。一般人的所谓"心"，只是欲望、念头和情绪的别名，是很浅层次的"心"，是充满社会性杂念的分别心、是非心、得失心，而远非本心。进入心内之心，在心的极深处，才会找到洁净本心，然后凝目外视，才能看见象外之象，看见那未经丝毫污染和遮蔽的原初的天地幻象、宇宙幻象。内视与外视交融互映，就进入了如梦似幻、恍兮惚兮的化境，即后世黄庭坚所说："似僧有发，似俗出尘，作梦中梦，悟身外身。"这个境界的获得很不容易，必须通过炼精、炼气、炼神、炼虚——炼精化气、炼气化神、炼神还虚、炼虚合道——经过这种极其精微的修炼过程才能到达。

道家修行的最高境界是成为真人，成为有仙风道骨的仙人，所以修道也叫修真、修仙。

道家的修炼，也叫炼丹，有外丹和内丹之分。

炼外丹侧重于身体的、物质的、有形的修炼，要通过服食自己炼出的所谓丹药，让身体内部结丹，以图长生不老，得道成仙——当然这是古人的迷信和错觉，李白也深陷这种迷信和错觉之中而毁坏了身体。倒是这种炼丹的业务使古代中国有了原始的化学冶炼业，算是歪打正着的一点意外收获。

我们当然不能苛责一千多年前的古人。他们是怀着对身体、生命、万物和宇宙的极大好奇，怀着打破砂锅问到底的、痴迷的探索愿望，用当时所能提供的极有限的认知系统和知识积累，面对着他们事实上并不理解和把握的自己的身体、生命和无边的宇宙万物，于是发明出许多，在今天看来是十分幼稚、荒唐的方法，去寻求存在之谜的答案，包括身体能否永固不坏、生命能否永生不死的答案。而他们所能马上做、亲自做的实验对象，无疑是他们自己可以随时支配和使用的身体，于是他们就把自己的身心当作炼丹炉，置放于无边宇宙、无限星空的熊熊净火中，以无限的虔诚，采宝物，聚奇珍，炼仙丹——所谓丹药，就是将丹砂之类的材料加热后分解出汞（水银），进而又发现汞与硫化合生成黑色硫化汞，再经加热使其升华，又恢复到红色硫化汞的原状。现在看来，所谓丹药其实就是化学反应物，里面有汞、铅、锡、铜、金、银等物质，服食不仅不能养生成仙，还会导致中毒伤身或致死。古人却将自己脆弱的身体当作实验室，当作冶炼的车间（丹炉），以求炼出不朽的金身，炼出永不会飘散的精气神。其实呢，那些炼丹者当中，除了少数得享天年，许多都中毒而死，或者当时未死，却酿下了病根。如果还原到当时的历史情境和生命现场，面对如此虔诚的古人，若说他们幼稚、荒唐，我实在是不忍说出口。他们，实在是有几分悲壮啊。

炼内丹则侧重于精神和性灵的修炼，通过静坐、吐纳、内视、辟谷等方法，让身心得到彻底净化，性灵进入深度宁静和不染纤尘的纯洁，达到"表里俱清澈，肝胆皆冰雪"的赤子状态，久而久之，内在的灵府，或叫灵体，就变得干净、透明，如水晶般能反射和聚集心内、心外的灵光、灵氛、灵秀、灵明。修炼者是把自己的身体性灵当作炼丹炉，汲纳山川万物之灵气，涵摄日月星辰之精华，采聚天地阴阳之神髓，置放于清寂的生命丹炉里，以无比虔诚的精神净火，陶冶灵魂、熔铸灵府、培养灵根、淬炼灵性。

这种内在修行的方法十分复杂、十分严格且极其专业、极其精微。

比如吐纳之法里的深呼吸，那不是一般的身体层面上的生理性呼吸，而是内在之精微灵体的深呼吸，要气息深长、绵软、缓慢、匀细，若有若无，在丹田极深处吐纳元真之气，用婴儿似的胎息涵摄运气，达到身心的深度静谧，达到欲望完全涤除、肉身彻底静止的无我状态、婴儿状态，那是完全的心物交融、魂天归一的宁静、明澈状态；再比如道家的静坐，不是儒者的"静思己过"之类，这只是停留在社会伦理道德层面的浅表层次的静，道家的静坐，要进入彻底的、忘我的、无我的静，以至于要进入到无时间、无空间、无宇宙的完全的无我、完全的混沌、完全的干净、完全的澄明、完全的"本来无一物"的空无状态，这就是坐忘，把什么都忘了，把自我的形骸、欲望、意志都忘了，其实是完全融入宇宙的大化、大荒之中，万虑尽消，一灵独存，唯这一灵，与那个寂然不动、超然于万象之上的宇宙之"妙道"发生着深度链接和深妙往来，人与天、有与无、实与虚、有限与无限、瞬息与永恒，静静地、深深地在恍兮惚兮地互渗、互融、互映，完全的交融之后，也无我，也无心，也无宇宙，宇宙融入我心，我心融入宇宙，宇宙即是我心，我心即是宇宙，这就氤氲出一个玄妙的、无以言说的太虚幻境——此之谓"仙境"，诗人得入此境，则入了幽邃的灵境、邈远的诗境、蕴藉无穷的化境。

可以想象，李白这位道教徒兼大诗人，其修炼的功夫之深，体悟之切，境界之高，一定达到了妙处难与君说的化境。外丹本虚妄，外丹终未炼成，也不可能炼成。但毫无疑问，李白却通过长久的虔诚修炼，炼成了精神的内丹，性灵的内丹，想象力的内丹，情思的内丹，语言的内丹——这才有了他那超凡脱俗的飘逸想象，有了他那出神入化的邈远意境，有了他那欲仙欲死、如梦初醒般的诗美发现，有了他那如同出自婴孩之口，又如同出自天仙之口的天真、空灵、奇妙的语言。

我实在不能想象，假若李白不是一个道家的信仰者和实践者，而是一个儒者（儒家）、一个禅者（佛家），那么，他还能写出那样充满仙气和神性的瑰丽诗篇吗？

如果不从李白的道教信仰和修炼中，去寻找和体会一颗充满仙风道骨的诗魂的熔铸过程，我们就无法真正进入李白诗歌境界的内在灵氛和气场，我们就难以理解他那与众不同的飘逸的想象、清奇的意象、魂飞天外的超拔冥思以及那总是如梦初醒般的通透感悟和天真诗句，那总是恍若来自世外、恍若得自天授的晶莹剔透、奇妙无比的语言——真的，我们就难以理解这一切究竟是从哪里来的。

历史老人似乎特别精通一种平衡哲学，由此，最终定格的历史情境才这样有趣和圆满：尽管唐朝儒道佛三教并存互融，但它们各有分工和职责，各有妙造和杰作。唐朝的诗人们，几乎都是儒道佛兼修的修行者，但是，一生忧国忧民的杜甫终于把自己修成了一个大儒诗人，所以他成了诗圣；饱经红尘也终于放下红尘的王维，隐遁于山水林泉，沉浸于禅修静思，终于把自己的诗心提炼得镜花水月般空濛悠远,所以他成了诗佛;而有那么一个人,五岳寻仙不辞远,一生炼丹不曾闲,李白炼成了一身的道骨仙风,炼成了感通天人、思接幽冥的性灵之丹、情思之丹、语言之丹,他把自己炼成了不朽的诗仙……

李白的万古心与天地眼

李白的诗给我最强烈的印象就是狂与真。狂不是张狂,不是轻狂,不是狂妄,而是狂放、旷达、朗澈,是一种剔除了心理障碍、功利羁绊、文化垃圾等名缰利锁、尘埃污垢而达到的自由、奔放、清澈、通达的生命状态,他与万物对话,与银河碰杯,与宇宙谈心,与神灵往来,与飞鸟交换天空,与瀑布交换血液,与明月交换乡愁,无穷的时间和无限的空间交汇于他的心中,他的心遂成了"万古心"。遥远的,不可穷尽的宇宙幻象和身边的生命景象都奔涌于他的眼前,他的眼遂成了"天地眼"。

真正的诗人、艺术家都必须有这样的万古心和天地眼,否则,他就是蹩脚的、低劣的、冒牌的、浅陋的、轻薄的人,他就不是真的诗人、艺术家。

当我们诵读李白的诗篇,总能感到那飞扬的情思里,跳荡着一颗连接无穷浑茫时光的万古心;那灵动的意象里,闪耀着一双目击了宇宙森罗万象的天地眼。

那么,什么是万古心呢?

万古心不同于凡俗之心、庸常之心,更不同于算计之心、得失之心。世俗社会的芸芸众生,多数都沉迷于功利盘算、进退策略和得失计较,心智和趣味深陷于庸俗的泥沼而不能自拔,对红尘诱惑更是难以超越和升华,当追名逐利、患得患失成为一个人心智的常态,其心智空间,也即灵的空间就变得很狭窄、很低矮、很昏暗,美国诗人惠特曼将此形容为"生命被锁定在帽子和鞋子之间",这样的心智只为身体里的欲望去效劳和服役,这就是神为形役,心为物役,心只是肉身的奴仆,这与甲壳虫的生命状态很相近了。卡夫卡的小说《变形记》写的就是一个人一夜醒来变成甲壳虫的故事,看似荒诞,实则是对人心的扭曲变异、矮化虫化做了深刻的表现和讽刺。

庸俗之人多数都揣着一颗算计之心。这样的心,只会热衷于去追名逐利、拜权拜金,当然也偶有善言善行,但不是生命的常态和主旋律,他们极少有高出利益算计的更高尚、更纯粹的精神追求。

有哲学家把人生分为三种:利己的人生,游戏的人生,求道的人生。世上多数人属于第一种,世俗性的艺术家属于第二种,卓越的思想家、哲学家、宗教家、诗人文学家属于第三种。

当然这三种人生状态并非完全泾渭分明、互不搭界,而常常是交织在一起的,这样的分类主要是相对其生命活动中各元素所占比重和主要倾向而言的。利己的人也有利他、合道的举动;游戏的人生里不仅有乐趣,有利益,境界高的也有着问道、弘道的价值;而求道的人生里也有人间烟火(利益),也有呕心沥血、运思言说而达至发现、创造、超越之境界所感受到的无上快乐,求道虽非游戏,却有着类似于游戏的复杂、微妙过程,而且可以体验到游戏者所不能体验到的更深刻、崇高的快乐。

只有极少数先知式、英雄式、圣徒式人物,才会把生命的过程视为朝圣、求道、殉道的过程,才会不计成本、不求回报地虔诚、热烈地追寻真理,叩问妙道,拥抱善美。为了追求一种终极关怀和崇高博大的精神境界而呕心沥血,穷究天人,上下求索。

李白就是这种圣徒式的人物,他的身上有一种无限和永恒的东西,有一种接通了万古、与万古同频共振的生命激情,也就是有一颗万古心。

这样的万古心,上连茫茫太古,下接冥冥未知,而当下之世、眼底之物,只是万古时空汪洋中的一个刹那、一个碎片,是永恒的一次心跳,一次心跳时不经意间洒落的一滴清泪。

在这样的万古心里,汹涌着的是对苍茫宇宙的惊诧与好奇,对万物生灵的同情与怜惜,对生命快速逝灭的无限悲悯与叹息。

以这样的"万古心"去悟，李白每时每刻都能感知到时间的飞速流逝，都能感到永恒对生命的压力和召唤，他看一朵飞云、一只鸟儿、一粒蚂蚁，或一个王朝、一匹奔马、一个人影，都是万古一遇的一个动人片段，一闪而过，转瞬即逝。时光如白驹过隙，每时每刻都很快流走，时间就这样带走了时间自己，也带走了裹挟在时间皱褶里的一切，汇入了浩渺的、无边无际的那个名叫"万古"的混沌汪洋。

这样的一颗"万古心"，不甘于让生命和万物最终彻底归零，而败给这无情的"万古"，不甘于让那些美好的体现造物者良苦用心和美善思路的高贵的、有价值的事物被时间无情粉碎和埋葬，而消弭于时间的茫茫洪荒。

于是，从这颗万古心的深处和更深处的苍凉海底，涌流出那样深挚、那样忧伤、那样恳切并且带着海的苦涩气息的滔滔的激情和诉说，他要在孕育了又最终毁掉了、葬埋了一切的无情时光汪洋里，提炼一粒粒珍珠，提炼一些不容时间轻易否定的美好证据，证明时间在毁灭一切之前，在时间的深处和岸边，曾经有过美好的降临，犹如白雪的降临。在融化之前，白雪曾经真的降临过并且真的洁白过。

一颗势利心、浑浊心、轻薄心里，怎么可能绽开高洁的芝兰香草？一个泥污腥臭的池塘里，怎么可能驶出一艘开往银河的精神飞船？又怎么可能结晶出含泪的珍珠？只有在诗人李白那样的万古心里，我们才能看见人类精神的绮丽日出和悲壮日落。

什么又是天地眼呢？

古人发明的词总是那样的好，心眼，就是一个很好的词。有怎样的心，就有怎样的眼。

有了万古心，也就有了天地眼。

凡俗之人的眼睛，谓之凡眼、俗眼、尘眼、肉眼。俗心、俗眼，也是般配。但不能过分苛责俗，人生在世，过日子难，多数人为了把日子过得安顺一些，劳苦一生，却未必如意，须知天下苦人多，古今皆如此。无论儒、佛、道，都是让我们学会仁慈和体恤，有了仁慈和体恤的心意，就不会苛责那些为生存艰辛挣扎、甚至不得不匍匐在尘埃里的无数普通人。

那么，凡眼、俗眼、肉眼之外，还有什么眼？

那就是天眼、灵眼、诗眼，这些眼能够透过表面的、感官的、现象界的物境、物象，透过存在的表象，看到背后的更深、更高的东西，看到或窥见更高的秘密，古人叫玄机或天意。也就是透过物境，而看到境外之境；透过物象，而看到象外之象。这样的眼睛，就是天眼、灵眼，就是天地眼。

看到境外之境，往深处看，就是看见了意境，往远处、往极处看，就是看见了化境，那是人的心意、感觉和宇宙幻象交融浑成的极境，恍兮惚兮，若有若无，那是无境之境，就是化境。

看到象外之象，往深处看就是看见了心象，往远处、往极处看，就是看见了幻象，如果把它放在无边宇宙里去看，眼前的境象就幻化成了恍兮惚兮、若有若无的宇宙幻象，幻化成了不可知之的彼岸幻象。

我们为什么读不太懂那些精妙的古典诗词，体会不了那种深远隽永的意境？更写不出有意境、有深邃象征意味的诗？是因为我们失去了那颗万古心，也没有了那双天地眼。

用现代天文学和量子学说，来理解万古心和天地眼，来理解李白等伟大诗人的诗心和诗歌境界，也许会更入心，更能让人心领神会。

爱因斯坦以及其后的天文学家、宇宙学家认为，宇宙呈现的无边景象其实是一种光速现象，万物万象都是以光速传递光谱和能量。我们看到的一切，都是元素交融的漩涡和光谱飞速变幻的影像，也是量子不停纠缠、不停迁移的幻影，幻影之外和幻象之内，其实并无实体，只有对幻影、幻象的幻听、幻视和幻觉。用曹雪芹的话说，宇宙是耿耿长梦，万物是渺渺大幻。

我们活着，意味着我们临时寄存于宇宙的一个角落的泡沫上，但是限于我们的生物属性所规定的有限性和渺小性，我们的身心感受会不适当地放大我们在宇宙中的自我体验，放大我们在永恒的时间和无限的空间中的存在感。而我们所使用的语言，正是这种放大我们自我感觉的工具，也许正是为了放大我们的自我感觉，才发明了语言。这种有着放大功能的语言，在无限的使用过程中又更进一步助长了我们放大自己存在感的惯性和意图。存在的真相、生命的真相，反而被淹没了。所以，有哲学家说语言的最大功能不是揭示，而是遮蔽。一个人说得越多，写得越多，却正有可能走向反面：说得越多，揭示得越少；写得越多，遮蔽得越多。

假设在月夜里，在星空下，几个庸俗的人喝一壶酒，他们也许会觉得这一壶酒是真的，宇宙中确有这一壶酒，他们是在为宇宙喝酒，他们是在宇宙里猜拳行令，他们是在成功地消费着宇宙，成功地消费着一壶酒。他们觉得在人群里，在类似于猴山部落的那个等级森严的世俗社会里，那个弱肉强食的食物链里，在那个被文化的饰物和道德的油彩装饰着的食物链里，他们成功地占据了食物链的较高的位置，他们为此感到得意和骄傲，他们感到他们不仅自身成功了，而且光耀了祖宗。他们怀着这样的得意的感觉，面对着这一壶酒。喝多了之后，自我感觉会膨胀得更厉害，为自己的官职、财富、名声等身外之物得意忘形，感到自己似乎取得了令宇宙俯仰、令日月增光的傲人成功和荣耀，于是醉话连连，一个似乎很成功的自我就要登上宇宙的峰巅。

这就不是用天地眼在看这一壶酒，在面对这一壶酒。而是用俗心、俗眼面对这一壶酒，他们的眼里和心里，其实并无宇宙的存在，更无永恒的存在。他们的眼里和心里，只有自己的渺小灵魂所占有的那短短的一瞬时间和小小的一隅空间。他们的参照物太小太小，他们无限膨胀着他们自己在微不足道的那一瞬间、那一个角落里所处的位置和分量，于是他们成功着、荣耀着、得意着，他们成功着一粒细菌的成功，荣耀着一只蚱蜢的荣耀，得意着一只甲壳虫的得意。于是那一壶酒，与宇宙无关，与永恒无关，也与生命和心灵无关。那一壶酒，只是等待被消费的、发酵了的俗物和无聊的液体，它燃烧，却不点燃灵光；它透明，却不映照永恒。它毫无醉意，毫无隐喻，毫无神性，毫无仙气，毫无超越性。他们即使喝醉了，即使吐了，只会吐出一堆难闻的垃圾，却不会吐出半句诗。那一壶酒，是白喝了；他们生命的那一杯酒，也是白白浪费了。

而假设宇宙的极远处，有一双圣哲的眼睛、诗人的眼睛，他会看见什么呢？他会看见无穷的星云，无穷的星河、无穷的星空，无边无际奔腾着、翻滚着、飞旋着的时间、空间泡沫……他的眼眸里、心海里，奔腾着、翻滚着、飞旋着的全是幻象……

又假设那双圣哲的眼睛、诗人的眼睛，穿越无边的幻象之海，看见了那一壶酒，那么，那一壶酒和那几个喝酒的人似乎是存在的，在无边的幻象之海里，在某一滴旋生旋灭的泡影里，确有那壶酒，确有那几个人，以不可瞥见、不可捕捉的光速一闪而逝，瞬间蒸发，为雾，为云，为雨，为露，为原子，为粒子，为量子，为无形，顷刻化为虚无；但是，那一壶酒、那几个人又是不存在的，在无边的幻象之海里，没有酒，也没有喝酒的人，只有飞旋的元素，飞奔的光谱，只有不断组合又不断分解的原子粒子，只有飞速逝灭的幻象。是的，唯有幻灭，唯有幻象，除了层出不穷的幻灭和幻象，宇宙中并无别的什么——

> 花间一壶酒，独酌无相亲。举杯邀明月，对饮成三人。月既不解饮，影徒随我身。暂伴月将影，行乐须及春。我歌月徘徊，我舞影凌乱。醉时相交欢，醒后各分散。永结无情游，相期邈云汉。

（《月下独酌》）

爱是无情宇宙里的感情，诗是无情宇宙里的深情。

但是，爱的方舟并不能将我们摆渡到永生的彼岸，我们终将永沉于时间的苍凉海底。

既然如此，我们就去邀请月亮，在波涛滚滚的银河深处缔结永恒的新约吗？很遗憾，答案是否定的。

看来，唯有诗的渡船，能载起我们曾经有过的记忆，在时光的长河里去做一番飞渡。

——这就是有着万古心、天地眼的诗仙李白，他眼里的酒，心里的酒，诗里的酒。

以"天地眼"去看，万物万象都是时光海洋里旋生旋灭的幻象，都是宇宙那无边旋涡里涌流沉浮的泡沫，也都是只能与我们相遇一次、一闪即逝的奇迹，是存在的"最高虚构"的片刻显现和幻影，一切都在快速呈现又快速消失，这"刹生刹灭"的情景，如激流奔注，灌溉着时间的虚无，填充着生命的空格，汇聚成意识尽头、宇宙远方那最后的、也是最初的混沌汪洋。

李白的内心简直是天河奔腾、群星飞舞的宇宙，有了这样的内心，他不用喝酒也是醉的，何况他又嗜酒如命。酒力的蒸腾推动着一艘心灵的醉舟，在无边的星空宇宙里远航漂游。

李白一生都处在生命的微醺状态，有时他沉浸于生命的醉态中，他时时刻刻都睁着那双天地眼，敞开着那颗万古心，敞开那博大空灵的胸怀，接纳山川万物入怀，接纳清风明月入怀，接纳人间情义入怀，接纳星空银河入怀，接纳永恒和无限入怀。他的心成了万物的码头，成了宇宙这艘巨船的港湾。宇宙，万物，人间，都在这颗万古心里、在这颗诗心里，匆匆停靠，又匆匆起航，于是，万物万象，都变成了他诗中的缤纷幻象……

唐朝的睡眠

若到了唐朝，很多诗友我都想见见。他们都是最有趣、最有才情、最有意思的人。我太喜欢他们，太想念他们了。

为什么唐朝集中了那么多高人、妙人呢？

见到他们，最好能一起喝杯酒，当然，我要首先向他们敬酒，因为他们是我的祖先；但是呢，也有可能唐朝人不这么看，他们说：我们比你年轻一千多岁，你自然比我们老一千多岁，你才是老人哩，我们正是孩子，我们敬你酒吧。

细想还真是这个理，我比他们老了一千多岁，是老朽了，而他们还是孩童，还在青春期。

若是能听听他们吟诗、唱和就好了，最好能请他们为我亲笔题几首诗，留下他们的珍贵手迹，那可是青春的手迹啊。

可是，唐朝疆域辽阔，山高水远，难免关山茫茫，道阻且长，朋友见个面很不容易，要不，在唐朝怎么会留下那么多相思、惜别的诗呢？

山高水阔，阻隔了友人和亲人，却发酵了深浓的离愁别绪，发酵了真挚的诗情。

道阻且长，那长度，是思念的长度，诗情的长度。

我一次次读他们的诗，一次次想象他们的为人和才情，揣摩着，假如能见到他们，会是怎样的情景？

然而，梦里到了唐朝，跌跌撞撞，走走停停，平日里在诗中反复谋面的诗人，却一个也没有见到。

心与心好像有感应。虽说隔了千年，但唐人——也就是比我年轻一千多岁的、那些处在青春期年华的孩子们，毕竟多情善感，早早地感应到我想见他们的心情，也知道梦里的行程难免阴差阳错，好梦不易成真，所以就提前留下便条，放在我梦里路过和拜访他们的地方，比如渡口、驿站、桥头、茶亭、酒肆、寺庙、琴台、官衙、江楼、溪亭、梅苑、古道、小园、松山、柴门……

恍兮惚兮，半梦半醒里，我收到了许多便条。

每一张便条，即使是很随意写下的纸条，都让人印象深刻。或者是就在门墙上顺手写下的三言两语（那显然是出远门时留下的），或者是在门前芭蕉叶子上写下的因不能晤面而表示歉意的几句话，或者是在酒肆墙壁上写的约我下次畅饮的留言，或者是在禅院竹子上刻下的问候的话语……

每句留言，每个问候，每张便条，寥寥几句话，短短数行字，或含蓄，或蕴藉，或冲淡，或洗练，或高古，或豪放，或婉约，或悲慨，或清奇，或灵动，或典雅，或旷达……都令人百读不厌。

真是会心即好境，张口皆妙语，提笔成佳句。

每一张便条，字迹都那样隽永、苍劲、飘逸，收藏起来，都是上乘字帖，都是书法珍品。

这哪是便条，都是绝妙好诗啊。

噫，我忽然明白，唐朝的诗，其实就是唐人日常写下的便条。

青春勃发、诗情洋溢的唐人，给山河，给大地，给田园，给友谊，给离情，给明月，给星夜，给时光，给宇宙，给家国之思，给乡关，给天下，给千秋……给他们所遇所见、所悲所愁、所感所念的一切，留下了多少真挚动人的便条啊。

在唐人眼里，花朵是春天留下的便条，白雪是冬天留下的便条，瀑布是高山留下的便条，云彩是天空留下的便条，闪电是黑夜留下的便条，墓碑是时光留下的便条，银河，是永恒留给永恒的便条。

岁月匆匆，但匆匆的岁月不曾敷衍万物，万物，都是岁月的便条。

因此啊，从时间之岸走过的唐人，他们庄重而生动地一路行走，一路留下无数深情的便条。

诗情澎湃的唐人，把每一张便条都写成了诗。

我读着这些便条，该给他们留下什么呢？

我也想给他们留些便条，表示自己虽未见面，却已神会，命里有缘，必能相遇的祈愿，然而，提起笔来，我发现我已经不太会写字了。

勉强写来，却是歪歪扭扭，要体无体，要神无神，要韵没韵，要趣没趣，而且，动不动就是错别字。

心体决定字体，字体折射心体，我失了字体，是否因为我失了心体呢？

我伸手就写错别字，是否因为，我本身可能就是历史不小心写下的错别字？

我又能写下什么有趣味、有意境的句子呢？唐人给我留的便条，笔笔隽永，字字蕴藉，我决然无法留下与他们情感相对等的便条，但我也不能留下让他们寒心和耻笑的把柄啊。

我搜索枯肠，终因胸无点墨，心无灵犀，凑不出一个像样的句子。

倒是记得很多乱七八糟的段子，有的似乎很机智，很搞笑，大都押韵，疑似诗体，但仅止于小聪明和滑稽，不成境界，垃圾而已。

我总不能把那疯传天下的经典黄段子留给他们吧。

哦，唐人把便条写成了诗。

我们把诗写成了垃圾。

我恍惚地想：唐人比我年轻一千多岁，处在青春期，天真浪漫、诗情飞扬，所以把日常的便条都写成了诗。

我比唐人老了一千多岁，我真的老了吗？即使真的老了，也应该老成圣人、智者或哲人，怎么老成了不知诗书、不懂风雅、粗鄙无趣、浅陋无文的老无聊、老无耻、老混蛋了呢？

还是年轻好，青春好啊。

唐诗，就是青春期的唐人留给我们的便条。

我以及我们，除了那些段子，还能给后面的人留下什么呢？

我自言自语着。梦醒了。

枕边的那本唐诗，露在了被子外面，哦，枕着这一叠便条，我游了一夜唐朝。

多好的便条啊，青春留给永恒的便条……

爱因斯坦的睡眠

"人不可能两次踏进同一条河流。"这句话很智慧，曾被认为是绝对真理。

但我发现，这句智慧的话是有问题的。

这句话包含的所谓智慧，只是四维时空里的智慧。

这句话包含着绝对的元素，但它不是绝对真理。它绝对不是绝对真理。

在多维时空里，比如六维、八维……时空里，人不仅能两次踏进同一条河流，而且可以多次、无数次踏进同一条河流。

我们的意识和智力，被造成我们的时空高墙牢牢控制着、限定着，我们无法越过时空的高墙，去反观我们自己，或超越我们自己。

我们无法越过大脑的极限，思索那些我们的大脑根本不能接纳、扫描和根本不能想象的巨大领域和超验事物。

我们的大脑只是我们置身于四维时空的产物——所谓四维时空，是指三维空间加时间这一维度，若去掉时间这一维，仅以几何概念描述我们生存的空间，那么，我们只是三维空间的生物，我们的生命和心智被锁定在三维空间里，对四维空间、五维空间、六维空间甚至更高维的空间，我们根本不能进入和理解，甚至想象一下高维空间里的情形都不可能。因为三维空间塑造了我们的心智，也规定了我们心智的边界和极限。

据某个研究成果揭示：人的脑细胞大约是4 100亿颗，这个数字正好与构成银河系的恒星数量大致相当。

这说明我们的大脑仅仅是银河系的产物。银河系把它漫长的演化历史压缩进我们的大脑。如果把银河系比作一棵古老的大树，那么，我们的大脑就是这棵大树上结的果实。一粒果实浓缩着一棵树的全部密码和信息，我们的大脑，浓缩着银河系的历史。

我们人类的全部作为，已有的文明和仍在展开着的文明，一切精微的或宏大的智力活动，不过是在进行一场漫长的自我翻译：用我们的心智，翻译我们脑里存贮、沉淀、压缩的信息——银河系演化的信息。

表面上是我们在体验和研究与我们相遇的这个宇宙，这个包裹着我们的银河系，而实际上，我们只是在向压缩在我们脑里的信息海洋深入和突进，并翻译、辨认和读出这些信息。

我们的体验和研究都是面向过去的，因为远在我们的智力出现之前，我们注定要面对的一切就早已存在了，而且把它们的历史压缩进我们的心智深海和精神历史。横卧在我们生命内部的，是混沌的宇宙长夜，是折叠了的、厚厚的时间之书，是宇宙——至少是银河系的浩瀚档案，而我们的智力，只是从这一切之中，从这浩瀚的黑夜里提炼出的一束智性之光，它试图照亮和探测它所从属的永恒黑夜，以及与这刚刚分娩了它的内部黑夜对应的外部黑夜——那包裹和笼罩我们的宇宙的长夜和银河系的长夜。

因此，我们的一切智力活动和精神活动的本质，都是在"回忆过去的时间"。

生命，是一次回忆。

我们的脑所进行的直觉、观测、研究、思辨、追问、感发、沉浸、冥思、想象等，都是回忆和缅怀的方式。

我们的脑，它并不太关心"我们"，"我们"是浅薄的，仅靠本能推动，更多的时候只活在当下，而脑真正的兴趣，是回忆它自己，回忆它沧海桑田般的历史，回忆那折叠在脑沟回里的时间之书和宇宙史诗，回忆压缩在它深处的无穷黑暗星河。

人类的头脑，多数都没有进行过真正有质量的智力活动，没有产生过波澜壮阔的伟大想象和闪电般逼近黑夜的深邃思辨，绝大多数人的头脑根本就没有进入真正的回忆，就像一艘橡皮船从来都在浅滩水草里纠缠和摇晃，却一次也没有进入过深水区。可以说，大多数的头脑仅仅做了本能的启动器和生存的计算器，而这是算盘和简易电脑也能完成的作业。除了牛顿、爱因斯坦、列夫·托尔斯泰和更早一些的释迦牟尼、庄子、老子、但丁等大智或大哲，99.999％的头脑，根本就没有或很少启动记忆这个伟大程序，从而也就不可能进入内宇宙和外宇宙的浩瀚智慧深海。

但是，即便是我们中最智慧的头脑，也是受限的。包括那位古希腊大哲，他就曾说出了那句充分体现了智慧之有限性（虽然不失智慧）的话："人不可能两次踏进同一条河流"。

他能说出这样体现有限智慧的话，却不能说出体现完全智慧的话，为什么呢？

这说明他的智慧受阻。

他的大脑受阻于他的大脑，智力受阻于他的智力。所以他的智慧不能抵达无限。

他的智慧的有限性，是由于他的头脑的有限性。

四维时空不可能造出超越四维时空的大脑。

银河系的浩瀚历史浓缩在我们的大脑中。我们大脑的智力不可能越过银河系的边界。大脑无法越过大脑的边界。也即是：我们的脑无法胜任大于或高于我们脑力的工作。我们无法从事神的工作。

伟大的爱因斯坦先生意识到了这一点，他发现了人的智力的根本限度。他断言最终我们根本不能认识宇宙。人类的文明始于迷茫，而终结于更高水平的迷茫。他说：在无限的宇宙面前，在永恒的时间长河里，我们最伟大的发现，不过是发现了我们的渺小和无知。

他认为：当我们穷尽我们内心的激情和我们的智力，我们只是看到了宇宙那宏伟的结构和庄严的秩序的一小部分，而对形成这一切结果的更深刻的根源和它未来的指向，我们仍然一无所知，最终，在这个庄严深奥的伟大父亲面前，我们只能承认自己仅仅是他无知而喜欢猜谜的孩子，并向他献上发自肺腑的惊叹和敬意。所以他说："宇宙定律显示出一种精神——这种精神远远超越于人的精神，在它面前，力量有限的我们必定会感到谦卑"，"在这个意义上，对科学的追求导向了一种特殊类型的宗教感情"。

爱因斯坦的研究者认为，像爱因斯坦这样的伟大智者，却有着单纯质朴的人格，其内心的安宁源于他对大自然的敬畏和谦卑，他也许会令与他亲近的人感到冷漠，但对于整个人类，他的心底却深怀着慈爱和悲悯。

另一位诗哲艾略特几乎以同样的语调说："我们唯一能够获得的智慧，是谦卑的智慧。"

可见，伟大的极致，就是真诚的谦卑。那是真正的智者深切地体悟到人在永恒面前的无知和渺小，而发自肺腑地向永恒示弱，并像婴儿一样重新回到宇宙的摇篮，流着眼泪向这神圣摇篮鞠躬致敬，表示心底的尊敬和感激。

是的，宇宙为了造就我们的大脑和心灵，他不惜动用无限的空间和无以计数的永恒时间，动用了浩瀚的物质、暗物质和我们无法窥见的精微元素，动用了整整一条银河系的辉煌储备和核心资产，动用了包括太阳、月亮、火星、金星、水星、木星、天狼星、巨蟹星、北斗星、彗星、室女座星云、大小麦哲伦星云等无数天上的火焰、磁场、射线和发光设备，在如此庞大、如此豪华的、令人晕眩的超级工厂里，它以无比的严谨和耐心，它以数十亿年、数百亿年为一个工时，精耕细作，精雕细琢，才铸就了我们的大脑和心智。而迄今为止，爱因斯坦的大脑和心智，堪称是银河系智慧产品的顶级精品，他那深邃的智慧、崇高的道德和浩瀚的心灵，足以容纳一个银河系，也许还可以容纳大半个宇宙。虽然上苍有灵，但是上苍的工作面太庞大，工作量太浩繁，许多重要的细节就无暇顾及，加之，上苍奉行普遍的公平和正义，像爱因斯坦这样数千年出一个的顶级大脑和心灵，上苍也未给予其特殊眷顾和安排。假若上苍知道了爱因斯坦的才智和人格，他

伟大的睡眠

一定会由衷感佩他的杰出和伟大，并赐他一千年或更长的寿命。我相信拥有宇宙规模智慧的爱因斯坦，将会在他漫长的有生之年里，破解"宇宙从何而来，为何而来，因何而去，又到哪里去"的核心谜题。

让我们记住爱因斯坦的遗言："所谓物质、世界、时间和空间，只不过是人类的幻觉。""'个人'是我们称之为'宇宙'的一部分局限于时间与空间里。而每个人所体验到的自我、思想与感觉，似乎都与外在的一切有所区隔，但这是意识上的幻觉。这种幻觉就像一座监狱，将我们局限在自己物质的欲望中，以及周遭亲人的感情里。我们应该发展同情心，并将这种同情心扩展至所有的生灵，以及整个美丽的大自然里，才能挣脱自我的牢笼。"

伟大的爱因斯坦的睡眠，不仅是他个人的安息，我觉得，随着爱因斯坦的长睡不醒，人类的高深智慧和伟大道德，也已进入了冬眠期，而宇宙的谜底，莫非也将随着爱因斯坦的长眠，一直睡下去，一直睡到时间的尽头？

我们的世界，我们的宇宙，因为失去了爱因斯坦那样的奇异心灵和高深智慧，显得特别寂寞和荒凉。

我祈祷，沉睡的爱因斯坦之心快快醒来。

我确信这也是宇宙老人的祈愿。

因为，只有具有了爱因斯坦那样奇异心灵和高深智慧的人，才称得上是能窥知"天机"的宇宙之子。

他思想，就是宇宙在思想。

他表达，就是宇宙在表达。

他的意识，就是宇宙的自我意识。

他豁然开悟，就是宇宙的"天机泄露"。

而随着那颗奇异心灵的沉睡，宇宙也似乎陷入了漫长的抑郁症和自闭症中。

醒来吧，那与奇异时空对称的奇异心灵。

归来吧，那与浩瀚宇宙对称的浩瀚智慧。

你醒来,你归来,你思想,你言说。
然后,我们听见:
时空开始低语,宇宙开始启示……

哲 学 的 睡 眠

我们目睹了众多生命的失败,但我们拒绝相信我们自己的失败。

做完减法再进入睡眠

常常想起上小学做数学题的情景,那时我最爱做减法,很大一个数,被那些减数们一会儿就减得所剩无几,我最喜欢经过一番忙碌计算之后,等号后面出现1或0。

1,清清爽爽的1。

0,漂漂亮亮的0。

我发现大自然也是擅长做减法的数学老师。

减去云雾等于晴空万里。

减去落叶枯枝等于疏林秋山。

减去尘埃喧嚣等于一地清凉月光。

冬天,白茫茫大雪覆盖了(减去了)地上的混乱、衰败、污浊,只剩下一片白茫茫,一片白茫茫里,有依稀的一串脚印——是谁,悄悄去了童话里的天国?

医生的工作看起来很复杂,其实并不那么复杂,他们也是在做一道道减法题。

外科:减去脓疮,减去癣,等于健康。

内科:减去病毒,减去燥火,等于健康。

心理医生的减法要复杂一些:减去嫉恨,减去早年的痛苦记忆,减去恐惧,减去贪婪,减去患得患失,等于健康。

患者配合医生治疗,也无非是配合医生做完一道减法题,减去病毒感染机会,减去浮躁焦虑,减去不适当的生活方式,等于健康。

白天的道路总是拥挤嘈杂,充满危险和恐惧,令人觉得这不像是和平年代的道路,倒像是战争年代炮火连天的战壕:车轮喧嚣,汽笛嚎叫,疯狂的速度挟裹着弥漫的尘埃,汹涌的欲望如刺刀的锋芒,齐刷刷地指问那瑟瑟发抖、任人宰割的事物。

夜来了。夜用减法恢复道路的可爱形象：减去车轮，减去尘埃，减去喧嚣，减去车祸，剩下三五低语散步的行人和遍地如水的月光。

散淡的人行走在月光里，如桨，缓缓划过秋水，溅起古典诗意。

写诗，也是在做一道语言的减法：减去泡沫，减去浮渣，减去陈词滥调，减去多余的喧响，留下清流、石头，三五头游鱼，一二声鸟唱。

坐禅亦然，禅师们不过是在做一道在身心里运行的减法：减去躁动，减去妄想，减去执念，减去心魂皱褶里的积垢，渐渐地，心魂湛澈慈悲，天地空远澄明。

加法给我们成功感：名＋利＝名人；权＋钱＝官人。

减法使我们成道，觉悟了"本来无一物"的人生智慧和天地化境。

减去锁链，得大自由、大自在。

减去浮云迷雾，方见一轮明月。

一轮明月的后面是万古长空。

我忽然就想起了小时候送爷爷"上山"的事。爷爷住进圆形的宅子里了，那宅子叫"坟"。

大人们不住地往坟上加土，远远看去，坟就是一个0。

那画面让我一阵心惊，我们一生奔波劳碌、挣扎算计，千方百计用加法累积自己，可一道减法就把我们减完了，我们等于0？

远远看去，坟是一个小小的0。

坟的上方是一轮明月。

一轮明月的上方是万古长空。

万古的清明，万古的静。

万古不醒的好睡眠……

古老宇宙的深度睡眠

凄切的蝉声宣告着死亡季节的来临。嚓——流星划过天际，敏感的心灵就多了一道擦伤。草丛里，虫声合唱已接近尾声，怎么用力升高音节，也掩饰不了那曲终人散的苍凉。

艾略特在一首诗中感叹：真没有想到，死亡毁了这么多人。这似乎是一句废话般的感叹，可传达出诗人对死亡的恐惧，对所有的人终难逃一死的命运的深深悲悯，这句感叹里也有对死亡的无可奈何的抗议。在死的围追堵截中，没有谁是幸运者，那些我们百般祈祷不该毁灭的珍贵事物，如纯洁的美、深挚的爱，一样也难免寂灭的命运。诗人窥破了命运的阴谋，但又无法平静地接受，只好抗议了。这无济于事的抗议是如此强烈，以至于人类的语言无力去表达，让强烈的抗议说出来竟成了一句废话。这句无可奈何的废话里，包含着多么丰富、疼痛和令人怜悯的人生经验。

如果艾略特走出伦敦的街头，来到秋天的原野，透过丰饶景象看见后面隐藏的种种死亡，他会不会这样感叹：真没有想到，死亡毁了这么多生命（而不仅仅是人）。

我走在凉爽的秋风里，脚下的落叶让我感到自己被一只宽厚的手掌托举起来的近似于"幸福"的感觉。我定睛一看，这只宽厚手掌里握着多少已死和将死的生灵。我顿时感到我"幸福"感的浅薄和自私，以及虚幻。死亡，正在实实在在地进行着，在不断推进的死亡进程中，我却感到了"幸福"，这不只是浅薄，甚至有点残忍和荒诞了。

我看见一些甲壳虫肚子朝天，挣扎着，发出"嚯"——的低沉声音，一群蚂蚁已在它周围集结起来，等待可口的晚餐。我看见一只只苍老得已失去了水分和色泽的蜻蜓在草叶上抽搐，极力摆正自己的身体，而身体正在摆脱它的意志，渐渐变成枯叶。我看见断了腿的螳螂仍在艰难地行走，古道西风中，不会有谁怜悯它的残疾和疼痛。我看见一只青蛙腿上有血，已瞎了一只眼睛，却仍以独眼盯着摇摇欲坠的落日，寻找着末路中的生路……我耳旁隐约飘过夏夜的如潮蛙歌，那一夜夜感动我们，反复进入我们的诗篇的那不息海潮的策动者，就是你吗？那独眼的、受伤的青蛙，在月光和露水里，曾经是何等的健谈和激情洋溢？

我看见一只正在款款飞行的花蝴蝶忽然倾斜了身子，落进水洼里，轻轻扇了几下翅膀，就不再动了，它平静地接受了死亡。蝴蝶以飞行的姿势去赴死亡的约会，它的目的地是一片水洼，那水洼倒映着天空，如悬念般漂浮的天空。它死在一潭水里，同时又回归到天空的诱惑中——这是我看见的唯一平静、唯美且玄妙的死亡。

而更多的死亡，都是孤独、疼痛、悲惨的。我看见一条被压扁了头的小白蛇，它痉挛的身体保持着优美的曲线，像是美人头发上飘落的一根白头绳。我看见一只鸟仰躺着，褐色的眼微闭着，我捧起它，我注视它的睫毛，它有着与我相似的睫毛和瞳仁，我轻轻翻开它的眼皮，我想破译它的视网膜上保留的世界影像，我想知道它对它曾经穿越过的这个世界有着怎样的理解和观感，它是怀着怎样的心情结束了它的飞行，它投给世界的最后一瞥有着怎样的含义？我凝望它仍然含着水分的眼睛，想不到我与它交换眼神，竟是在它眼光熄灭之后。我忽然想起，这只鸟是不是曾经向我抛下一片羽毛的那只鸟。在一个意味无穷的时刻，一只悄然飞过的鸟，曾向我空投礼物。它，就是那一只神秘鸟吗？

我在一棵树下刨了一个小坑，安葬了它，用落叶为它堆了一个小小的坟茔。一副翅膀埋在这里，一颗曾经在云端跳动的心脏埋在这里，它曾经一次次地将我的视线提升到天空上，当我的目光返回来时，发现地面上的事物变得特别明晰和亲切。哦，飞行的鸟，高处的精灵，是你一次次提示我天空的存在，让我从匍匐的尘埃中抬起头来，我的目光和胸襟，就这样被清脆的鸟声、被高远的天空反复擦洗和提升，我变得明亮而广阔。

路边那片林子，在夕光和微风中翻动黄绿相间的叶子，发出轻柔的飒飒声，朦胧中自有一种美的意味。

但在这片美丽的林子里，正有多少挣扎、痛苦、孤独、无助的死亡。

美，竟是痛苦的高级修辞，是死亡的精致装饰。

而只有伴随着对忧伤、痛苦、死亡的体认和关照的审美，才能获得有深度的美感经验。我所理解的审美，与娱乐和享受无关，它是伴随心灵战栗和痛感的，是离死亡最近的一种生命体验。

漫步秋日的原野，我穿过了多少死亡，只觉每一种死亡都与我有关，仿佛我生命中的一些部分正在走失。

我记起了海明威在小说中引用的格言：丧钟为谁而鸣，它为我们每一个人敲响。

秋空高洁，银河在我头顶奔流。我心里油然生起一种悸动：一条大河横贯千秋万载，横贯所有的生命，甚至连一只小飞虫也在沐浴它的浩渺光波。它灌溉了星光下的一切，它又席卷了这一切。而它却只是奔流，奔流，无声奔流，永世奔流。

这时候我看见蝙蝠在夜色里飘摇飞行。我听见仍有秋虫唧唧地说着似乎并不伤感的夜话。

我看见星光笼罩的原野上有一片片隆起的墓地。

多年后我将躺在哪里？我不禁有点恐惧。

月光下闪烁的那些石头，哪一块将是我的墓碑？

头顶的银河还在无声地奔流着，奔流着，与远处的山已连成一体，好像滔滔天河正以它不竭的波浪浇铸那些山脉。

真没有想到，死亡毁了这么多生命。

我低吟着，心渐渐平静，头顶的银河，仍如亿万年前一样，无语奔流。

而此时，无边星空镶嵌着的这个德高望重的宇宙，仿佛早已进入了一场不容打扰的、永恒的深度睡眠……

哲学的睡眠

拒绝必然的长眠

我们目睹了众多生命的失败,但我们拒绝相信我们自己的失败。恐龙的命运再清楚不过地暗示了所有生物的命运。但我们有另一套说法:恐龙是没有智慧的食草动物,而我们是有智慧的食肉动物,凭着智慧,我们可以最终战胜灭绝的命运。我们不承认我们是命运手中的纸钱,不承认我们会被花完,我们迷信着自己能把自己储存起来,享有永恒的利息。地质学家根据化石的记载,窥知到生命的底细,冷冰冰地说出了人类的真相:人类只是两个冰川期之间的一种短暂的生命现象。也就是说,在上一个漫长的冰川期刚刚结束,下一个冰川期尚没有来临的这个短短的间隙,人类及其众多的生命兄弟——包括动物、植物、微生物们,只是匆匆登场,上演一幕短短的戏剧。天文学家更从宇宙空间考察并揭示了每一个星球的命运:有始必有终,有生必有灭,所有星球都生于原始尘埃,又将归于原始尘埃。地球所在的太阳系,也将随着太阳热核能量的耗尽而崩溃毁灭,生命、文明和那些辉煌的物质,最终,都将化为冰冷的灰烬,永恒地葬埋于宇宙的废墟之中。

静夜望星空,它无限的辽阔让我敬畏和战栗,那神秘的星光也曾照见我的满脸热泪。我内心的感觉繁复深邃、无涯无际,我既感动这恢宏如悲壮史诗般的宇宙,又恐惧这无情的寂静如谜的宇宙:它是摇篮,它是坟墓,它是生命交响乐,它是死亡叙事诗,它无穷的星光似乎在为生命的登场提供壮丽背景,而最终,它只是用辉煌的修辞论证了万物的寂灭和失败。

我们正是在无限的虚无背景里,在巨大的关于失败的暗示里,策划我们渺小的成功。

一只蚂蚁、一只蜻蜓、一只鸟、一条狗、一只老鼠、一条蛆、一只跳蚤、一只虱子、一条龙、一只虫、一个国王、一个乞丐、一个英雄、一名囚徒……又或者是植物界的一叶草芽、一朵小花、一片苔藓、一朵地软、一棵树、一苗白菜、一根葱……

　　所有生命都在无限的虚无背景里做着自己的努力，用呼吸，用蠕动，用吸收和排泄，用生存和病痛，用爱和挣扎，用语言、色彩、触摸或气息，丰富着宇宙的生之景观和死之奥义。把生命现象放在宇宙背景里去体会，就会感到：连卑微如蚂蚁的劳作，连荒唐如跳蚤的舞蹈（儿时，跳蚤常把我不干净的裤裆作为它们才艺比赛的舞台和享乐的天堂），都是奇迹。在巨大的关于失败的暗示里，它们无视最后的结局，以小小的成功，嘲弄注定要嘲弄它们的命运。在巨大的否定降临之前，它们努力肯定着什么，并向冥冥之中那个庞然大物嘘几声，逗它乐或逗它生气，也许那大物根本不在乎这点小伎俩，但它们仍然发出嘘声，并试着一次次接近它们向往的事物——幽默和调侃就这样产生了。生命，就是宇宙悲剧里的一段幽默和调侃。于是悲剧的愁苦和沉闷被打破了，天空有了虹的颜色和黎明的消息。美女、兔子、鱼以及跳蚤，都有了各自的信仰或迷信。失败就这样被虹霓和云彩掩饰在生存以外，大家都陶醉在渺小的成功里，渺小的成功带给大家无边的幻觉和欣慰。即使没有宗教意识的生物，其本质也是宗教的，当它什么都不崇拜的时候，它已经彻底皈依了自己。而它自己是宇宙的产物，也是宇宙的祭品，那么它皈依自己就是皈依了命运，它一心一意完成自己，也就是完成了一次对宇宙的献祭。

　　我们以一点点渺小的成功，装饰我们生命最终的大失败。在虚静的天空之上，不停地划一些抛物线，这就是对命运的最好隐喻。从低处开始，尽可能把手中的东西抛高一些，把石子，把彩纸，把成功的荣耀，把财富的花环，把名声的气球，把欲望的烟花，把那些形形色色的剧情、剧目和布景，都抛高一些，再抛高一些，让它们从高一些的地方降落,当夕阳、爱情和荣耀纷纷降落的时候,无论从高处看或从低处看,都会溅起一些动人的霞光,注定要暗淡下来的天空,也久久地不肯暗淡下来。

这就是生命失败的动人之处。

蓝色的睡眠

据说可以凭着一个人对色彩的喜好判断其性情。如喜爱红色者性格热烈，喜爱黑色者内心忧郁等。我想这或许是有道理的。好多次了，有人以颜色测试我的性情，我提供的答案要么是绿色，要么是黑色，要么是白色，赤橙黄绿青蓝紫黑，我似乎都喜爱。就有朋友开玩笑说我是好色之徒。也许是吧。爱美总与好色是有关联的。好色是本能，是人性中的一种基本欲望和本能，也是审美的前提和感性基础。但仅止于好色，不过是本能而已，层次很低。需由此沉淀、欣赏、升华、敬惜，才算进入了境界，也才谈得上真正拥有和领略了大自然与人世间对人生的馈赠。就色彩而言，我似乎是个"杂色"主义者，对所有的颜色都报以会心，它们，都是茫茫宇宙赐予我们的礼物。

对世间事物，不可以有偏废，却可以有偏爱。在宁静的时刻，我也曾仔细考察我自己，究竟最喜爱什么颜色？

我这个"杂色"者，还是有偏好的。我最喜爱的颜色，是蓝色。这大约与我好幻想的性情有关系吧。深的海，高的天，都是蓝色。深与高，不只是我们所敬畏的物质的尺度，也是我们所追寻的精神世界的尺度。大自然把蓝色分配给大海与高天，也许是别有深意吧。让我们在仰观或俯察时，总能看见那极深极广的蓝色，那是梦的颜色，那是颜色的极致，那是混沌世界里透明的呼唤，那是人性的远方和高处——神性的颜色。

记得小时候，大约是两三岁吧，母亲把我抱在怀里，我一觉醒来，睁开眼睛，透过母亲的手臂和她的头巾，突然看见了蓝色——大片大片天空的蓝色，在草垛上，在烟囱上，在母亲头顶上，在菜园边那棵柿子树的枝杈上。那蓝色大片大片流淌着、降落着，我既惊喜又有些惊恐，我真的担心那么多蓝色降落下来放在哪里？我怕那么大的天空越长越大，再大下去该往哪里放？我不也在长大吗，我的那个小摇篮已经装不下我了。大个子、大块头的天空再长下去该往哪里放呢？那么多蓝色流淌下来该怎么办呢？我就这么呆呆地望着蓝色的天空，用那简单的小脑袋想着这天大的事情，直到母亲的乳头进入我的口里，我感到，蓝色的乳汁、奶香味的天空进入我的身体了。我又睡了，大约，我是睡在蓝色的梦中。就这样，从母亲的怀抱里，我眺望到最初的天空，是蓝色的，是令人如醉如痴的，是百思不解的，是神话般的，是飘着乳香的天空。

后来，长大了，我的目光渐渐由天上降落到地上，我看见泥土的黄色和黑色，落叶的灰色和金黄色，看见日出的红色、雪的白色、霜的银灰色，看见黑的蚂蚁，彩色的蝴蝶，看见神秘的蛇，是谁为它设计了那么漂亮的花纹？

再后来，我就看见了颜色的层次和它的丰富的、不可言说的意味。看见了爷爷的白发，看见了为外婆提前做好的棺材——是淡黄色的松木做的，有一股非常好闻的松香味儿，像一艘船，奶奶要乘坐它远航吗？看见了妈妈辛苦的手，青筋穿过瘦的手背，像条条溪水流过原野，带走了多少落叶和泥土。我看见了女同学的彩色头绳和她们调皮有趣的脖颈，修剪得很整齐的粉红色指甲。再后来，我眼中的颜色渐渐趋于混乱，单纯的意味也渐渐模糊起来，许多暧昧的颜色伴随着尘埃，从日子的上空降落下来，我内心的河床时而流畅，时而滞塞，时而明朗，时而晦暗。从此，我的眼睛不仅看见了幻象，也发现了更多生存的真相。看见了古原上生锈的铜剑，看见了宫墙下黑的砖石和惨白的骨头，看见了宝座下面的墓坑，看见了已经结束和尚未结束以及刚刚开始的人肉筵席，看见了彩虹后面的雷雨，看见了绿的林莽里腥红的牙齿，看见了美学后面血淋淋的生物学，看见了死，看见了惨淡星光里的无边夜色，看见了哲学的颜色，它是由浅入深的，由白而进入灰，进入黑和深黑，它也是深入浅出的，它由黑而进入白，进入清澈和澄明，进入无言，进入寂静、空白，那无边的空白里有着无限的暗示。

把无言留在生命的尽头，把空白留在上帝那里。黑与白是无言的境界。而人的生命是一次小小的发言，是与死神的抢白。因之，我仍然无法终止我对颜色的崇拜，我喜爱蓝色。

多年了，我总是喜欢用蓝色的墨水写字，在白的稿纸上，蓝色流淌着，激情流淌着，我释放着内心深处的海。在纸的外面，任沙漠扩张，尘沙弥漫，任彩色的气球装饰着越来越辽阔的生存戈壁滩，在那张小小的纸上，我努力保存一湾澄明海域和一泓蓝色春水。虽然这一脉脉小小的蓝色在沙漠面前显得如此微不足道，指望用它去拯救荒原是十足荒唐的想法。

蓝色从我心底和笔底流出，至少拯救了这一页白纸，至少让我看见了灵魂深处的晴空，即使在漆黑的夜里，从我笔底，从我更深处的心底，流淌出来的依旧是明朗的蓝色。这让我感动，在无边的黑夜里，这一脉脉小小溪水，流得如此固执，蓝得如此纯真。写作的时刻，就是我接受宗教洗礼、灵魂深度净化的时刻，是我的蓝色时刻，是一个凡尘之人无限地趋向神性、靠近永恒的高贵时刻。

我一直喜欢使用蓝色窗帘。从第一次有一间属于自己的小屋子到娶妻生子，属于我支配和使用的窗上，都飘着晴朗的蓝色。在忧郁孤独的日子，在一些钢铁也在腐烂锈蚀的阴暗日子，在我内心的山脉出现大规模塌方的日子，在没有真挚的爱、没有信仰照明的那些绝望暗昧的日子里，我仍保持着对蓝色的挚爱和敬仰。对蓝色的凝望成为我的一种宗教仪式。风拂窗帘，提示着我云后面天空的存在；风拂窗帘，亦是永恒的呼吸轻叩着迷途的灵魂：归来吧，透过尘埃和迷障，就会看见无限高远的蓝色，看见天空远处永恒奔腾的星河，看见心灵后面更崇高的心灵。

打开史书，我看见时间深处那么可怖的黑洞，那么狰狞的铁血，血腥和浓雾使我窒息。这时候，我总情不自禁地绕过那沉重的几页，

哲学的睡眠

如绕过陷阱和深渊；或急忙把书合上，把时间的幕布合拢；或在书的空白处，写上一厢情愿的温暖符号和善良批注，仿佛就这样改写了历史。我看见窗帘轻拂、舒卷，蓝色静静地诉说着别的话题——于是我拉开窗帘，打开窗子，啊，蓝色静静地展开，向高处，向宇宙的尽头展开，是如此宁静、和平、温柔、宽广的蓝色。我想到：愚蠢、自私与邪恶书写了大部分历史，而所有的愚蠢、自私与邪恶都源于黑色的、不见天日的灵魂。不如让灵魂多多地仰望蓝色、呼吸蓝色吧，听听宇宙在向我们耳语什么，听听永恒在向我们叮咛什么，在至大无外的宇宙大神面前，我们该明白我们是什么，又能做什么，然后我们也该知道不做什么，一颗澄澈、谦卑的灵魂，被净化的灵魂，渐渐被蓝色充满，渐渐融入蓝色，变得无边无际，它包容了能理解的一切和不能理解却可以眺望、冥想和接纳的一切，它化解了善与恶、爱与恨的对峙，它把更多的彼岸移入此岸，它在有限的池塘里容纳了无限的蓝色。这大约是神话，难道生命不就是苍茫宇宙里的神话和奇迹吗？让生命故事变得更高尚、更美丽一些吧。其实这并不复杂，邪恶常常是复杂的，高尚与美却是简单的，用减法吧，减去病等于健康，减去杂质等于纯金，减去污渍等于干净衬衣，减去笼子等于自由的鸟，减去雾霾等于一碧万顷的高远晴空。造就更多的高贵胸襟、慈悲心肠，造就更多清洁的灵魂吧，然后才会有蓝色的情怀、蓝色的旅途、蓝色的记忆。我的窗帘轻拂着，蓝色引领着我的情思和梦境在广袤苍穹中飞升。蓝色，是灵魂的旗帜。

一朵蓝色的勿忘我，一泓蓝色的溪水，一个蓝色的背影，一行蓝色的清丽字迹，长久阴天后云缝里突然抖开的一条天蓝色丝巾……都曾带给我意外的惊喜和长久的怀念。

雨后，一个浅浅的小水洼，也容纳了那么多蓝色，我低下头来，就从这小小镜子里，看见天空的动静，好像看见了那深藏不露的神的动静。

我甚至古怪地想象：假若我不幸生在一个黑暗的年代，又不幸成为一名囚犯，在阴森的牢房里，我的生命已经轻如鸿毛，镣铐让我体会到铁的重量、死的可怖和地心引力的强大。除了这冰冷的铁，以及彻骨的痛苦，已经没有别的东西属于我，在无限的宇宙里我只拥有一副镣铐，而我从漫长的文明史里领取的只是一杯毒酒。这时候，如果我没有自杀，而是在屈辱的境遇里仍然并非为屈辱而是为一线希望、一点尊严而活着，这支撑我活下去的，不是上帝或者别的什么，而仅仅是：我看见了头顶的天空，我看见了那高远的、仁慈的、谁也无法囚禁的永恒蓝色。蓝色，几乎就是我的经典，我的启示录，我的宗教。是的，在小小的、黢黑的牢房外，是自由的蓝色，浩瀚的蓝色，无限的蓝色。为了蓝色，我就应该活下去，哪怕我活得是黑色。我想，一个人即使已了无牵挂，除了痛苦他一无所有，而他如果仍能活下去，他大约是为了某种颜色而活：他或许崇拜着雪的白，或许钟情着野草的绿，或许爱怜着喇叭花的淡紫；而对于我，就是不愿放弃那蓝色，那无限高远、自由、宁静的蓝色。为一种颜色而活，这一种颜色支持他渡尽劫波而获得灵魂的欣慰，这样的活法，已接近于透明和纯粹了。

　　有时候我想：基督教的天国，佛教的净土，印度教的梵天，道教的仙界，无一不在尘世的高处，那一定是蓝色的所在，那是涤荡了贪欲、血腥、邪恶，超越了人性诸恶和无明之苦而抵达的清洁、光明、慈悲、自在之境。让更多的蓝色进入生活、进入灵魂，让人间成为天上，让此岸就是彼岸，让凡夫就是天仙。对神灵的信仰，就是对蓝色的信仰。蓝色是神的颜色，是爱的颜色，是和平宁静的颜色。

　　有时，我不无偏颇地想，这种想法源于我对生存的痛苦观照：红色让我想起灰烬，绿色让我想起凋零，黄色让我想起沉沦，黑色让我想起墓地和夜晚……

　　我更钟爱蓝色了，蓝色浩荡天地，蓝色无边无际，蓝色，是时间的颜色，是苍穹高处的颜色和深处的颜色，是爱的颜色，自由的颜色。

蓝色是空气的颜色和水的颜色。空气是透明的，水是透明的，透明无色，远远看去，就成了蓝色。

　　一望无际的蓝色大海和一望无际的蓝色晴空，只是一种透明之物和无色之色的深度睡眠。

　　那么，事实上我对蓝色的爱，也就是对透明的爱，对无色的爱？

　　我爱的蓝色并不存在。

　　爱，本身就很可爱。我深深爱着的，或许就是这爱的过程。

扇子的睡眠

在梦里我拾到一把古代的扇子。是纸扇,色泽暗蓝杂着微黄。我不敢摇动它。我怕它散成纸渣或纸灰。我轻轻地捧着它,像读斑驳的古碑一样小心地读它,辨认它。

我不敢摇动它。它不是为我制造凉爽的扇子。它是折叠的时间。它是随时可能变成灰渣的一段记忆。它曾在一只手里轻轻地摇曳,在遥远的夏夜,伴着天上划过的流星,它划动起伏的河流和月光。

我猜想它是哪个年代的遗物。春秋?魏晋?唐朝?宋朝?我禁不住举起它,轻轻地摇动,微风从手上升起,徐徐拂过我的脸颊和心。燥热的夜凉了。春秋的风吹过来,魏晋的风吹过来,唐朝的风吹过来,宋朝的风吹过来。那么多年代的风吹过今夜,此刻好清凉。它曾握在谁的手中?当它从那双手里脱落,经历了多少岁月,才到达我的手中。从手到手,从遥远到遥远,中间要走过多少孤寂的夜晚?

我禁不住对它神秘身世的好奇,慢慢地展开它。折叠的时间慢慢被展开,折叠的记忆,也慢慢展开。

我多么渴望看见被展开的,还有那些夜晚的天空、山野、草木、河流、炊烟、手势和表情。

我不知道我将会看见什么。急于想看见的,我却不忍心看见。我闭起了眼睛。因为崇拜美而敬畏美。神往闪电的光亮又怕被灼伤。热爱那高贵的女神又担心在她的风神面前现出自己的丑陋。

我闭着眼睛,我不敢注视手中已经展开的扇子。

春秋的风吹过去,魏晋的风吹过去,唐朝的风吹过去,宋朝的风吹过去。无数个夏天逝去,无数条河流逝去,无数个背影逝去。我闭着眼睛,手里捧着展开的纸扇,仿佛捧着时间的领口,只要放手一抖,就能看见一件完整的衣裳,看见时间的全貌。

我终于睁开眼睛。我看见发黄的扇面上,有几朵梅,有两只蝶,梅的远方流动着隐约的河水,河的上空,一弯新月驶向几片淡云。我梦见我笑了。我梦见我笑得很深沉、很真挚,在梦外面我是很少这样笑的。

遥远的夜晚被完好地保存着。梅仍开着,蝶仍飞着,河仍流着,几千年了,那弯新月就那样静静地泊着,保持着略略有些倾斜的姿势。

忽然,我看见几滴泪痕。

扇上涌起滔滔的声音。那干涸千年的河涨水了。扇面被淹没。春秋被淹没。魏晋被淹没。唐朝被淹没。宋朝被淹没。

扇子遂变成一望无际的古海,我变成古海里的化石。

我从深海里探出头来。我寻找那把扇子。我发现我仍捧着那把扇子。我捧着海,我同时站在海里。

我在海里游着。我寻找岸。我的手在我的手上寻找出路。我的记忆在我的记忆里寻找渡口,又变成更深的记忆,更深的海。在一片盐里我打捞李商隐的月光。

我捧着那把扇子,我想把它带出这个夜晚。我想把它带出所有的夜晚。

扇子不愿走。它说:就让我停在这里,让我折叠着。我只好折叠它,将展开的时间和记忆折叠起来。将汹涌起来的古海又折叠回去。将我的心跳,手纹和目光也折叠进去。

渐渐地,我也被折叠进去,周围的风、月光、声音、影子都被折叠进去。

我梦见我变成扇子里的一丝折痕。

我梦见又过了几千年,一只手轻轻捧起那把更加古旧的扇子,仔细地读着。

他动情地凝视那更加模糊的泪痕。久久地,他沉默着。我想,他在祭奠时间,祭奠折叠在烟云深处的爱情和生命。他把几滴泪洒在扇面上，把一些折痕打湿了，把我打湿了。

我梦见我渐渐变成泪痕。

我梦见那把扇子又被另一些梦展开又折叠。梅谢了，蝶飞了，河枯了，月隐了，越来越清晰的是那泪痕。

我梦见那泪痕变成一座古墓，我就埋在里面。

直到梦醒的时候，我手里仍捧着那把扇子，我不敢打开它。

它就那么折叠着……

慵懒的睡眠

有一点微微的疲困,不想做事,想玩,想睡觉,想散淡地散步、聊天或干脆躺下来,在林子里、溪流边、野地上躺下来,想点什么或什么也不想,看一会儿云或望一会儿鸟,任小风将自己的头发和衣角缭乱……

这就是我说的慵懒。

工作着的状态是美丽的。不工作——有时也是美丽的。慵懒也是美丽的。

工作是为了活着,活着是为了工作。依此类推:睡觉是为了醒来,醒来是为了下一次的睡觉;播种是为了收割,收割是为了播种……无尽的因果循环,带走我们的岁月、精力和生命。有时我深深迷惘:如此周而复始地轮回不已、劳作不休,到底为了什么?

就在迷惘的时候,轮回的链条中断了,你放松下来,你有点慵懒,你随意坐着、站着或躺着,你忽然发现了天上的云:它们那么懒散地做着彩色的游戏,把空荡荡的天空布置得那么好看。

慵懒,是逸出因果链环之外的一种难以命名的生命状态。

大部分时间,人总是被某种"必然"的东西所支配,比如:为了改变命运,你必然要苦斗;为了求得解脱,你必然要挣扎等。慵懒却是一种逸出"必然"的牢笼而呈现的超然状态,此时你不必苦斗也无须挣扎,你就是你本来的样子,是平平常常的样子,是自自然然的样子。慵懒,是人生枷锁得以暂时解脱的自由状态,至少是准自由状态。

大部分时间,人总是处在"有为"或力求"有为"的紧张状态,用庄子的话说就是"有待",有待就是有欲。凡人大都处在有欲状态,即使睡着了也做一些花花绿绿的梦，而梦正是化了妆的欲望。慵懒把我们带出欲望的海水，领我们来到一片无所事事的沙滩，这是"无为"的时刻。欲望退潮了，我们忽然看见了无限的大海，它无所事事，只是玩一些蓝色的波浪的游戏，它是不期待什么观众的，它玩给自己看，蓝给自己看，它也不要什么结果，现在的海和两亿年前的海，都是那么咸，那么蓝，那么好看，那么好玩，海是个慵懒的老顽童。

慵懒是美丽的。慵懒的时刻，我们常常发现诗意。我猜想：王维是慵懒的诗人，有诗为证："桃红复含宿雨，柳绿更带朝烟；花落家童未扫，莺啼山客犹眠。"陶渊明是慵懒的诗人，有诗为证："采菊东篱下，悠然见南山。此中有真意，欲辨已忘言。"他一边采菊一边眺望南山，心态是悠然的，也就是有那么一点慵懒，这悠然的慵懒，我想也就是一种恬静冲淡的无为状态，一种在世而出世的状态，一种诗的状态。李白除了喝酒勤奋，他作诗是靠他的天才，是即景而发脱口而出的，他绝不苦吟，他的一生主要是在一种慵懒状态中度过的。唐朝是个勤奋王朝，李白是个慵懒的天才，勤奋的唐朝居然孕育出了一个伟大的懒汉，我们不能想象有一个皱着眉头劳劳碌碌的李白，"五岳寻仙不辞远，一生好入名山游"，"相看两不厌，只有敬亭山"，这才是李白，有点仙风道骨，有点飘飘然，也有点慵懒。

生命是奔腾的流水，慵懒，是岸上的芦苇，自由自在地生长和飘摇。忙碌的流水，让我们感到时间太匆忙，生命流逝得太快。自在的、慵懒的芦苇则让我们感到：在刹生刹灭的无常世界，仍有一些东西是稳定的，是可以挽留的，伸出手，就能折一枝芦苇，射向对岸。苇花的白雪，可以一直飘进梦的深处。

工作着的状态是美丽的。有时，慵懒也是美丽的。

林妹妹一生不工作，总是慵懒着，总是多愁多病、多情多梦，她唯一的工作是吃药和相思，有时使点小性子。病着，爱着，痛着，就这么度过了一生，她把一种纯情境界推向了极致。相反，王熙凤是个工作狂，她精明能干，工于算计，如果活到今天，她会成为一个腰缠万贯的"企业家",然而她不可爱,不可爱的原因很多,其中之一是少了一点女人味和一点慵懒,那种高贵的、诗意的、纯洁的、虚灵的慵懒。

的确,慵懒也是美丽的。

劳碌和好动,改变着这个世界,某种层面上也毁坏着这个世界。勤劳的猎人,是鸟儿和生灵们的敌人,猎人越勤奋,生灵们越是不幸;那个慵懒的隐士,是生灵们的朋友,他栖居的村居篱笆,他漫游的山林幽谷,成了生灵的乐土,成了鸟儿的避难所。猎人以枪声和自然进行凶狠的对话,隐者模仿着鸟声,以温和的语言问候生灵,抚慰大地的创伤。我有时候想:生灵是希望我们多一些慵懒的,我们慵懒的时候,它们才少一些伤害多一分安全;大自然是喜欢我们多一些慵懒的,大自然最喜欢我们睡眠,我们睡着了,万物才得以休养生息,得以聚集恢宏壮美的气象。淘金者睡着了,河流恢复了诗的吟唱和清澈的波光倒影;伐木者和炸山者睡着了,群山和森林恢复了安宁厚道的仁者性情;征服者和役使者睡着了,那劳累的牛受伤的马,那被奴役的羊群,也都进入了和平的梦乡,有了暂且的安稳。

慵懒是美丽的。但慵懒的前提是工作。工作是美丽的:为那些善的事物、美的事物工作,是善的也是美的。而且应该勤奋:有人勤奋地砍树,我们就更勤奋地去植树,那么,我们将拥有葱茏茂盛的记忆;有人勤奋地嫉恨,我们就更勤奋地去爱,去创造;有人勤奋地吹奏泡沫、制造浊流,我们就更勤奋地护持上游的干净水源,守住心中的那眼清泉……

工作之后,勤奋之后,你感到有点疲倦,一种幸福的疲倦,这就是慵懒,是有为之后的无为,必然之后的超然,多么美丽的慵懒。

忙碌一天或忙碌一生之后,慵懒地,伸一个懒腰,然后熟睡过去,很好。

懒人坪的睡眠

有一个人很懒,懒得出奇,他却生活在一个非常勤奋的王朝里。皇上很勤奋,很忙,忙着出兵打仗,忙着搞文字狱,忙着与妃子们交欢;群臣很勤奋,很忙,忙着起草奏折,忙着谄媚,忙着互相告密;官吏很勤奋,很忙,忙着催租,忙着抓夫,忙着贪污;老百姓也很勤奋,很忙,忙着种地,可地里的庄稼一半叫蝗虫收了,一半叫官府收了,剩下的甚至不够来年的种子,于是他们忙着呼天叫地,忙着流浪乞讨,胆大一些的,就忙着聚在一起商量闹出点动静,忙着在夜晚磨刀霍霍。

这的确是个勤奋的、忙碌的王朝。对照起来,这里的懒人就懒得有些出格。一年到头,他日子过得很是散漫,本来就清贫,又从不好好料理自己,他的日子看起来就越来越窝囊,越来越向散架、干脆不过了的衰败情形滑落了。有时他懒得做饭,饿了,就在地里折一根玉米棒,就着泉水一粒一粒嚼着咽下去,有时就摘一根丝瓜、一颗柿子,一边走路一边吃。夏天,房前的杏子熟了,他也懒得上树采摘,就躺在杏树下张着口望着树上黄的杏子,就有杏子三三两两掉进他的口里。他说他这是真正的吃素吃斋,他说他吃的是天饭,天是好的,天不会喂他不能吃的东西。长期吃天饭,吃素,他身体消瘦文弱,官府几次抓兵到了他的家门口,瞅了他两眼就摇着头退回去了,心好一些的官吏还说,这家伙瘦成这样,一定病入膏肓了,还不赶快找个郎中看看。

这懒人有一把年纪了,却懒得结婚,懒得找女人。他听说过山外有些恶劣淫邪的男人,家里有老婆,却还要到外面乱搞别人的女人,有的还做出拦路强奸的邪恶勾当。他实在不理解那种衣冠禽兽的德行。他说，他懒得结婚，你们白天忙，黑夜忙，白天忙了一张嘴，晚上忙弄出些无辜的孩儿，还不是受苦受难，让朝廷抓去做了炮灰，好一些的，也就是学而优则仕，到官府做个战战兢兢、折腰摧眉的奴才。白天忙一张嘴我完全同意，凡生灵都要顾一张嘴，晚上不厌其烦地忙我就不明白了。我太懒，不好，但我不想改这懒，晚上有月光在窗前照我就很好了；你们太忙，也不好，夜夜做那事，我不知道你们哪来那么多闲劲。我是个懒人，月亮也是个懒月亮，太阳也是个懒太阳，星星也都是懒星星，他们什么也不做，就走走路，在天上转圈儿发些光，你们说，天地还不是靠这些懒家伙照亮的？

这懒人懒得挣钱，有时一些人家让他帮忙做事，给他付工钱，他不要，他懒得数钱，懒得保管钱，他说钱这东西千人用万人用，很脏，钱上面有数不清的虫子，钱越多，积攒的虫子越多，人就要生怪病，钱越多的人怪病越多。他对人家说，需要帮什么忙做什么活儿，吆喝一声我就来了，管顿饭就成，我是来帮忙的，不是来拿你家钱的。

这懒人懒得栽树，也懒得砍树，房前屋后却长满了树，松树、柏树、槐树、桃树、李树、杏树、枣树、银杏树、杨树、棕榈树、青冈树、冬青树、花椒树、木瓜树、核桃树、柳树……他的手里从来没握过斧头或者别的什么凶器，鸟不害怕他，兔子不害怕他，松鼠不害怕他，刺猬不害怕他，它们把远山的树种衔到这里藏起来，吃不完，就发了芽长成了树。那些忙着砍树的勤快人家，把自家山上的树砍完了，就偷偷到他的林子里砍树，懒人装做没看见，他也不怕他们偷砍一点，他的林子太密，让他们砍一点，正好让树们透透气。

这懒人懒得种花，也懒得折花，门前园子里、溪流边一年四季都有开不败的花，指甲花、菊花、水仙花、百合花、薄荷花、金银花、杜鹃花、牡丹花、太阳花、喇叭花、佛兰花、迎春花、铃兰、车前草、芍药花、紫罗兰、夜来香、山朱萸花、金盏花……蝴蝶来了，蜜蜂来了，把懒人的院落闹成一片花海，老远老远的姑娘和后生们都跑来赏花，而那懒人正在葫芦架下仰躺着打鼾，下垂的葫芦已快要碰到他的鼻梁，蝴蝶们快活地从他的鼻息和鼾声里飞过去又飞过来。

一次，蛇把他咬伤了，他也懒得报复，懒得去打蛇，他说，不怪蛇，怪我，人家躺在路上休息，我把人家踩疼了，人家才轻轻咬了我一口，等于向我打了一个招呼：下次不要再踩我。不知趣的老鼠也赶来凑热闹，到他的院落里安了家，还咬破了他的窗子，他也懒得去打老鼠，老鼠饿，老鼠也想讨口饭吃，老鼠急了，咬窗子，他却认为做了这等不该做的事，该由猫去管，至于猫怎么处理，他就懒得过问了，这是天意，就信这个天意。人小小的，与地上爬着的蚂蚁虫虫没什么两样，人只能管点小事，比如在院落前扎个竹篱笆，把淤积的泉和溪流淘一淘，疏通疏通，身上哪里痒了，就用手轻轻抓一抓，天气冷了，把衣服上的纽扣扣上。人就能做这些小事儿，大事，事关生死命运的大事，还是要由天意，他是个懒人，就信天意。

人们都笑他软弱、瘦弱、文弱、柔弱。总之是弱。懒人却说，弱了，别的东西才不害怕你，才跟你好，猎人不弱，把动物打死的打死，吓跑的吓跑，他只有到更深的山里、更陡的悬崖上去打猎，说不定有一天他会死在深山里或者从陡崖上摔下来，最后还是动物吃了他。人们觉得他说的话有一些傻，是弱人说的弱理，懒人讲的懒道。就到他房前屋后的林子里走一走，果然就看见许多松鼠、狐狸、山羊、麋鹿、美丽的菜花蛇、机敏的野猫；树丛里终日鸟声不断，百灵鸟、白头翁、清明鸟、布谷鸟、斑鸠、喜鹊、白鹤、黄鹂、黄莺、麻雀、鹦鹉、知更鸟、杜鹃、蝙蝠、猫头鹰、云雀……一年四季，这里好像都在举行音乐会，举行新婚典礼。

勤奋忙碌的人们，大部分都是希望出名的，在人群里闹腾出点名声，总是有些光彩的。秀才一辈子忙着写文章，除了在妻子和邻居那里赚了个"百无一用""老没出息"的名，似乎再无人知道他的名；乡绅也想扬名，就花钱买了个员外郎，是出名了，竟是骂名：花钱买个官，不值一文钱。懒人不知名为何物，当然也懒得出名。他想，名，不就是名吗？山有山名，水有水名，鸟有鸟名，树有树名，花有花名，草有草名，虫有虫名，人有人名，谁不是名人？偏偏名又不这么简单，一个骨子里不想出名的懒人，却偏偏名传四方：他已是远近闻名的著名懒人。有关他的传说也很多：说他从来不栽树也不砍树，他的四周却成了森林王国；他从来不种花也不折花，他的家却坐落在万花园里；他文弱，动物们却都爱上了他的好脾气，他出门，有众鸟相送，他返回，有狐狸和松鼠迎接……

这懒人活到九十六岁仍然还硬朗地活着。那些有妻室的人家养大了儿子，刚结婚不久，就被征到边关作战，许多就战死了，他们留下的孩子就成了孤儿，这些孤儿就逃到深山里找到这位懒爷爷，懒爷爷真的成了懒爷爷，一下子就有了一大群孙子，爷爷、爷爷地叫着，山鸣谷应，晨风暮霭里回响着清脆水灵的爷爷、爷爷、爷爷。

有一天，爷爷对着众孙子说话了：懒，是一种哲学，你们懂吗？人太厉害、太嚣张、太折腾了，就会伤害万物，伤害天道，折腾得天地万物都不得安宁；人要弱一些，谦卑一些，懒一些，老天爷不让做的事就不去做，老天爷让做的事才去做。天下的事那么多，你怎么知道老天爷让做或不让做呢？这就要用你的良心去听了。我懒了一辈子，不是不愿做事，而是不乱做事。懒人有懒福，我享的不是懒福，我享的是哲学的福，享的是天福。我这个懒的哲学，你们要好好去悟。为懒而懒，好吃懒做，那是不成的；但是，如果人们都懂一点懒的哲学，都懒一点，该做的才去做，不该做的就不做，该勤快的就要勤快，该懒的就要懒，对天地万物都有好处。

懒爷爷活到九十九岁零三个月，无疾而终。那一天，树木萧瑟，众鸟哀鸣，松鼠哭泣，狐狸绕着院落垂首转了三圈，老鼠也在这一天停止挖洞。在懒爷爷的坟头，两只狗流着泪守墓，不吃不喝，只是默默守着，三天三夜之后，哀号几声，便不知去向。

终于来了一帮勤快人，喧喧呼呼张张狂狂，又是砍树，又是炸山，又是打猎，林没了，泉干了，鸟飞了，生灵们灭绝了，这些聪明的勤快人嚼着好吃的野味，揣着胀鼓鼓的钱袋，满足地，得意地笑着。折腾完了，没什么事可做了，这里山穷水尽了，他们又瞅准另一处山水，喧呼着，张狂着，又折腾去了。

懒爷爷的坟头已被雨水冲平，不留什么痕迹了。只是有关他的传说还在零零星星地流传。他以他懒的一生为这个地方留下了一个名字：懒人坪。我这篇文字就写于懒人坪。

道路的睡眠

　　人、牛、马、驴、狗、羊、兔、蚂蚁、虫儿……都走在路上。大家都在路上寻来路，问去路，找出路。

　　路上的足音、蛩音永无停歇，路是大地的中枢神经，很少休息。

　　每当我走在一条路上，总免不了要想：这条路被走了多少年了？这条路走过去多少人和生灵？

　　那些人、牛、马、狗、羊、兔、蚂蚁、虫儿们，都去了哪里？

　　某时，我沿某条路走着，误入了一个墓地。才知道，早有人先我抵达这里，走进了一段碑文。

　　我就想，注定有一个地方，是我的长眠之地；注定要写上我碑文的那些文字，此刻就在我笔下由我摆布。它们貌似很服从我的样子，其实早就开始嘀咕：你的后事，必须由我记述！

　　我悚然一惊，满身虚汗。在永恒的星空下，我们做着一厢情愿的永恒之梦，而不容置疑的真相却是：你只是临时活着，临时在这，你的永恒籍贯，在别处。

　　在秦岭和巴山，我曾爬上很陡峭的悬崖，以为从来没人到过这儿，却看见树丛里有干透的或是半干的牛粪、羊粪和牛羊的蹄印，看见破碎的鞋、散落的绳子、锈蚀的镰刀，看见苔藓上人踩踏过的依稀脚印。顿时明白：这世上，只有你没有体验过的艰辛，却绝对没有你意料之外的艰辛。为了简单的生存，有多少人和生灵，一直在绝境上跋涉，在无路的地方冒险。

　　一只成年兔子走过的路，可谓九死一生。有多少天敌围追堵截，多少灾难如风般相随，它的一生就是被灾难追捕的一生，它的生存就是命运布设的种种煎熬和困境。它总算逃出来了，而那些没有逃出来的呢？暂且的安稳之后，等待它的，又是下一个煎熬和困境。假若兔子口述自己的一生，我们不会被励志，而是会被惊吓。兔子的一生很像生命共同的隐喻：我们被抛入这个无常世界，我们别无选择，我们只能跑，无论逃跑或奔跑。远远看去，跑的姿态是相似的，都有几分悲壮的样子。

即使是一只蚂蚁走过的路，一只蚱蜢走过的路，一条毛毛虫走过的路，一只蝈蝈走过的路，一只蜘蛛走过的路，一只蜗牛走过的路，都是英雄之路。在这个险象环生的世上，来过的一切生灵，和走失的一切生灵，都为了自己种族的延续，或冒险跋涉一生，或不幸遇难途中，它们都是值得缅怀的烈士，都是值得尊敬的英雄。

一只卑微的书虫，也在厚厚的书卷里，在自己命运的深沟巨壑和崇山峻岭里跋涉，它们走过赞美的文字，却没有一粒文字是赞美它们的；它们走过惊险的句子，却没有一个句子叙述它们的惊险。即使它们走在圣经或佛经那神圣的书页里，也没有一个字、一句话，为它们祈祷和祝福，它们被人无视着，也被神遗忘了。它们没有存在感，它们的存在几乎就是不存在。然而，它们沉默而孤寂地走过不为人知也不为神知的一代又一代，至今仍然固执地走在大英图书馆、巴黎图书馆、哈佛图书馆、莫斯科图书馆、北京图书馆等各大图书馆的亿万卷书页里。古往今来的文学家、诗人、思想家、哲学家、历史学家、博物学家、美学家、神学家们，他们不知疲倦地呕心沥血、著书立说。无疑，他们有着宏大的思路和美好旨趣，他们都在无意中为这些卑微的虫儿建造隐修的道场和生存的避难所，为它们在这个无处落脚的危险宇宙里，修筑了一条条隐藏于文字密林里的秘密小路，让它们为寻找自己种族的秘境和圣地，去冒险、奔跑、寻觅……

我们和无数生灵，都奔跑、行走在路上。

我们走得很累，很辛苦；生灵走得很累，很辛苦。

由于太累了，我们和生灵，都会在路的拐弯处或僻静处睡一会儿，然后继续赶路。

哲学的睡眠

但是，路却无法睡眠，路时时刻刻都醒着，醒着的路，才是我们能走的路。

路一旦睡过去，就被荒草和流沙淹没了。

为了我们和生灵有路可走，路不敢睡着，路一直醒着。

只是在足音、蛮音的缝隙里，路才能眯着眼养神片刻。

它忽然又被惊醒，是杂沓的声音的激流漫过来了。

白天，路是没有打盹和沉思的时间的。

所以，白天的路没有思想，它面前只有嘈杂的跫音和飞扬的尘埃。

到了夜深人静的时候，路难得地静了下来，睡一会儿，它就抓紧想想路上的事情。

路忽然打了个寒战，它忽然想到：走过去那么多的人，那么多的鞋子，那么多的生灵，那么多的跫音，它们都走到哪里去了？

此时，正是半夜，我走在一条千年古道上，我感到了路的战栗，我也一阵战栗。

我感到路在缅怀和祭奠。

缅怀那些潮水一样漫过去的跫音。

祭奠那些一去再不回来的背影……

旧衣服的睡眠

一

新衣服，也许好看，也许不好看，但都不耐看；而旧衣服是耐看的，即使破旧，即使不好看，那也耐看，因为那后面藏着时光和故事。

这就像新书与旧书，新书也许印制精美，但未必都值得一读；古旧的书呢，也许破损，也许残缺，也许不够经典，但凭它数十年、数百年长久流传的经历，就值得捧读和猜想。

比起新衣服，旧衣服是有历史、有内涵的"过来人"。若是遇到旧衣服和穿旧衣服的人，由不得就要多看几眼。

二

一件衣服从新穿到旧，与你肌肤相依，渐渐由陌生到熟悉，由隔膜到熨帖，由一件商品变成你身体的一部分，经历的一部分，生命的一部分，气息的一部分。

中国古典诗学把物我无隔、天人相融视作诗意的最高境界。而人与衣，在相逢、相依、相知和相融中，也能达到某种诗意境界。

一件好的衣服，不仅是合身的，而且是合意的，而最高境界是合神，即衣服与穿衣的人完全神貌相合，形魂交融。

这需要时间的磨合。

一件再合身的新衣服，刚刚穿到身上，总有些貌合神离的"隔"的感觉。你认识衣服，但衣服却不认识你，不接受你，不怎么亲近你。

当你穿上一件新衣服，衣是衣，你是你，衣服还只记着自己被染色裁剪、被加工制作、被讨价还价、被买卖的商品身世，它还没有从加工车间、从长途贩运的复杂惊险经历里回过神来。它无视你，不理你，它与你没感情。在衣服的眼里，你只是一个精明的买主，你不是它的朋友和知己。

刚上身的衣服保持着它物质的固执、冷漠和生硬，它徒有款式而没有内涵，徒有品牌而没有品位，徒有花色而没有神韵。它还没有从与你的朝夕相处中获得情思、经历、气质和风神。

一件衣服只有穿到一定时间，人与衣完全相合相融，彼此知根知底，有情有义，这件衣服才真正属于你。

你在穿这件衣，这件衣也在通过你体现和完成着自己；你在呵护这件衣，这件衣也在体贴着你，感念着你。

一件衣服穿久了，穿旧了，它就有了你的味道，你的神貌，你喜怒哀乐的表情和样子。

三

我隐约还记得父亲生前穿的那些衣服。父亲半生务农，他的衣服不多，几件衣服一穿就是好几年。在我的记忆里，父亲的衣服总是旧的，而父亲也是"旧的"。

这种"旧的"感觉，构成我对故乡、对农业、对土地的印象。是的，故乡是旧的，农业是旧的，土地是旧的，劳动是旧的，我们的父亲也是旧的。

如今，父亲走了，那个"旧的"父亲也永远不会再有了。

如今，旧的农业模式变了，露天的田地也渐被大棚所取代，大棚新倒是新，年年换新，但那是塑料的新，它呈现的是化学的表情，是冷漠且带着毒素的可疑表情。

我想看一眼旧的农业，旧的土地，旧的老屋，旧的故乡，旧的劳动的景象，却再也看不到了。

我现在回想到父亲身上的一些细节，觉得很珍贵。就说父亲穿的衣服吧，那时，父亲在田里干活，常常把衣服放在田埂上，我走在放学的路上，远远地，就看见田埂上父亲的旧衣服，旧衣服像蹲在田埂上的父亲，旧衣服在看着田里的父亲。这时候，我感到田里的父亲和田埂上带着他气息的衣服都在看着我，我隐约体会到"旧"之深沉，我感到了双倍的凝重和温暖。

而抬眼望去，旧的土地之上，旧的父亲之上，那旧的太阳，旧的月亮，旧的星星，旧的银河，旧的远山，旧的河流，旧的石桥，旧的寺庙，旧的老树，旧的老屋，旧的农具，旧的水磨房，旧的耕牛，旧的炊烟，旧的阡陌，旧的乡间小路……那是千百万年积累下的久和旧，是常看常新的久和旧，我此时顺着父亲的背影望过去，这一切都是那样值得怜惜、感激和尊敬……

四

我想，老子彼时该是穿着一身素白旧衣，于水边冥想，骑青牛徐行，他那落满时光尘埃的宽广衣袖，飘曳了数千年，直到此时，依然卷舒着我的思绪；庄子肯定不会轻易扔掉他那身旧青衫，与我们一样，他的身体也不得不包裹在有限的款式里，而他的心灵和思想，则超越有限的尺寸，抵达宇宙的无限；屈原该是穿着那身缀满芝兰香草的缟衣长衫，独立荒原，吐纳天河，向上苍发出一连串凝重的天问；田园的清风轻拂着陶渊明的布衣素襟，种豆溪畔，溪韵翻作诗韵，采菊东篱，菊香化作魂香——那只能是他，在朴素的劳作里领悟生命的深意，俯仰之间，悠然看见永恒的南山；杜甫、苏东坡、辛弃疾、陆游、李清照、马致远、曹雪芹、达摩、慧能、皎然、弘一……在我的想象里，他们都旧衣飘飘，银发苍然。他们缓缓走过苍烟落照，走过小桥流水，胸臆间生发出辽阔深厚的智慧和诗情，和岁月一起化作青山，成为永恒的经典。

五

我的记忆里，保留着的父亲的背影，外婆的背影，邻居叔叔婶婶们的背影，小学老师的背影，他们都是穿着素衫旧衣的，他们越去越远,与时光一起,变成越来越旧、越来越深的历史。

一个我所尊敬的素衣华发的长者,他总是坐在旧的沙发和藤椅上,经常捧着一卷旧书,在旧的本子上写着些什么,他是念旧的人,喜欢怀古,总是缅想那些流逝了的时光,总是想挽留那些快速消失的古旧事物和古旧风情,他怀念古桥、古树、古井、古楼、古塔、古庙,他牵挂旧友、旧情、旧事、旧书。跟他在一起,就好像是跟一段旧时光在一起,那旧时光汇入了你的生命里,你的生命之河也有了深沉宽阔的河床和繁复交叠的波光倒影……

六

如今,我们越来越见不到旧衣服,越来越见不到穿旧衣服的人。

用过即扔,不停地、快速地弃旧换新,成为一种生活态度和方式。求新,唯新,追新,拜新……新,几乎成为一种宗教,一种神灵。新的是好的,是酷,是先锋,是方向,是主流;旧的是不好的,是保守,是落后,是迂腐。

于是,快速忘旧逐新,快速删旧刷新,快速毁旧造新。在永远崭新的新新世界里,想看一座旧桥,想走一段旧路,想住一间旧屋,想读一本旧书,想找一块旧瓦、旧砖头,都成了收藏家的奢侈行为;你想到旧城墙走走看看,也得坐车到千里之外买门票上去,这旧城墙多半还是仿古的,是假的。

在城市的人群里,你想看见一个穿旧衣的、质朴的人,很难。

七

衣服穿不了多久,洗不了几次,就被扔了。衣服刚刚熟悉你,刚刚和你有了感情,就被遗弃了。

如今的衣服寿命短,多数都是半途夭折的,都是盛年早逝的。如今的衣服,只有自己的懵懂少年和绚烂青年,没有或很少有自己的淡定中年、沧桑壮年和深沉晚年,衣服们都没有来得及完成和表达自己,这一生就无疾而终了。

如今的衣服不敢对穿衣的人有情义,因为人对它是那么薄情和寡义。

曾经,衣服对人,是有着郑重的托付和信赖的,它把自己的一生都交托给这个人了,它依依地,体贴着这个人的身体和心情,珍惜着相遇相依的缘分。衣者,依也,依依也,不舍也。即使这个人睡着了,衣服却醒着,衣服在一旁为他守夜。即使把衣服挂起来晾晒,衣服也固执地保持着穿衣人的身形,衣服不会随波逐流、趋炎附势,轻易改变对一个人的依恋。即使有人偷走了你的衣服,衣服也拒绝乔装那个可疑的身体,衣服思念着它熟悉的那个身体,它坚贞地保持着自己本来的款式,等待着熟悉的身影来认领;即使把衣服折叠了放在柜子里,年深月久起了皱褶,你一旦抖开它,它立即便记起你,也记起了它本来的样式,你把它穿在身上,还是那么贴身,像老朋友贴着身子那样,与你轻声叙旧、相互取暖。

如今,每个人的穿着都与服装产业捆绑在一起了,穿衣成为拉动产业的商业行为,人们必须不停地消费,不停地废弃,不停地扔,不停地弃旧换新,才能有效刺激该产业的花样翻新、市场竞争和利润升级。衣服,很快脱尽了数千年来深藏在皱褶经纬里的母性的手温和柔情,脱尽了蕴含在襟裾领袖里的幽思和寄托,成为没有情感、没有经历、没有意味的物质,成为用过即扔的一次性商品。

衣的情思,衣的纯粹,衣的等待,衣的托付,就这样被人冷落了,被人辜负了,被人遗忘了。

八

我常常在肮脏的垃圾堆里,在废水沟里,在浑浊破败的河边,在尘土飞扬的路旁,在路旁的小树林里,看见许多被抛弃的衣服,它们还是半新、七成新、八成新的,并不算破旧,质地也不错,就被随手扔了。衣服们还带着穿衣人的体味和身形,还带着他的气息。

穿衣人连自己的体味、身形和气息都毫不留恋地扔了,连与自己肌肤相亲的一段经历都无情地扔了，而且将它们与垃圾、污水归于一类，那么，他还有什么不能扔、不敢扔的呢？

九

有怎样的消费方式，就会感染和熏陶出与这种消费方式相对应的生活方式和情感方式。消费方式造就着消费者对生活的态度，对自然的态度，对生命的态度，对情感的态度。当"一次性消费，用过即扔"成为一个人的习惯和信条时，延伸到他内心的，则是对与自己的生活发生过关联的事物所包含的精神价值的漠然不屑。

在不停制造和经历着"速朽"事实的人们那里，在一次性用过即扔的消费者那里，对自然、生命和生活采取实用主义态度，采取一次性用过即扔的态度，几乎成为他们唯一"正确"的态度。那么，对一片山水，对一种交往，对一场情爱，对一次邂逅，对一种友谊，是否都可以如同对一件衣服一样，"一次性消费，用过即扔"呢？

在"一切都是一次性，一切都是速朽"的生存语境里，让人们相信精神价值的永恒和崇高生命的不朽，几乎是不大可能的。由此，我们也就明白了消费主义的危害：当消费主义不只成为一种生活方式，而且成为一种统治人们的意识形态时，人们便无时无地不生活在眼花缭乱的广告的诱拐中，无时无地不浸泡在物质消费的汹涌狂潮中；消费主义把一切（包括物质世界和精神世界的一切）都视为消费之物，把生命过程视为消费过程，把成功标准等同于名利的占有份额，把幸福指数定义为消费指数。本来，人的生命本质说到底是一个精神体，人生的过程是领悟生命和宇宙奥义的精神过程，然而消费主义把本应具有无限精神内涵的人类，锁定在极其狭窄浮浅的物质消费空间，拒斥和遮蔽了来自宇宙和生命深处的精神光芒和超越意识，瓦解和取消了人的生命本质中蕴藏的丰富精神内涵，而把人类改写成用高科技武装起来的、专事高消费活动的精致蝗虫。消费主义造成了这样一种生存逻辑：市场之外、物质之外、消费之外，人类再无精神彼岸，再无人生意义，再无崇高境界。就这样，消费主义操控了人生态度，堵截了精神方向，取消了人的超越意识，由外而内、潜移默化地逐渐消解了人对生活、对生命、对自然的敬畏、敬惜的感情，消解了人对世界对万物应该怀有的神圣和庄严的感情，人对世间万物，对人生境遇，不再有诗意的感动和审美的发现，不再有更高的价值领悟，更不会产生神性的冥想，而只会觉得面对的这一切不过是消费的对象，不过是消费的过程与机会而已。这就纯然把人变成匍匐于物质尘埃中的欲望之躯和消费机器。属于人的那些深邃的精神内涵没有了，人也就丧失了信仰的心灵源泉和生命的深沉情怀。消费主义所到之处，精神信仰必然沦陷。

消费主义消解了万物的神性和存在的诗意，脱掉了我们精神的内衣和传统的衬衣，也彻底掏空了我们的内心，最终瓦解和取消了生命的意义。

十

我曾看见，一阵大风将随意抛弃在地上的、半新不旧的衣服卷起来，挂在一根根电线杆上，衣服以人体的形象在风里左摇右晃，前拉后扯，渐被撕碎。我忽然一阵心惊，这些被抛弃的衣服，何尝不是物质主义时代里人的处境的写照：在命运鼓荡的狂风里，没有灵魂和常性，没有可托付的价值归宿和精神彼岸，于是左摇右晃，前拉后扯，最终被无常撕碎。

而时时求新、追新拜新的人们，还有念旧怀旧的情思吗？还有对人世和山川的不舍之情、不忍之心吗？还有那种"万人丛中一握手，使我衣袖十年香"的古道热肠、深情厚谊吗？

十一

我常常想，在荒凉的宇宙里，在狭小的地球上，在不断遭受疯狂耗损而变得贫瘠、匮乏的自然里，人，不应该是华丽、簇新、奢侈、浪费、铺张、贪得无厌、张牙舞爪的样子，那越来越贫瘠的自然，根本无法养活过量的奢侈人群和日益膨胀的物质贪欲。人，应该保持节制、安静、谦卑和俭约，保持一种本色的朴素和适度的清贫。这样的人，无疑显得有些旧，却从根性上保持着自然品格和朴素美德，这才是与同样清贫和朴素的大自然般配的人，才是愿意与艰辛的大自然荣辱与共的人。

十二

许多年了，我一直渴望，在喧嚣的市声里，在汹涌的人潮里，缓缓走来一位素衣旧衫、面相高古、神情安详的智者，我会走过去向他鞠躬，拜他为师，与他成为忘年交，听他说些旧年旧事，聊些旧书旧人，叙些旧情旧梦，让时光慢下来，让心境定下来，静静地，缓缓地，我们把日子拉长，让生命变宽，让夜色加深，让自然和万物衰退的速度变慢，也让自己的心境变得幽旷如太古。

抬起头，凝眸，这素衣旧衫的智者，坐在我的面前，他就是时光派来的长老，他不是来自我们当下的这个魂不守舍的浅薄世界，他来自更远的生命源头，来自苍茫的时间上游，他一路走过古道斜阳，走过小桥流水，走过老街深巷，他为我带来古老的真理和生命的幽思。一千年风痕月迹，织满他素衣的经经纬纬；八万里水光山色，浸染他旧衫的皱皱褶褶。他的素衣旧衫里，每一个衣兜都揣着传说，每一个纽扣都缀着情思，每一个补丁都藏着故事。他使此刻的宇宙，此刻的生活，不再喧嚣而慌张，不再混乱而迷茫，不再浮华而空洞；因了他的到来，山水重归幽深，天地重归苍茫，人世重归质朴。此时，山水间氤氲着意境，天地间充满了悬念，人世间缭绕着远情。青鸟飞过的影子投在我们之间，哦，天意与人世，在默默地互相映照。这一刻，我感到人活着，竟是如此天高地阔，意味深长。

十三

一个人活在世上，应该有几个老朋友，也应该有几件旧衣服。

裤子的睡眠

对裤子的伦理学遐思

哲学家卢梭说:"人,生而自由,却无往不在枷锁中"。这话我是信了。

此刻,我在家中伏案写字,热浪袭人,汗流浃背,我脱了上衣,还是很热,但我就是不敢脱掉汗湿的裤子。虽然此刻家里就我一人,不会对谁造成有碍观瞻的难堪印象。

那么,我是顾忌什么呢?

细想来,我们顾忌的,其实并不完全是别人,虽然我们首先顾忌的,总是别人,但不仅是别人,我们还要顾忌自己。

这是因为:在生物学意义的"原我"之上,还有一个被族群文化塑造出来的"自我",在"自我"之上,还有一个体现我们更高价值和完美形态的、接近于半人半神的"超我"。我们作为一个人,实在是由多重形象、多重意志、多重想象构成的复合体。在看不见的地方、在暗中,在我们退出人群,一人独处的时候,我们仍然被别的意志、别的形象、别的想象有力地掌控着。此刻,就是这"自我""超我"在监控着我、审视着我、褒贬着我、定夺着我。在炎热中,"原我"想赤身裸体,想脱掉裤子享受清凉,"自我"却反对脱掉裤子,"自我"不愿意看见自己完全裸露、不知羞耻的身体,"超我"代表最高的意志,鼓励我不要顺从身体的原始意志,而要服从神的意志——于是,在大汗淋漓中,我依然忠实地服从裤子的遮蔽,并心甘情愿接受着裤子的折磨。

那么,我是为谁顽强地穿着这汗湿的、本来可以不穿的裤子?

我已经不是为自己身体的需要而穿这条裤子,因为,我此时的身体恰恰不需要裤子。我固执地穿着裤子,其实是为那看不见的"自我"和"超我"而穿的,他们不允许出现一个不被文明默认、不被"自我"放行、不被"超我"许可的原始人的形象。

就这样,我被柔软的枷锁套着,度过了一个炎热汗湿的午后。

一直在暗处管控我的"自我"和"超我",对浸在汗水里终于没有脱掉裤子的"原我",表示了肯定和赞许。

于是,我心里有了清凉的慰藉。

最终,我那"原我"不仅感到了一种全身汗透的舒坦,同时还得到"自我"和"超我"两位大侠、真神的赞许和表扬,他感到不胜荣幸。

于是,构成我的复合体的各位同仁(原我、自我、超我),皆大欢喜。

于是,我赞美裤子。

看古代的人物画,男女服装都是长襟广袖,尤其仕女,那真是盛装华严,云遮雾罩,他们的身体被文化的禁忌和礼仪层层修饰,层层看管,层层加密,他们被严谨修饰和包裹的身体,就变得神秘、高贵,甚至有了几分神圣感。也因此,女性的身体有了更大的诱惑力,因为神秘与诱惑是正比关系,越神秘就越有诱惑力。也因此,古代的男女关系就严肃而神圣,不容轻薄和随便。一个身体走向一个身体,直到接近一个身体,就成为一种隆重而盛大的仪式,有点宗教朝圣的意味。不仅男女之间如此,即使同性别之间的交往和接触,也必须通过一道道礼仪的程序,才能缓缓到达对方。我们当然可以说这有些繁文缛节,但是我们必须看到:古人仪式化的生活,体现的正是他们对生活的尊重,对身体的尊敬。由此,生活和身体都获得了意义感和庄严感,也由此加强了身体与身体相遇时的神秘感、新鲜感和幸福感。我猜想,严肃的古人对身体、对性爱的感受,比过于随便的现代人要强烈得多,深刻得多,也美好得多。现代人解放了身体,也弃置了心灵,也就弃置了身体内的无限蕴藏;现代人放纵了性，却压抑了、抽空了情，也就瓦解和取消了性本身的生命内涵。其结果是人的身体贬值，性行为成为一种荒谬的器官操作和空洞的动物行为。

现代人越穿越露，其露的程度与观念开放的程度成正比。观念的解禁带来的是身体的解禁，解到最后，身体的神秘感就没有了。伴随神秘感的弱化和消失，对身体的禁忌也就随之失效。过于随便的身体接触也就开始通行。这当然是一种解放。但任何事物的发生都是双刃的。极端的观念解放和完全的身体解禁，也将导致身体的尊严感、美感的弱化乃至丧失。一览无余的事物是没有魅力的。而世间并没有一览无余的事物，比如身体，它是经过亿万年演化才形成的，我们的身体里压缩和储藏着亿万年种群的、族群的生命密码和文化密码。而对身体的轻薄和随便，恰恰是将深奥的身体浅薄化了，将尊贵的身体庸俗化了，将庄严的身体玩具化了，将美好的爱情色情化了。最终是将生活游戏化、泡沫化和垃圾化，从而也就取消了生活的意义，使身体和生活都成为没意思的浅薄游戏。

由此可见，身体和生活，都需要适度的禁忌，需要适度的仪式感和宗教感，否则，必然堕入游戏化、泡沫化、无聊化、无耻化、虚无化和垃圾化的境地。

对裤子的美学幽思

在初夏的河湾，我看见从天上降下一位美神，她陶醉在那片芳菲地、碧草湾。她赤裸着身体，和五月坐在一起，和透明的风坐在一起，和青草、野花、露珠、虫儿坐在一起，和一首安静的诗坐在一起。

天空，也一件一件，脱去黑的外套，脱去白的衬衣，脱去灰的裤子，解下虹的领带，这时候，诗神惊喜地看见了，一丝不挂的天空，那动人的蓝色裸体。

此刻，亦是裸体的太阳，在宇宙深处，旋转着，飞翔着，把无数的热吻，抛向所有膜拜光明的身体。

河流赤裸着水的胴体，生动地勾勒出土地的轮廓，守身如玉的古典女神，那裸体的、光明洁净的母性啊，鱼在你的怀里接受抚爱，鸟在你的波浪里学会了歌唱，饥渴的男人走向你，你以母性的情感和耐心，打湿他们燥热的灵魂，清洗他们被生活弄脏了的身体。

赤裸的事物是天真的，有一种无邪的美感。火焰是裸体的，光是裸体的，水是裸体的，瀑布是裸体的，河流是裸体的，大海是裸体的，雪是裸体的，婴儿是裸体的，月亮是裸体的，银河是裸体的，太阳是裸体的，我想象中的上帝，也应该是裸体的，不能设想，一个穿着裤子被各种外套、各种头衔包裹得严严实实的上帝，会是一个光明磊落的上帝。

我也不能想象，一个穿着裤子的宇宙，那得需要一条多大款式的裤子？一条款式和尺寸必须比无限还要大的裤子，才能遮住宇宙那无限大的大腿和臀部，我不能想象会有这样一条裤子。

多亏宇宙不穿裤子，不穿衣服，才节省了布匹，让我们有了穿不完的裤子，穿不完的衣服。而赤裸的宇宙，让我们随时都能看见他无限的广袤、璀璨和神秘，我们被那不可思议的美迷得如醉如痴。

人脱去裤子，脱去衣服，就成了裸体；衣服、裤子脱去人，衣服、裤子也变成了裸体。在变成衣裤之前，它们是裸体的棉花和丝绸。我喜欢欣赏没有被穿过的衣裤，我更喜欢欣赏还没有被裁成衣裤的棉花和丝绸，我尤其喜欢欣赏还没有被采摘的、生长在野地里的棉花和桑叶。

我看见，远古荒原上，盘古赤裸着身体，开天辟地；女娲赤裸着身体，补天缝地；后羿赤裸着身体，追天射日；而嫦娥呢，她从人间带去月宫的衣服和裤子，早被雨打风吹去，她赤裸着身体，从月宫望向人间，只望见形形色色的衣服、裤子和帽子，却望不见人。所以，她不敢回来了，怕认错了人。

我发现，传说中的大英雄，都是裸体的。神仙们的霓衣霞裳，只是一些缥缈的云雾。其实，天上的神仙们，也都是裸体的，一个穿着裤子的神仙，肯定是假的神仙。

衣服越来越多，越来越多，越来越看不见真实的人，也看不见真实的灵魂。一部文明史，就是一部制造衣服、剪裁裤子的历史，一部制造戏装的历史。人穿上戏装，就可以上演真真假假的戏。

历史上所谓叛逆者，其实就是那些敢于脱去外套，裸露自己真实形象和灵魂的人，并且，他们在严密的文明外衣上和一本正经的裤子上，划出一些口子，或干脆脱掉它，让人们看见历史身上的骨头、肌肉、病菌和伤口，研究需要诊治的暗疾和病灶。

曾经，皇帝的衣服是最讲究的，据说龙袍里裹着的不是一个凡人，而是一条真龙。只有太监明白：这是一条只能在澡堂里遨游的龙，有时，浑身都是病毒，而且流脓。

揭去龙袍，终于看见，不是龙，而是脓啊。

衣裤当然是必须品，为了装饰更多的身体，必须制造更多的衣裤。

而当身体的某些部位发痒或疼痛，衣裤就成了治疗的障碍，这时候，只有脱去它们，才能找到病灶，才能做外科和内科手术。

穿上衣裤表演了一天，实在有些累了，找个没人的地方脱掉衣裤，是对身体的一次解放，也是对衣裤的一次解放，它们也累了，它们想躺下来休息，它们想回到棉田和桑林，重新变成洁白的棉花和青翠的桑叶。

为什么不能赤裸着身体，喝一壶酒，品一杯茶，读一本书？为什么不能赤裸着身体，写一首可以传世的诗？为什么不能赤裸着身体，举行自己的或别人的婚礼？

对裤子的诗学逸思

当语言脱去了社会学的帽子、逻辑的衣服、语法的领带和修辞的裤子，就变成赤身裸体的一个个符号。赤身裸体的字们，是母语的赤子，赤子们在一起自由行走，走着走着，就走成了一首诗。

那些不好看、诗味寡淡、诗性不足的所谓诗，多数是因为其语言穿了太多的社会学外套、经济学衬衣、修辞学领带、政治学裤子，有时还戴一顶伪哲学的帽子，用这种失去贞洁的、被反复污染、被层层遮蔽的陈词滥调制作的所谓诗，其实是一堆语言的废布、废棉絮和破衣烂裤，除了散发一些废气，其诗性元素，接近于零。

诗是语言的返璞归真。诗是语言的无限返回，诗是对过度成人化、实用化、媒体化、商业化、广告化、娱乐化、世俗化、通用化、快餐化、泡沫化、碎片化、垃圾化、目的化的语言的叛逆和拯救，诗是语言向童年、向天真、向羞涩、向清洁、向源头、向远古祭坛、向人神不分、向天目明澈、向无目的的澄明原始之境的无限回归。

写诗（包括一切真正意义上的写作），其实就是与陈词滥调的斗争，就是为了捍卫母语之神性、诗性和纯粹性，而与包围、蚕食、腐蚀母语的无所不在的世俗功利性和意识形态污染以及商业冲动所展开的近乎肉搏的神圣战斗，真正的诗人和杰出的写作者，终其一生都在进行这种看不见的、微妙的、严苛的、深邃的，只能前行不能后退的持久战，其目的是卸掉语言的锁链，清洗语言的尘垢，澄明语言的深湖，使之返璞归真，找回并恢复母语在无节制滥用中被丢失的那些近似于巫性的、通灵的珍贵属性，恢复语言的命名、象征和隐喻功能，从而更深刻地揭示存在的真相，抵达生命和心灵的深处和幽微之处。

写诗，就是做语言的减法，就是不断地减，减去堆积在语词上的历史的、现实的、逻辑的、社会的、政治的、商业的、新闻的、消费的等层层锈迹、雀斑、污垢和病毒，直到语言变得干净透明，呈现出看上去似乎空无一物，实则深不可测的空灵意境，如一泓澄澈古潭，映照出天空和无限。

写诗，就是在心象和物象互相交映所构成的某种情境里，为了用微妙的语言呈现我们微妙的诗心和宇宙心，而对语言进行的返璞归真的还原过程，也即是对语言进行一系列解衣的过程，这个过程微妙、精细、深幽、传神、委婉、含蓄、羞涩，我们一件件解去与诗、与心、与性灵、与意境无关的套在语言身上的重重叠叠的衣服和饰物，解去风衣，解去外套，解去领带，解去衬衣，解去裤子，解去袜子，解去首饰……终于，原初的、本然的、精微的、赤裸的、清澈的、深湛的、羞涩的、水晶般透明的语言呈现出来了——于是，诗出现了。一种清澈的宇宙情调和深湛的生命意境，随之出现了。

比起其他那些穿着各种外套和裤子的文体，诗，可能就是文学中的裸体？

对裤子的哲学玄思

我们的身体，为爱着和暗恋着我们的人，提供了一生的想象。

有时候，我觉得人实在有些可怜，我们为了某一具渴慕着、艳羡着的身体，竟不惜铤而走险，仿佛那具身体是由天国的瑰丽材料做成，仿佛那具身体是天国的一个迷人特区。其实呢，拥有那具身体的那个人，他（她）最清楚自己身体的肉身属性和凡俗属性，他（她）甚至不满意自己身体的种种生理本能，比如咀嚼、打嗝、冒汗、排泄，等等，他（她）甚至厌恶自己身体所保留的动物特征。可是，隔着华丽的盛装，隔着讲究的衣裤和饰物，那具身体却俨然成了渴慕者、暗恋者无限痴迷和膜拜的宝贝，成为神灵的化身了。有人为了占有一具或数具自己艳羡贪恋的身体，竟不惜一掷千金，贪污犯罪，敢冒杀头之险。

何以身体有如此的魔力？

其实呢，老子一语道破："吾所以有大患者，为吾有身，及吾无身，吾有何患？"意即：我之所以沉迷忧患，都是因为我有一具肉身的缘故，若没有这一具肉身，我还有什么可忧患的呢？

是啊，我们的痴迷、贪婪，不能彻底看透和解脱，确是由于我们的这一具身体。身体是一切感受，包括痴迷、魅惑、滥情、性感、快感、贪念的根源，身体既是我们灵魂的客厅，也是我们灵魂的监狱。何况身体又常常被层层叠叠的衣裤和饰物云遮雾罩地装饰着，这就使

哲学的睡眠

我们更难看透和超脱了。

佛教修行者就设计了一个看透和解脱的法门：面对一个俊男或美女，若有色念生起，就赶紧闭目做"骷髅观"，即通过想象，脱去其华丽的外衣，把对方还原成骷髅的丑陋形态，自会打消妄念，而生起菩提正念。

为了满足身体的种种需要，我们劳碌、折腾了一生，而这具身体迟早要灰飞烟灭，那么，忙乎了一生，岂不都是徒劳，白忙乎了一场？

不过，话说回来，如果所有人都超越了身体，不再有对身体的迷恋和念想，人类这个物种怕就要终结了。

对肉身之欲，人要做的就是知足、知耻、知止，要培养正念、善念、般若之念和慈悲之心，将心念、精力更多地投入到怜惜万物、博爱众生的慈心善行之中，这才是行天地正道。

不止一次，我在梦里梦见自己忘记穿裤子，忘记穿衣服，赤裸着误入了人来人往的大街，我羞愧得赶紧蹲下来，赶紧藏进树丛里，多亏及时出现了这片树丛，它魔幻般出现在我需要隐身的地方，我紧张地藏在那树丛里一动不动，看着人群和车流一波波走过去。直到梦醒，我依然躲在那片丛林里不敢出来，我依然为自己不合时宜的裸身出走羞愧不已。这时，窗外一串鸡啼，终于将我叫醒，但我还是心有余悸，不相信自己是在自家床上，我掐了几下一直蜷缩在丛林里弯曲得酸困的大腿，痛感如实告诉我：我确实不在大街上，是在家里的床上。于是，我用力睁开眼睛——终于，我看见了窗外的晨曦，我收回羞愧了一夜的身体，我终于从布满禁忌的大街，从蜷缩了一夜的那片幽暗丛林里走了出来，我终于返回床上，返回自己。

你看，我在梦里奔跑，裤子也一直紧随身后在追捕我，非要捉拿我不可，要将我的身体关押进裤子里。而我也心甘情愿地服从裤子的追捕，只有钻进了裤子，我的身体和心魂，才觉得体面和惬意，仿佛衣服、裤子才是身体的家，只有把身体关押在衣服、裤子里，才算回到了家里。

身体和裤子，谁是真相谁是假象？无疑身体是本体，是真相，裤子是饰物，是假象。但是，我们常常被假象所惑，并安于或得意于假象对真相的遮蔽和修饰。甚至假象比真相和本体更重要，更高级。当我们把身体装进衣服和裤子，我们才感到了回家的心安。

说什么大侠，充什么英雄，称什么豪杰，其实，许多时候，我们常常逃不脱一条裤子对我们的统治。

所有的裤子都只是暂时伴随我们的双腿和身体，我们的双腿和身体注定要远行，要出走，直到走失，去向不明，永不归来。

一条条被我们穿过的裤子，都到哪里去了？与我们一样，它们也将返回泥土，重新变成棉花，变成草木，变成桑叶，很可能将被再次纺成纱，织成布，做成裤子，那时，它将被穿在谁的身上？

也许，宇宙就是上帝的一条特大号裤子，人和生灵，是那豪华裤缝里蠕动的虱子？

一切音乐都会变成寂静，一切花朵都会变成尘泥，一切存在都会变成不存在，一切所谓的目的都会变成毫无目的，一切精心缝制的裤子都会被时间脱去——而时间仍带着我们看不见的双腿，在我们消失的地方和从未到过的地方继续奔跑，永世奔跑，一直跑向时间的尽头……

海边的睡眠

1992年秋,我到山东半岛最东端的荣成市,旅游、看海,同时想碰碰运气看能否在此地谋个差事,若如愿,就辞了内地的饭碗,到海边生活,听潮、观海,在天蓝与海蓝之间,折叠自己的余年倒影。

走访了十数个机关和单位,多数都不理想,心里期许的,却无虚位以待,递上去的若干表格和申请,有的石沉大海,渺无回音;有的礼貌退回,再无下文。遂转身将那白纸黑字揉了,转投大海。海,倒是都一一接纳了,并不退回,且哗啦啦地表示欢迎,欢迎我下海——当然,除此之外,再无下文。

求职无着,我心里并不懊丧,整天还欣喜着,兴冲冲走路,兴冲冲乱逛,兴冲冲张望。这欣喜,似乎没理由,其实也有一个很大的理由:身边,横卧着沧海,横卧着浩瀚和蔚蓝,横卧着——让我直白地说了吧:以前,以为永恒和无限离我很远很远,永恒在永恒那儿永恒着,无限在无限那儿无限着,却忽然,发现——嗨,永恒与无限就在我的身边,我的身边,就横卧着永恒和无限。

我多年来呕心沥血,一直在诗的写作里,用繁复的语言和意象,试图提炼和呈现的那个充满象征和隐喻,充满生命体验和终极关切的澄明、深邃、博大境界,此刻就在身边——原来,亲爱的大海,这位最伟大的史诗级诗人,早就呈现了人所能想象的至深、至大的心灵境界。海,一部大自然的神曲,一首卷帙浩繁的盐的史诗,就展开在我的面前。

大海的一声长叹,说尽了我们心中一切的一切。在大海的史诗面前,人的喋喋不休、万语千言,只是几句胡言乱语,只是几句微不足道的插嘴。

那个中午，天很晴，海很蓝，人很慵懒，我步行来到荣成最东边，也是陆地尽头的石岛。坐在石岛临海的小山上，偎着一块岩石静静地看海，看天蓝与海蓝互相惊艳，互相凝视，互相提炼，正把这悠悠正午，提炼成一卷蔚蓝，一声浩叹。

那么，在海的视线里，在海那一眼望尽千秋的眼睛里，我是什么呢？

海，他在心里该是多么同情我啊，我如此之小，小如微尘沙粒，小到几乎不存在——不，在海的眼里，小小的我，不是小到几乎不存在，而是根本就不存在。

是的，海很大，海的庭院很宽很宽，然而，除了小孩，大人们都知道，海并不是一个供生命悠然散步的庭院，更不是一首抒情长诗。我知道，此刻，平静的大海内部，展开的并不是生命的喜庆联欢，而是惨烈的争斗、血腥的宴席。巨鲸小虾、飞鸟游鱼，都在其中挣扎或倾轧，都在饮血或流血，都在黑暗深渊里沉浮出没，都在为拯救自己的命运，而不惜把别的命运置于死地或推入深渊。而大海，他就是不把那满肚子的盐和苦水，以及满肚子的血腥和辛酸事件一语道破，而是极有涵养地保持着他那蔚蓝的笑意和有容乃大的风度，并且不停地给岸上看海的人们，送去所谓美的享受和心的震撼。那美感，多数时间是按照"天蓝海碧云白沙软"的标准配方配送的，黄金海岸嘛，买票来到这里的人们，想要消费的就是这些好看，这些惬意，这些甜点，这些所谓的美感，这些是供小资和中产们消遣和把玩的。

当然，渺小的人类，渺小的我，需要这些安慰。

渺小的人类，渺小的我，常常需要巨大的安慰，用以对冲笼罩我们渺小生命的那些巨大的不安、焦虑和茫然。

那么，陆地呢，被海浸泡和喂养的陆地呢？

依我看，陆地的每一页历史，也浸透了苦痛与海水，那些最深刻的叙述，绝不是用蜜写成的，而是用盐、用血泪写成的。

不远处，海鸟盘旋着缓缓起落，蔚蓝的晴空，停泊着几片白的云影，透露了此刻苍穹的心情：虚静，唯有虚静。除了虚静，再无别的心情。

看来，苍穹无心，苍穹不管海的事情。我，却一次次挪用那虚幻的天光云影，隐喻和描述自己的心情。

望着那云影，我渐渐睡着了……

嘎，头顶，一声海鸥鸣叫。猛一激灵，正做的那个梦还未做圆，我便醒了。

睁眼一看，啊，正午的大海也在睡眠。

无限和永恒，就睡在我的身边。

大海是我的催眠师，大海一边睡着，一边为我催眠。

我在大海的睡眠里睡眠。

我其实是躺在一个古老而混沌的巨大梦境里，做我自己的梦。

这时，我站起身，面朝大海，我感到海其实很寂寞，很孤独。它如此辽阔和深邃，而岸上的一切，都不配面对它和言说它，一切都那么细小、肤浅和易逝，是的，人类说了千年万载的话，不过是不知深浅地在海面前的几声乱插嘴和瞎嚷嚷。

海，依旧深陷在无边孤独和寂寞里，也深陷在血腥和苦涩的记忆里，难以自拔。

海，无数次给了人们彼岸的希望和幻象，可是，谁能给苦闷的海，一个出口，一个彼岸？

这时候，我，这个被大海视若无物的渺小生灵的心里，竟自不量力地升起了对大海的一丝同情：我同情海的苦涩、寂寞和孤独。

大海有多大，它的寂寞和孤独就有多大。

大海有多深，它的忧伤和痛苦就有多深。

于是，我站在被海浪拍打的一块礁石上，向深陷于苦涩渊薮、从来不读诗的孤独大海，斗胆吟了一首诗：

  在低处，容纳和净化
  陆地的全部垃圾和污秽

忍耐，永是忍耐
在幽暗的、不为人知的伤口和深渊
用月光的圣火提炼李商隐的珍珠

坚持，永是坚持
守护着内心的深度
在最绝望的地方
坚持着辽阔的希望

以落日和星光充饥
把彼岸的希望许诺给每一片帆影
自己却终生沉沦在盐里

海，很辽阔，很深邃，很浩瀚
但被海喂养的陆地是渺小的
太平洋的一次伟大潮汐
人类只打捞到几枚贝壳
和几网海鲜

此时，我临海肃立
在两次波浪之间的短暂寂静里
我听见我心跳的声音
我心跳的声音
填补和安慰着
由于痛苦痉挛和喘息
而出现的海的巨大空虚

终 极 的 睡 眠

那时候，只有荒野的风还记得我，一次次擦拭我破碎的墓碑。

蚂蚁们在父亲土坟上的睡眠

蚂蚁们要在我父亲的坟上建立国家

一群受苦受难、惊魂失魄的蚂蚁，在剧烈震荡的大地上焦急地行走。

几天前——不，这只是我的说法，按照蚂蚁王国的纪年，应该是在几个世纪前，它们古老的王国，遭遇了惨烈的浩劫和灭顶之灾。它们追随着它们孤独惊恐的女王，先是拼命抵抗，继而谈判求和，但是，区区微粒，何以抵挡滚滚巨轮？弱弱微言，何以感化轰轰雷鸣？它们的族群和国家，天命已尽，末日突降，很快，就被疯狂的钢铁野兽（推土机、挖掘机、搅拌机、粉碎机、切割机）组成的强大军团给无情地推翻了，埋葬了。

它们的伙伴大多数都被深埋在地下，连同没来得及安排后事的它们那尊贵的女王，都被活埋了，然后被钢筋水泥混凝土层层浇铸封死，葬于十八层地狱下，永无出土的可能。

它们是所剩不多的大难不死而侥幸活下来的一小部分散兵游勇。它们怀着亡国的悲愤和苦痛，四处逃亡，想寻找一个没有暴力、没有钢牙利齿、没有污染和病毒，并且比较安全、安宁、安稳的地方，周围最好有着忠厚的泥土和仁慈的草木——如果找到了这样的地方，它们就在那里重建一个国家，不求闻达于列国，只愿苟且偷安于草野，孜孜躬耕以答谢上苍，默默修行而得享天年。

终于，那天中午，它们好不容易来到一个偏僻的山湾。在这里，它们突然呼吸到久违了的那种史前的浑朴、清新、温润的气息，它们惊魂未定的心，一下子放松安定了下来。

它们在一座土坟上停下来。经过目测，它们觉得这稍稍隆起的土坟，一点也不巍峨雄伟，一点也没有拔地凌空、气势汹汹的架势，不过就是一个朴素的土堆。它是隆起了的谦卑泥土，而隆起的泥土仍是谦卑的，也许随着隆起，它变得更加谦卑和仁慈了——它稍稍高出河流和洼地，不是为了居高临下地俯瞰什么，为的是帮助那些到处辛苦奔走的微生物和微灵们，能够在略高一点的地方安居下来，然后仰望星空，观测天气，躲避灾劫，招呼朋友，从而能够安顿和保护自己那微小单薄的命运。这种稍稍隆起的地貌，也正符合蚂蚁们祖传的生存风水学、国家地理学和建筑美学——几千万年以来，它们建立国家、修筑首都、繁衍子民，就是选择类似这样的地方。

蚂蚁对阔佬们豪华大坟和我父亲谦卑土坟的比较和研究

按照惯例，它们要对新建国家的核心区域的选址进行详细的考察与论证。眼下最紧迫的就是赶快考察这座"宫殿"——也就是考察这座坟的建筑材料、内部情况和周边环境。看看能不能在这里建国立业。

墓碑是一块石头，是蚂蚁们经常在山野碰见的那种粗糙石头，上面就几个简单笔画，没多余文字，也没记载吓人的官职和显赫的功名。蚂蚁虽然不识字，但蚂蚁嗅觉好，蚂蚁凭嗅觉识文断字、辨认地理、鉴定善恶、表达褒贬、决定取舍。以往，蚂蚁们曾经无数次考察过各类人的坟。在那些大坟上，蚂蚁们多多少少嗅到一种自命不凡的气息，不可一世的气息，张狂炫耀的气息。人都钻土了，魂还在土外面张狂炫耀，这样的家伙，肯定不是好家伙。蚂蚁是羞于与之为邻的。

这块碑上呢，啥职位、啥功名都没有，好像墓主是个干了一辈子辛苦活的农人。蚂蚁是熟悉这些农人的，蚂蚁凭自己千万年来与土地、庄稼、农人打交道的丰富经验和草根知识，猜测到这位农人的生平大致是这样的：他唯一的职位是劳力，他唯一的功名是劳动，他唯一的信仰是善良，他唯一的崇拜是土地，他唯一的酬劳是休息。嗅一嗅碑上那土里土气的名字，蚂蚁就知道了这一切。

墓身是一层层土，别说没有大理石、花岗岩、汉白玉、玄武石的影子，连多余的砖头都没有，全是蚂蚁们最熟悉的那种泥土。农人嘛，土人土命，土性土德，以土为生，入土为安，总之是离不了土的。蚂蚁们异口同声认定：好，好，很好，这里面居住的那个魂灵，是我们的同道，是我们的芳邻。

蚂蚁们列队向我父亲的坟和四周的庄稼致敬

为了稳妥，它们又派了几位勇士，深入"宫殿"内部——也就是土堆里面，进行仔细勘探、调研。没发现里面藏有金钱、桂冠、勋章、奖牌、乌纱帽、玉石、美女头发、名人字画等"毒品"。蚂蚁们早就听说，这些"毒品"在人世十分流行，甚至成为"宗教信仰"。它的信徒们，活着就只崇拜这个，就只巧取豪夺这个，死后也放不下这个，仍旧惦记着这个。这是他们膜拜的宗教，也是他们吸食的"毒品"。有的信徒死了，就把那吸食了一辈子的"毒品"，弄一些藏进坟里，陪伴在枯骨旁边，继续吸食。蚂蚁们在以往考察过的那些大坟里，就经常见到这种情况。

这个土坟里面呢，却很单纯，很干净，很安静，很浑厚，要啥啥没有，除了土，还是土，有一小部分似乎还不完全是土，但看得出来，那不完全是土的，也正在变成土，很可能要变成更好的土。

土坟的周围，长着松树、柏树、榆树、白桦树、银杏树、枣树、核桃树、橡子树，还有一些灌木夹杂其间，蚂蚁对这些树木的根根叶叶、性情气质是十分熟悉的。从远古至今，蚂蚁们一直受到树木的善待和庇荫，所以，对于树木，蚂蚁心里有一种特殊的感激和温情。一接触树下柔软温厚的腐殖土，蚂蚁就知道这里大部分树木都是墓主生前种植的，在劳动的间隙，他就坐在树荫下抽一袋旱烟，纳一会儿凉，听一会儿鸟的免费歌唱，享受鸟儿对他的问候，因为，除此之外，在这位农人漫长的一生里，几乎没有谁向他道过一声辛苦，问过一声好。他生前的这些草木朋友和鸟儿兄弟，如今仍忆念着那个终生劳作的朴实身影。虽然这不过是一个小树林，但在蚂蚁的感觉里，已经是一片久违了的浩瀚原始森林了，无比的幽深和神秘，令蚂蚁们回想起远古的苍茫大地。

稍远处的斜坡下面，有一条小溪淙淙流过，使这里土地湿润，气场柔和，草色凝碧。蚂蚁们一眼就看见了那盈盈水光，蚂蚁们有点欣喜若狂了，他们终于看见了还没有灭绝的史前的大河，看见了那流淌着无尽恩泽的神的大河。

不远处是一大片菜地和庄稼地，豌豆苗、蚕豆苗、萝卜、白菜、茄子、韭菜、冬瓜、苦瓜、丝瓜、葫芦、白菜、芹菜、油菜、小麦，有的已经开花，有的正在酝酿开花，微风送来一阵阵浓烈的芬芳，蚂蚁们醉醺醺地开始舞蹈了，蚂蚁们有点眩晕了。蚂蚁们怀疑自己是否误闯进了神的酿酒工厂？或者走进了天上的花园？脚下升腾的泥土气息提醒了蚂蚁，是的，它们没有走错地方，从混合着泥土气息和草木气息的花香里，它们隐约嗅出了它们十分熟悉的农人汗水的味道和身体的气息。是的，土地，这就是农人世世代代经营的天堂；庄稼，这就是农人辛辛苦苦浇灌的花园。蚂蚁们因巨大幸福的降临而落泪了，呵呵，它们找对了地方，它们找到了久违的芳邻！它们流着泪，向那住进土里仍然厮守着家园和庄稼的农人，向那位已经看不见的芳邻，深深地鞠躬、感恩。你看啊，蚂蚁们排着整齐的队列，向我父亲的坟和周围庄稼肃穆行礼的情景，是何等诚恳恭敬，令天地久久动容。

父亲的坟是蚂蚁们的天国花园

是的，山野里的这个土坟，它的主人，是大地的真正孝子和泥土的虔诚信徒。当然，在那些所谓成功者和胜利者的眼里，他无疑是彻底的失败者。可在蚂蚁的眼里，他却十分的可亲、可爱和可敬。他比任何帝王将相、富豪望族、成功人士都可亲、可爱、可敬多了。与我们这些蚂蚁一样，生前他的财富只有泥土，死后他的牵挂还是泥土。生前他勤劳而清贫，死后他安静而清贫。他生前没有愧对一粒泥土，没有玷污一片白云，死后没有连累一个文字，没有带走一片草叶。清贫是他的命运，厚道是他的美德。正因为他生前生后几乎永恒的清贫和厚道，才使得这大地依然生长茂盛的草木和丰饶的花朵，才使得饱受欺凌的大地依然能保持着原始的厚道和温暖的怀抱，才使得蚂蚁们那一次次惨遭颠覆的国家，又一次次得以重建和复活。

此时，在这里，在我父亲的坟前和四周，蚂蚁们又触摸到祖先的浑厚土地，又触摸到被世世代代农人们精耕细作、深情保育的土地。它们惊喜地大睁着眼睛，它们的眼睛里荡漾着史前的天真和灵性，多么明澈纯洁的眼睛啊。此刻，它们眼睛潮湿，喜泪滂沱，它们终于又看见了那在大地上葳蕤盛开的古老庄稼，它们又看到了花叶繁茂的天国花园，这是善解天意、忠厚勤劳的农人们因地制宜、就近培育的天国花园。

饱受苦难的蚂蚁们，终于，在这偏僻山野里，在我父亲的土坟前，看见了天上花园，看见了它们的公园，找回了它们的失乐园。

明月照着父亲的坟，明月是蚂蚁王国的国徽

这时，天黑了下来。在我父亲的坟头，蚂蚁们聚集在一起，连夜召开第一次筹备会议，它们兴奋而庄严地议论着：这里的土地是古朴而厚道的，睡在土里的灵魂是清贫而谦卑的，周围的草木庄稼是温柔而友善的。

他们决定：就在这里重建它们的王国。

它们还研究了一些重要议题：推选女王并恢复女王至上的尊严，与土地重修契约，与草木缔结友谊，与农人默契合作，守护水土，繁衍子民，续写它们种族一度中断、险些失传的悲壮史诗，复兴古老的共和制。

天黑了许久了，这时，蚂蚁们抬起头，忽然看见，一个又大又圆

终极的睡眠

的月亮向它们走过来了，静静地悬在坟的上方，像从天上飘下来的一个巨大花篮。这是献给土地的花篮吗？这是献给农人的花篮吗？这是献给清贫的花篮吗？蚂蚁们相信，这样的花篮，只能是献给清贫的生命和忠厚的灵魂。只有清贫和忠厚，才配得上这样冰清玉洁的花篮。

  天上的月亮啊，坟头的花篮，土地的花篮，农人的花篮，清贫者的花篮，卑微者的花篮，沉默者的花篮，你把仁慈的光芒洒满了土地，洒满了我们单薄的身体，我们小小的心灵啊，也被天堂温润的光芒照亮。

蚂蚁们幸福地漫游在月光里，用它们那低得只有泥土才能听见的心灵圣歌，深情赞美着我的父亲，赞美着我父亲的坟，赞美着农人，赞美着土地，赞美着上苍，赞美着月亮。

最后，它们作出庄严决议：决定把这永恒的明月，定为它们新生王国的国徽……

死亡转移了我们的睡眠

致一位夫人：

嫂子，近来好些吗？自你的爱人，我尊敬的好兄长，不幸去世之后，你一直沉浸在悲伤的心境之中。我也为失去这样一位有情有义的好朋友感到十分难过，却无法分担你痛失至爱的悲伤。几次想去看看你，却不知道见面说些什么好，在生离死别面前，任何语言都显得苍白无力，哪怕是情真意切的语言，又怎能消弭亲人不在的巨大痛苦？

仁兄生前，与我很要好，我们经常在一起交谈。工作的话题，生活的琐事，世道人心、市场物价、环保生态、文学哲学、读书写字，无所不谈。当然，作为读书人、喜欢思考的人，也免不了谈天地宇宙，谈生死大事，我与他的每一次交谈，总是很默契，也总有心智上的共鸣和开悟。可惜，他走后，我再也没有了那样既有深度又有温度的心灵晤谈了。这几天，我常常回忆与他一起交谈的情景，他的音容笑貌又鲜活地重现在我眼前，有好几次我忍不住流下了泪水。

我忘不了那一次次推心置腹的交谈，在办公室，在下班的路上，在黄昏的街头，我们总有说不完的话，仿佛前世积攒了太多，今生要好好说。我特别记起了，在一个繁星满天的晴夜，我和他在远郊空旷的河滩，望着无边的星空，我们谈论时间、空间、宇宙、生命和永恒，也谈到了人在短暂的一生之后，如何往生净土，又如何融入大化，也就是人从这个世界出走之后的漫漫时间里，究竟去了哪里？究竟还会留下什么？究竟会有怎样的去向和命运？

嫂子，我知道任何语言都无法唤回失去的至爱。但是，嫂子，从哲学的角度来说，人在本质上就是语言的存在，是语言构成了人的历史、记忆、情感、思想和精神的家园。因此，虽然，语言有时是无力的，但是，却是最有力量的。比如，唐朝不在了，但是唐朝留下了最有力量、最有深度、最有意境的语言，唐朝留下了唐诗，所以，唐朝还活着，唐朝永恒地活在唐诗里。人也如此，肉身不在了，精神仍在，魂魄永存，那些优良的魂魄，就像暗物质、宇宙引力波、无形的磁场、爱的光线、真理的感召力一样遍布于无量时空，遍布于无量大千世界。所以，嫂子，我把静夜里我们那一次富于哲思、诗意和宇宙意识的交谈，整理成如下文字，希望这些带着人的体温却又连接着永恒意境的语言，能将你的思绪从悲伤的洼地带出，带入浩瀚的宇宙和时间——因为我们从那里来，也终将到那里去，我们既属于红尘人世，也属于宇宙和永恒，地球是我们的襁褓和摇篮，宇宙却是我们永恒的归宿和故乡。因此，我不相信在无限的宇宙里，我们仅止于区区几十年的此生此世，我们的生命从无限和永恒而来，也终将汇入无限和永恒，继续参与万物的呼吸和宇宙的运行，因此，我们的生命并不止于今生今世，我们的生命将拥有我们有限的智力和心量所不能窥知的无数的来生来世。因为，构成我们生命的物质元素并未消失，构成我们内在生命的精神元素也未消失，那么，一切皆在，何言空无？他不在了，那只不过是一次神秘的转身，只不过是一次重新出发。因此，此生此世只是我们漫漫旅途的一次临时停靠，是准备行李，是磨砺魂魄，是留下叮嘱，是为了慨然出发，追随神秘的召唤继续奔赴于永恒的途中。

嫂子，以下这段文字，保存着我和远行的仁兄的情感和思想。我希望这些文字不是无力的，我相信收藏了心灵的文字，必然有着化解悲苦、慰藉心魂的力量。我希望它能舒展你郁结的悲伤心境，能化解你的痛苦于万一。

嫂子，你要相信，他在地上，他在天上，他在别处，他也在我们至深的内心。他已翻越我们深陷其中的四维时空的围墙，他用高于光速的、更高的精神速度飞翔在我们暂时不能企及的六维、八维时空和秘密天界，他飞越尘世，飞越太阳系，他横渡银河，他在我们的眼睛所能看到和不能看到的、更广袤的灵魂的空间和精神量子的空间自由漫游。在我们眼见为实的物界、欲界、尘埃界和现象界，他似乎不在，其实他无所不在，就像光、暗物质、超声波，像元素，像电子和粒子，像量子纠缠，像宇宙光谱，我们看不见他，是因为他已摆脱肉体的监狱而放生了灵魂，获得了纵横八极、遨游无限的终极自由，他的灵魂遍及可见与不可见的尘埃界、现象界，同时又超越尘埃界、现象界而抵达并进入超越界，进入精神界，进入纯灵界，进入彼岸——进入了纯粹的心灵宇宙。听，在那里，他在对我们说——

我死了吗？我好像死了，这就是说，属于我的死也死了，属于我的死神也死了，宇宙中再不会有我的死神了，我不会再死了。这就是说，我告别临时居住的旅店，走向了永生的彼岸。

从此，我变成了一，我变成了一切；我化身万物，我就是万物；我无时不在，我遨游于全部的时间；我无处不在，我漫步于所有的空间。我是沙漠之沙，我谦卑地隐身于一卷苍凉史诗中；我是海中之盐，我静默地汇入那一声浩然太息中；我是风中的絮语，我是雨中的低语，我是叶绿素在草木里轮回，我是咏叹调在琴弦上战栗，我是沉船在深海里拦截流逝的时光，我是大理石在高山上等待被凿成英雄的墓碑；我是一个被遗忘的繁体字，厮守在一首险些失传的古诗里，表达着晦涩的象征和深奥的隐喻；我是一粒样式古旧的纽扣，遗落于荒原古道，仍在追忆那曾经紧贴的衣服和曾经温暖的胸口；我是旷野磷火的闪光，固执地想返回母亲的身体；我是静夜流星拖曳的弧线，殷勤地为一个个夜行者照明；我是地球深处的岩浆，燃烧着、沸腾着，却坚守着地心的纪律，绝不轻易溢出地表，生怕烧灼了父亲们的庄稼地；我是苍穹深处的雷电，奔跑着、呼啸着，却牢记着天道的禁忌，很少窜进村庄低矮的屋檐，不忍打断母亲们温柔的悄悄话；我是六角型雪花的第六个角，提示一个你永远忆想的纯真地址；我是三叶草的第三片叶子，期待你在上面写一首可以流传三百万年的好诗；我是温热的季风，轻拽你的衣襟提醒你沿着燕子的方向掉头归去；我是汹涌的浓雾，包裹了整个时代，让所有迷途的心灵陷入沉思；我是泥土，我匍匐在你出现的一切地方；我是你鞋底的泥沙，默默托起你的步履，我是你手中正在慢慢成形的陶罐；我是水，我是清溪，我是河流，我是涌泉，我是深潭，我随时等待你的出现，当你俯身看我的时候，我及时抢拍了这个瞬间，并悄悄收藏了你的倒影；我是你门前的屋檐水，我打湿你的眉睫，渴望再次被你捧在手心；我是铁，我是你的锹头，你挖掘的地方就是我曾经出现的地方，你挖掘的深度就是我隐藏的深度；我是玻璃，我是你窗前的镜子，你面对我的时候却发现了自己，你背对我远行的时候，我一直目送你的背影，直到我把远山和整个天空都望成你的背影；我是铜，我是秤杆上的准星，我掂量着微不足道的生活的重量，我注视着并非微不足道的微妙的人心；我是金，我来自宇宙大爆炸的最初三秒，我三百多亿岁了，我稀薄地沉落在地球的岩层和岁月的沟壑中，我被人们膜拜和追逐，我毫无用处却十分稀有，我甚少价值却被用于标示价值，我让一些人昏聩和迷狂，当他们都消失了，我还活着，我还是三百亿年前诞生的那点珍贵的黄金；我是氧，我在森林里弥漫，我在草地上缭绕，我在花蕾里酝酿，我在泉水里氤氲，我在殷红的血脉里奔跑，是的，我是氧，我是你须臾不能离开的氧，此刻，我听见你温柔的心跳，我陪伴你深情地呼吸，我在你的血脉里流连、漫步并深情低语。我是氧，是氢，是碳，是锡，是磷，是碘，是钠，是钙，是钾，是锌……我是已经发现的元素和未被发现的元素，我是厚厚的大气层包裹着的一个孤独的星球；我是月亮上环形山的山脉，但不期待谁来攀登和开采，当你在静夜抬起头仰望的时候，你就看见我了，那固执地朝向你的环形山靠南的明亮山峰，就是我，我一直固执着对故乡的眺望和对你的眺望；我是火星上持续喷发的火山，在远离你，那没有人迹的地方，仍无法熄灭内心的火焰，我持久追忆着对你炽热的初恋；我是木星上古老的冰雪，在看不见你窗子的地方，仍想象着在你的窗玻璃上刻画童年的冰花；我是土星上的三百二十级风暴，我无比暴烈，却不制造任何灾难和伤害，我无比暴烈，只是在表达永失所爱的悲哀；我是太空里流浪的彗星，我不知道我的归宿但我毫不怀疑我终究会有归宿，我相信在一个繁星满天的晴夜，我会准时出现在你的头顶，并认真地为你画一条心形的弧线；我是室女座星云里沉积的尘埃，我以亿万斯年的耐心，酝酿一个比银河系更大的、能够体现爱因斯坦广义相对论的永恒星系，供你世世代代远眺、观测、论证和猜想；我是沉寂的黑洞里被囚禁的光线，我的光谱里铭刻着你深情的眼神；我是冰冷的白矮星上深藏的钻石，总有一天我会重新找到你温暖的手指；我是天琴星上的琴键，我在你一直缺席的宇宙音乐晚会上仍然为你演奏如醉如痴的圣乐；我是仙女座星系里长达五千万光年的彩虹，在时间的头顶出示情感的秘密，我相信你会在另一个星系看见我心灵的缤纷景色；我是北斗星座注定要出现的第八颗星，我暂时还没有形成，等一等吧，若干年后，在你的头顶，在北方，在北斗的右臂，将会有一颗星缓缓出现，向寂静苍凉的宇宙，向你，默默地，默默地诉说，诉说生命和命运，诉说记忆和时间，诉说死亡并不是否定生命的最后力量，因为，我们有一颗温暖的心灵，那与永恒的时间同样永恒的，正是死亡也不能摧毁的、我们永恒的心灵——所以，在那遥远的夜晚，请你抬起头，你会看见，北斗星座刚刚出现的第八颗星（那就是我的心），终于出现在你的北方，正默默地，默默地诉说我永恒的思念……

多年以后我已长眠

那时候，只有荒野的风还记得我，一次次擦拭我破碎的墓碑。

那时候，深情的野草还牵挂着我，一茬茬缭绕我孤寂的住处。

每一个早晨和黄昏，野草青翠的手指，都捧起露珠的酒杯，祭奠我孤独的灵魂。

我生前钟情的明月，没有忘记我，他一夜夜从天国赶来，路过我的坟前，就伏下身子，触摸我冥间的游思和气息，将天上的白雪和纯银，反复播撒并均匀覆盖，照亮我在另一个空间难免寂寥的光阴。

我生前怜惜的蚂蚁们也过来探望我了，它们一次次深入人世背面的幽暗的深处，寻访我的踪迹，并试图邀请我重见阳光，改变泥土的磁场和草木的长势。

我生前膜拜的蝴蝶女神也过来慰问我了，我曾经凝视过的落花，如今又一次重返四月的枝头，而蝴蝶的羽翼，正好停靠在那微颤着的倾斜的花枝上——令我老是担心她会不慎跌落，担心那个倾斜的时刻。

我生前一次次目送的那些鸟儿们也来了，偶尔在我的坟头逗留一会儿，聊几句飞行途中的见闻，这时候它们一点也不害怕我，即使我曾做过皇帝或猎人，现在它们也不会害怕我了。这时候我才知道：活成让别的生命害怕和厌恶的生命，是多么凶恶，是多么不厚道，是多么不应该啊！那被别的生命害怕着和厌恶着的生命，就不曾被别的生命祝福过，而是被别的受他们伤害的弱小生命在暗暗地诅咒着！当他们死了，它们才不害怕他们，才得以因他们不存在而有了平安和吉祥。这样的所谓强大的生命，其实已经是别的生命的噩梦和痛苦的根源。

鸟儿们，我生前没有伤害过你们，感谢你们在我不在的时候仍然来看望我。那些远远近近的行人，会指着我的墓地说：那儿，是一个吉祥地，里面住着一个慈悲的灵魂，你看，那些鸟儿们都去看望他呢。

我生前长久仰望的浩瀚星空和银河，依旧是那么浩瀚、神秘和璀璨，那奔涌着的天国的波涛，一夜夜浇灌着无边的空间，浇灌着无限的宇宙，浇灌着无穷的生命和命运，也浇灌着小小的、形同乌有的、已经不存在的我。我的墓地上空，漫过的依旧是公元前漫过上古先人头顶的星光的波浪，依旧是漫过孔夫子头顶的星光的波浪，依旧是漫过爱因斯坦头顶的星光的波浪，依旧是漫过祖父头顶、父亲头顶的星光的波浪，依旧是漫过祖母头顶、母亲头顶的星光的波浪，而且是注定要漫过万代千秋儿孙们头顶的星光的波浪！我感念上苍，我活着，你用整个宇宙的波浪浇灌我、启示我；我死后，你依旧用整个宇宙的波浪浇灌我、照耀我……

这时候，我想走出墓地，走出时间的深穴，走出幽暗的冥间，走到月光浸漫的芳草地，悄悄地，望一眼星空和银河，望一眼不远处沸腾的人世。然后，轻轻地，请路过的夜风，捎去几句口信……

终极的睡眠

十万年之后我的睡眠

我的百年之后的睡眠

百年之后,毫无悬念,我已变成灰尘,并很快融入泥土。

这个结局,我觉得很不错,甚至很好,我没有异议。

真的,没有比这个结局更好的了。

古往今来,也有不少往生者(临终者),对此结局感到害怕,还有点不太情愿。

愚以为,不必害怕,也不要不情愿。这样子其实很好。

若不是这样,不让我变成尘土,而是,让我变成别的,比如,变成硬邦邦的金属、明晃晃的玻璃、气冲冲的火药,那又将怎样?

若变成金属,我有可能被打造成刀具或凶器,在命运粗暴的手里,挥来挥去,难免要伤害无辜的身体和芬芳的草木,他们疼,我也跟着疼,我却无法说出口。因为,那时,我只有伤害着也受着伤害却不会说话的锋利刃口。

若变成玻璃,又恰好被做成镜子,我不停地照着来来去去的影子,却永远不知道影子们是谁,也不知道影子们都到哪里去了。若是我的对面,也竖着一面镜子,我与它互相反射,将彼此的虚无,不断叠加和深化,以至深化到无穷的近于黑暗的深度。终于,一阵晕眩,我跌碎了,碎成一堆玻璃碴儿,被埋进地下,那暗藏的尖锐和凶狠,会扎伤谁的记忆?

若变成火药,那就更不好了,不说真的变成火药,连这样想一下都很危险,都是罪恶,都是对"想"的冒犯。假若最终我们真的变成火药,那将再不会有什么了,那时候,你可以在任何地方行走,但你找不到任何目的地；你可以在任何床上入睡，但你不会有任何梦。其实，那时已没有世界，所谓的世界，只是一声"轰隆"。

上苍博大仁慈，上苍化育有道。所以，百年之后，上苍不让我们变成硬邦邦的金属，不让我们变成明晃晃的玻璃，不让我们变成气冲冲的火药。上苍让我们变成谦卑的灰尘，变成朴实的泥土。

上帝也曾说过：你来自泥土，你必将归于泥土。

泥土是时间的舍利，是神的作坊，是万物的前生与后世。

泥土是上帝遗留的手稿，是神学的原稿，是哲学的初稿和生命诗学的未定稿。

泥土是无中生有的奇迹，是奇迹中的奇迹。

泥土是过去的一切，也是未来的全部。

泥土是梦的堆积，魂的交叠，泥土里全是爱的残骸。

我很庆幸，我终于变成灰尘，并很快融入了泥土。

我的三百年之后的睡眠

三百年之后，又到了春日的一天。

当你外出春游，转过那个山湾。突然，你眼睛一亮，你看见了莽苍苍、绿莹莹又望不到头的茂密森林，林子外边，有大片草地，一丛丛柴胡、紫苜蓿、矢车菊、野百合、马蹄莲、薄荷、车前草、野刺玫和狗尾巴草，在风里摇曳起伏，发出飒飒的声音，有蜜蜂和蝴蝶，擦过你的脸庞和衣襟，飞向那带着草药味的清苦香气——你不用怀疑，也不必胆怯。我嘛，我就在那里，我并未走远，我其实就在离人世不远的地方，就在你能一眼望见的时光的正对面，那里曾经有一座草木环绕的古坟，现在，我就在你正在欣赏的这片风景里，而且你伸手可触、可采，你也能呼吸到我，此刻，我已变成四月的一部分气息。

建议你走慢一点，最好停下来，坐在树下或草地上，深呼吸，看一颗露珠，在叶子上怎样小心轻放自己而不致破碎。当它不慎掉下来，终于破碎，你低下头来，看看那掉落的露珠儿打湿了哪一只虫儿的眼睛，那受惊的虫儿，泪汪汪地、然而却欢喜地跑了，它跑了不远，又兴冲冲返回来，头仰着，等着那透明的酒再给它斟一杯。

然后，你带着对林子的感激和对虫儿的好奇，依依不舍地上路。山路有点陡，有点湿滑，你的前脚滑了一下，打了个趔趄，但没有摔倒。你停下来，弯下腰，仔细系紧鞋带。

你也许不知道，在你的鞋底，粘着一些泥土，粘着我的细小微粒，我小心地托举着你的重量，稳住了你的脚步，在空气浮力和地心引力之间，悄悄地，支援着你的步履。

我的一千年或三千年之后的睡眠

一千年或三千年之后，翠峰山湾，某个清晨。

鸟儿啼鸣，婉转如古诗；雄鸡振翅，欢呼着衔起了旭日。一位陶工，他掬起一捧捧泥土，轻揉慢搓，细挼慢捏。此刻，在他的指缝里，滑动着无尽的时光，也滑动着我的微弱心跳和依稀往事。

他恭敬谨慎地揉捏着，他温热的手，使早已变凉的时间和记忆，渐渐回暖。他当然不知道我是谁，我在哪里，但是，我却感到了他的手温和手劲，我感到了他温柔的揉捏，我体会着时隔多年被重新捧在一个匠人手心的幸运，我愿意成全他的手艺，我乐意让溃散的时光再次聚拢在他的手温里，我乐意成为他唯美心思和珍贵想象的一部分，我乐意在暗中协助并成全这位不知名后生的艺术灵感。

诗人说：去思想就是去祭奠，去劳作就是去复活。他沉浸在神圣的祭奠和复活的冥想里，美好的劳作使他忘记了自己正在劳作，他觉得他仅仅只是在以他的手艺呈现一个无限地大于他、深于他也高于他的不朽构思。他沉浸在一个巨大源泉里。他忘我以至忘记了一切。一个沉浸在永恒里的人，他知道他是永恒的临时雇工，他谦卑地为永恒服役。

一只过路的蝴蝶，飞累了，就在他均匀起伏的肩上小立，歇息，他竟浑然不觉。他专注地为他的心情造型，为永恒造型，也为这个早晨造型——他自始至终都不知道，我一直在他的手里辗转起伏，我揣摩着他的手艺想要呈现的意境，我揣摩着他心里的微妙运思，我参与了一个深妙构思在他手里慢慢成形的全过程。

然后，在浑圆陶罐上，他用彩笔，绘了一幅山水写意图。

我感到他温润的目光和微颤的笔画了——我就静静地守在画中留白处，守在山水深处，与此前一样，我沉默不语，千年，万年，我都沉默不语。一任时光的流水，向画中留白处，向我，汹涌灌注。

就这样，那陶罐，盛着千古流年，盛着静夜星河的波涛，盛着殷殷心意。它浅浅的，却深不可测；它空空的，却盛着无限。

时光恒动，时光不动，然陶罐易碎，心易碎。若是碎了，我的无语，会碎成千万语。

记住，轻拿轻放。捧在你手里的这些时光，捧在你手里的这个陶罐，陶罐上的山水，山水深处我的无语，都是那么易碎。

请记住：轻拿轻放。

我的五万年或十五万年之后的睡眠

五万年后或十五万年之后，我早已再次重返泥土。时光的马蹄踏踏驰过，山河已不可复识。高陵塌陷成深谷，深谷隆起为山巅。我一直谦卑地匍匐在泥土里，匍匐着的我，却追随造物的伟力不停上升，追随着隆起的山脉不停上升。

在高高的山上，我仍谦卑地匍匐在泥土的深处、岩石的皱褶和草木的根部，我听见苔藓的耳语，虫子的絮语，泉流的低语。我藏在古树的根脉里呼吸，我借助青草的手语表达，我噙着露水的眼泪沉思。漆黑的夜里，闪电的长剑从半空中"嗖嗖嗖"地劈下来，貌似雍容的宇宙竟如此暴烈凶险，我沉默着协助比我更沉默的土地，用战栗的身体折叠并收藏了那凌空劈下的严厉剑影，只把雨水和甘露，出示给从噩梦里醒来的黎明。

有时候，我隐身于荆棘丛里，表示有限的拒绝，却暗示密林深处那无限的藏纳。有时候，我漂浮于雾气云岚中，把世界藏起来，让世界自己到处找自己，当尘烟落地，青山忽现，世界突然清醒过来：它其实哪里也没去，它既不会飞上天堂也不会钻进地狱，它正好就是它自己，它一直就在这里。

在阳光满山的时候，有三三两两来自外星的登高者和探险者来到这里，竟发现了一丛又一丛、一坡又一坡含羞草。他们惊讶了：在没有目光注视，也没有文字描述的如此蛮荒之地，却有一种生涩、一种纯真、一种害羞、一种不容轻慢和亵玩的贞操藏在这里。是的，我和我的无数先人们，我和无数的情感与心灵，都埋在这里，藏在这里，我们藏在这里好久好久了。即使我们早已在人类词典里消失了，早已在文明史册上消失了，即使我们早已成为神话，成为仅供另一茬文明和另一茬心灵想象、缅怀、质疑和破译的史前传说，但是，我们的确就埋在这里，藏在这里。曾经的我们，很久很久以前的我们，也有过丑陋，有过邪恶，有过无耻，有过只要钱、只要权、只要名、只要利而不要脸的那一面，但是，剔除这些垃圾和污垢，我们毕竟保持了一种灵长类物种的可爱特性：害羞。我们懂得害羞，甚至十分害羞：我们为自己的过失害羞，为自己的鲁莽害羞，为伤了别人、对不起别人而害羞和抱愧，为伤了历史、对不起历史而害羞和抱愧，为伤了一头牛、对不起一头牛而害羞和抱愧，为伤了一株兴冲冲捧着露珠的钻石并向太阳鞠躬的狗尾巴草而害羞和抱愧。甚至，我们也曾为自己死后不能彻底清除自己，却留下一具遗体，要麻烦别人来仔细收拾而害羞和抱愧。是的，我们是害羞的生灵，害羞使我们保持了自己柔软的情感、多汁的心灵和纯洁的贞操。直到此时此刻，多少万年过去了，这满山的含羞草，这纯真的植物，仍保持着从遥远的史前气息里——从我们的气息里感染上的害羞气质。

这些来自外星的登高者和探险者，突然与漫山遍野的含羞草相遇，与漫山遍野的羞涩相遇，他们被羞涩感动和净化了，羞涩，使他们感到这个世界并非老奸巨猾，万物并非阴森险恶，历史并非全由无情和铁血起草，命运之书并非全由满不在乎和死不要脸编写。毕竟还有羞涩，是的，毕竟还有可爱的羞涩。是羞涩维护了生命的贞洁，维护了心灵的贞洁，维护了文明的贞洁，维护了自然和万物的贞洁。他们被羞涩感动和净化了，他们内心的纯真和美好被唤醒了，这些登高者和探险者，终于成了那一茬人类里的圣人，成了那一茬文明的智者和先知……

是的，以上发生的这一切我都知道并置身其中。我如此卑微，然而我无法被拒绝于土地之外，无法被拒绝于生命史和地质演化史之外，我从不拒绝也不能被排斥在更深奥的精神演化史之外。我参与了地质运动的每一个细节，我熟悉漫长的大地心灵史的隐秘情节，我一直在暗中固执而虔诚地参与撰写万物的史记。

是的，大地上的事，乃至宇宙中的事，都不是在心的外面发生的。即使，心已不在这里，然而，心，不会不在这里。心在哪里？心在心里。心无处不在，曾经被心感念和想象的一切，卑微的或浩茫的一切，都在心里，都化成了无边心域。"宇宙便是吾心，吾心即是宇宙"，这绝非妄语。因此，心在哪里，我就在哪里。现在，心在这里，我也在这里。我们早已不在了，但我们羞涩的心还留在这里，含羞草因此才出现在这里。

此时，我已从深深的地底，被时光的大力士搬运上高高的山顶。在高处，我仍匍匐在岩石背后和尘埃里，我匍匐着却看见了万物站立的背影，我同时看见了无限的苍穹和永恒的星辰。我如此谦卑，我无限谦卑，因为我看见了无限，我再一次被无限震惊得如醉如痴。

我谦卑到尘埃里，我在土地的深处，在岩石的皱褶，在事物的根部。我在时光幽暗的后面，看见了时光无限遥远的正前方。

我的五百万年或一千万年之后的睡眠

五百万年或一千万年之后。

我隐隐听见，继而清晰地听见，大海那隆隆涛声，在不断逼近，逼近。海，一直在酝酿着准备再次返回，它必将返回，它将重新占领它曾经灌溉而在很久前撂荒的地方，它将重返荒芜的陆地，重建它深蓝的帝国。

终于，我被海浪邀请，来到时光幽蓝的客厅。海，如此奢侈和慷慨，它接待这么点小小微尘，却动用了十万深渊的迷宫，十万星辰的华灯，十万泡沫的花篮，十万白云的马队，十万蓝鲸的卫士，十万珠贝的戒指。我配吗？我当然不配，然而盛情难却，那么接受吧，这是伟大的海对谦卑者的谦卑——其实是我过于自作多情了，海并不知道谁是微尘，微尘是谁，海甚至不知道海在哪里。海说，世上压根儿就没有海，只有波浪、盐和泡沫的游戏，只有诞生和掩埋、奔腾和静止，只有不停循环上演的悲壮长剧。

海是深陷于迷狂想象里的梦游者，海是职业梦想家和幻想大师，它躺在深蓝色眠床，裹着天蓝色被单，一路哗啦啦卷土重来，无非是换一个梦的作坊，换一个卧室，继续在床上打滚和失眠，继续梦游和狂想。它翻来覆去地想啊想，翻来覆去都是深奥的问题，翻来覆去都是深奥的思想，翻来覆去都是浸透了盐味的思辨的波浪。直到石将烂，海将枯，海仍然在想，它想的还是远古那些老问题，还是它刚刚变成海就想的那些问题。海，翻遍了无数波浪，翻来翻去还是几十亿年前的那些蓝色的波浪。一切又都回到起点。看来一切都没有结果，也不会有结果。没有结果正好说明：一切全都处在一个伟大而深奥的过程里，全都是过程里的一点起伏、一点泡沫、一点花絮、一点尘迹、一声唏嘘、一声低语，顶多是一声浩叹，浩叹之后，又归于久久的、久久的静默。

我深藏在这蓝色辞海里，沉吟着，嗫嚅着，低语着，有时哽咽着，我用海的激荡的韵律和嗓音，用"哗啦啦"的大嗓子，自言自语或放声歌唱，我持续地念叨和追忆陆地的往事。

我的十五亿年或三十亿年之后的睡眠

就这样，一晃几千万年过去了，一晃十几亿年过去了，无尽的时光都过去了。

我随着起伏的潮汐起伏不已,我随着奔腾的海浪奔腾不息。我是沉积在上帝大脑沟回里的远古迷思,我是盲目狂奔的时光野马的一丝微弱视力,我是隐藏在宇宙永动机核心部位,任怎样狂暴的齿轮也无法碾碎的一脉痴情,我是沉闷的连篇累牍的物质应用文里偶尔被引用却长久被遗忘的一句心灵纯诗,我是深植在大海血脉里拒绝根治也无法根治的一种珍稀暗疾。我是动荡中的静止,我是静止中的动荡,我是亿万万卷书页里微不足道的一粒生僻字,我不能说清任何问题,因为我也是个问题。我小之又小,微乎其微,完全可以忽略不计,但是,我无法被拒绝于万物的怀抱之外,无法被拒绝于时间之外,无法被拒绝于海之外——

我是微物,我是微神,我全程参演了时光悲怆的长剧,把那已变成废墟的一切,把那一切的往事和记忆,都在大海的剧场,陆续演绎成海市蜃楼和彼岸幻象,一次次回放和再现。

曾经存放在我体内的盐,早已回到了大海体内,无休止地激荡着、循环着,不倦地朗诵着,它在朗诵一首永恒的盐的史诗,一首悲壮而虚幻的史诗……

跋

你无法在没有母亲的宇宙里安然入睡，你无法在荒漠深处酣然入眠。

跋一　愿人们都有安宁的睡眠

治疗失眠的注意事项

不要数羊。你没有去过草原，你只见过城市和沙漠，数羊，你只能数你见过的养殖场里圈养着的羊，但那有什么意思呢？数羊，你是清点它们失去了多少白云青草，还是统计它们永别了多少露珠和旷野的牧歌？它们的生活里，没有了这一切，就如同我们的生活里，没有了善良、友爱和诗，只剩下忙碌焦虑、空洞无聊和死亡的倒计时。别数那些羊了，它们生不如死，它们呆头呆脑，拥挤、沉闷、无趣，没有几只是快乐的、灵性的。它们一摞一摞地挤在一起，看不清，没法清点，没法数，数着数着，许多羊就不见了，它们哪里去了呢？遇到了狼？狼不是灭绝了吗？这样，你闭着的眼又睁开了。你更睡不着了。所以，千万不要数羊。你若是属羊的，更不能数羊。

也不要数鸡。鸡都在养鸡场——在它们的集中营里关押着，密密麻麻、挤挤挨挨，吃着毒药一样的饲料和激素，按照化学的配方，为地狱外面的某个叫作天堂的城市源源不断地供应脂肪和蛋白，以自己快速的死亡，推出快餐和生日蛋糕。你即使数一万只鸡，也找不到一只陶渊明笔下的那种"鸡鸣桑树颠"的鲜活之鸡，那一声声山野鸡啼，那可以安魂的清唱，已成绝响。千万别数鸡，你越数越焦虑，数到天亮，鸡叫了，叫的是闹钟里的那只电子鸡。

不要数星星。你小时候数星星，星星一颗一颗看得分明，有的站在屋瓦上，只差两步就走下来，你想上房抓一粒，藏在被窝里，用它照明，连夜偷偷读水浒连环画，爹妈不知道，他们的娃连夜去了宋朝；你小时候数星星，一颗一颗看得分明，但你并没有好好数，其实数也数不清，不数银河之星，不数苍穹之星，就数近处的吧，你家屋顶上存放的，屋后井水里收藏的，门前丝瓜藤上挂着的，上苍分配给你们家的星星，太多了，你就从来没有数清过，你童年的星星现在至少丢了一大半，那时为何不好好数，为童年的星星建个档案库呢？现在你才数，晚了，在能见度很低的现代的天空，雾霾统治的天空，化学和工业涂抹的天空，没有孔子的星星，没有李白的星星，没有童年的星星，它们许多都已失踪了。万一要数，那就数：在你不长的一生里，究竟丢失了多少星星？这样数下去，是负数了，你亏多了，你越来越睡不着了，那颗暂未丢失的启明星，已经向你眨眼睛了，天就要亮了，你却比启明星还清醒。觉，明明白白是睡不成了。啊，切记，千万记住，别数星星。

推荐一种温暖有效的催眠方法

数你此生遇到的好人，从近年，一直往过去数，往小时候数。好山好水养人，好空气养人，好人更养人，好人让人感觉安全、安稳、安静、安心。所以，好人能催眠。那就想好人，数好人，统计你的好缘分，统计你今生遇到的好人吧。

单位看门的王大爷，好人，憨憨的，红脸膛，鼻子有点塌。夏天，他种一窝丝瓜，顺院墙扯藤，藤扯哪家窗口，丝瓜归哪家，老王笑说："麻烦大家帮忙收瓜，我养丝瓜藤儿，只图个心里清凉"，想到这，你燥热的心，果然清凉些了，有点睡意了。

还没睡着？继续数，数到第二个好人、第三、第四、第五个好人，哦，六六大顺，九九归一，快睡着了吗？这就数到第九个好人了，上高中时教语文的杨老师，冬天，你到他办公室，抱去全班一摞的作文本，他见你穿单裤、单鞋，脚上没袜子，外面在下雪，很冷。杨老师说："李汉荣，你每天晚上下自习后，到我这里用热水泡泡脚吧，不然，半夜脚都暖不热，睡不好觉，第二天咋能学习？今晚上就来我办公室里泡脚，好吗？"当晚你就去了，一个冬天，你的脚都泡在温暖的泉水里。此刻,不,是一生,你的脚都拔不出那个盆底绘着一大两小三条金鱼的搪瓷洗脚盆。那盆热水,几十年了,此时还在冒着热气,从脚底,到全身,到心,此时,这么暖和,还有点热。哦,那盆永不降温的热水,使你睡意渐消,感念更深。但是,夜已深,你不能不睡,明天醒来,你要努力将无尽的感念,向荒芜的人世播撒,让受寒的人性升温。继续数,继续你温暖的数学,继续你爱的统计学,继续,用美好的数据,诱惑和邀请你那迟迟不肯降临的睡神。

于是,继续数。第十、第十一、第十二,不要依序数了,那要数到何时?跳跃着数吧,到小时候,去数,终于,你数到了妈妈,你遇到的第一个好人,是妈妈,是比平凡还平凡的母亲,却是好人中的好人,妈妈有多好?有多慈悲?她一生善良,有一颗菩萨心,她以慈悲心待人,待生灵,待万物,她起心动念总是柔与慈,连一只蚂蚁,一棵草木都不忍伤害,妈妈的口头禅:无论哪个人,无论哪条虫,无论哪棵草木,都是命,都活一口气,都可怜,都是从生到死的命,伤了谁,伤的都是天地的身,伤的都是自己的心。想想我们每个人,都是妈生妈养妈抱大的。人的一生是不能离开母亲的,即使你老了,母亲走了,你心里还必须有一个母亲,你必须时常回到母亲的怀里,在母亲的怀里,重新度过一段哺乳期,找到你丢失的纯洁、慈悲和天真,找到内心的安宁。一个失去母亲的宇宙,是何等荒凉;一个永失母爱的孩儿,是何等孤独。没有母亲的夜晚,是万古洪荒之夜。难怪你睡不着,你是睡在没有母亲的荒凉宇宙里,这里离爱很远很远,离荒原很近很近。难怪你睡不着。你无法在没有母亲的宇宙里安然入睡,你无法在荒漠深处酣然入眠。归来吧母亲,我孤独,我荒凉,我烦躁,我苦涩,我睡不着。没有乳汁的灌溉,浸泡在海水里的地球是多么苦涩,浸泡在海水里的心灵是多么苦涩。没有母亲的手语导引,夜晚旋转的星子们是多么盲目和冰冷。母亲,没有你的宇宙是多么荒凉,没有你的夜晚又重新跌入史前的洪荒暗夜。我睡不着,母亲,没有你,这个星球没有轴心,这个夜晚没有轴心,我的心里没有轴心。母亲,用你天上的摇篮摇动我吧,摇动我吧。好在,我数到了你,我返回到你的怀里,母亲。此刻,母亲抱着我数星星,我睡在母亲的怀里,星星睡在谁的怀里?母亲能叫出星星们的名字,那么星星也是母亲抱大的孩子,我睡在母亲的怀里,星星也睡在母亲的怀里,我和星星睡在同一个温暖的怀里,全宇宙的星星都睡在母亲的怀里,全宇宙的星星都睡熟了,我也睡熟了。终于,我进入梦乡,鼾声响起……

跋二　被窝的颂歌和睡眠的礼赞

一

总是在那儿，在床榻上默默等候
克制着满怀的温存却不轻易表达
棉花的心意如此纯真，使别的一切
掺了杂念的所谓心意都打了折扣
接纳一个人并不为了占有
仅仅占有他的疲惫和寒凉
让他从棉的柔情里获取安稳和暖意
时常还有好梦馈赠，使劳碌的人生
值得一过，也值得一睡

二

当人类躺在被窝里的时候
生活最安静，世道最安全
连不懂交通规则的蜗牛也能
扛着春耕的犁铧在原野上从容散步
连不谙世事的青春诗人也敢
独自去郊外漫游，把满地的月光
拾起来提炼成一行行诗

当人类躺在被窝里的时候
饱受折磨的大地得以喘息和疗伤

莲花加倍幽香，山泉出口成章
有着盗窃恶习的贪官和小偷也停止了作案
他觉得枕着干净的枕头才睡得最香
因为善良的被窝劝诫着邪恶
因为母性的棉花孵化着安宁
夜色里的地球很像是一枚旋转的唱片
向广袤的宇宙播放莫扎特的安魂曲

三

我把疲惫的身体
一次次交给你
你熟悉我身上的伤痕、茧、痣、体味
以及掉落的皮屑、毛发、鼾声、梦话
你都照单全收
你细心保管着我的隐私
绝不向床榻之外的风泄露
我蜷缩，你也蜷缩成我的轮廓
仿佛只有这样才能缓解直立人世的紧张
我仰卧，你也仰卧成我的模样
仿佛天花板上有一个必须仰视的远古图腾
我左侧着睡，你也睡成激进的左派
我右侧着睡，你也睡成保守的右翼
我翻来覆去睡不着，你也翻来覆去睡不着
好像宇宙的全部烦恼都藏在被窝里
而当我熟睡过去，你安静得就像深山幽谷
你默数我深长的呼吸，也进入了深度睡眠

我因病痛而痉挛抽搐，你也痉挛抽搐

我因虚弱而大汗淋漓,你也大汗淋漓

有时我蜷在被窝里流泪,你的经纬里渗进了盐粒

你用纯棉的感情体会着海的苦涩……

谁像被窝那样体贴人世的痛痒寒热?唯有被窝

谁像被窝那样为信赖的人严守秘密?唯有被窝

即使圣人也不具备你深情的胸怀和无我的美德

被窝体贴着一代代疲倦孤寒的人,可是谁体贴过被窝?

也许体贴世上的孤寒,被窝才觉得自己不孤寒

体贴世上的孤寒,就是棉花的心意,就是被窝的信仰

四

没有谁比你更熟悉我

没有谁比你更能包容我

肉身的丑陋形状、渺小的本能、不安的冲动

以及在被子外小心控制着的小动作

都全部暴露给你了

你比我自己更熟悉我自己

至今我不曾见过我脊骨的样子

背上那个伤疤的样子

臀部的样子,睡梦里磨牙的样子

扯懒腰的样子,赖床不起的样子

因感染了时代的狂躁症而把手频繁伸进梦的深处搔痒的样子

几次看见天上归来的母亲

我笑醒复又怅然的样子

在怪诞胡同里找不到出口四处碰壁的样子

在诡辩论坛上与历史激烈争吵

却找不到语言而憋屈得捶打胸口的样子

重新陷入一场羞怯的初恋突然被窗外的汽笛打断

而揪着被角目送一个虚无背影四顾茫然的样子……
我没有见过自己种种不堪的样子
但是你都见过。别人看见的都是我
愿意让他们看见的样子
唯有你见过我毫无伪装的本来的样子
我想，若是请你为我写一本起居录或传记
那才是真正可信的第一手资料
那才是真正的非虚构

五

我把与生俱来的困倦、冷、孤独
渴望歇息的身体，渴望抚慰的心
以及那么多无处投递的烦恼
无法自愈的病痛，无处孵化的梦
都一次次存放在你温暖的怀里

每当我披着一身风尘回到家
看见你安静地守候在床榻上
那么温存地，等待我
我把一天的劳碌
把一生的疲倦
都交给你
让你去安慰、孵化和消化
我飘零的心
顿时就安稳起来

六

偶尔，我躺在被窝里也曾默想

当某一天我睡过去再不醒来
亲爱的被窝，你能否蒸腾为一朵祥云
将我，打包投递给神话里的仙山
或投递给天狼星上那些饥饿的狼
算是我迟到的忏悔和补偿
（因为在若干亿年前我曾是天上的猎手
猎杀过许多无辜的天狼）

最好让我无影无踪地消失
不要留下一具遗体让我难堪
不要麻烦亲友为我收拾残局
亲爱的被窝，请你答应我
百年之后你一定要蒸腾成一朵祥云
将我，打包投递给寂静空明的神话之乡

七

亲爱的被窝，我其实不该这样苛求你
我过分了，实在是不惜福
在这个险象环生的宇宙里
在这颗饱受伤害的星球上
多少流星无家可归
多少鸟儿无枝可依
多少玉石坠地而碎
多少流浪汉一辈子也没有找到
一个可以安然入睡的床榻
停放他一生的辛酸和苦难

而我能有一个温暖的被窝

随时钻进去孵化一场梦
已经很奢侈了
我怎能不感念上苍

图书在版编目(CIP)数据

睡眠之书/李汉荣著. —上海：复旦大学出版社，2020.12
ISBN 978-7-309-15259-3

Ⅰ.①睡… Ⅱ.①李… Ⅲ.①散文集-中国-当代 Ⅳ.①I267

中国版本图书馆 CIP 数据核字(2020)第 149439 号

睡眠之书
李汉荣 著
责任编辑/李又顺

复旦大学出版社有限公司出版发行
上海市国权路 579 号 邮编：200433
网址：fupnet@fudanpress.com http://www.fudanpress.com
门市零售：86-21-65102580 团体订购：86-21-65104505
外埠邮购：86-21-65642846 出版部电话：86-21-65642845
常熟市华顺印刷有限公司

开本 787×960 1/16 印张 20.75 字数 279 千
2020 年 12 月第 1 版第 1 次印刷
印数 1—6 100

ISBN 978-7-309-15259-3/I·1243
定价：58.00 元

如有印装质量问题，请向复旦大学出版社有限公司出版部调换。
版权所有 侵权必究